光文社文庫

残業税

小前　亮

光　文　社

目次

第一話　マルザの日常

1

「サービス残業は脱税になります」

矢島顕央（やじまあきひさ）は声に力をこめて、百人ほどの生徒たちを見回した。視聴覚ホールの座席は階段状になっていて、生徒の顔がよく見える。九割方は熱心に聞いてくれているようだ。それも当然かもしれない。政治経済の授業をしているのではない。彼ら自身が生活していくために、必要な知識を教えているのである。

「働かせる側はもちろん、働く側も犯罪になります。悪質な場合は、五年以下の懲役、または五百万円以下の罰金が科せられるのです」

おどろきの声があちこちで波紋となってぶつかりあい、ざわめきがホールを満たした。高校生は反応が率直なので講義もしやすい。

「もっとも、実際には労働者が罰せられるケースは多くありません。会社が不正をおこなった場合、社員がそれを申告すれば、残業税を払わなくてもよくなります。不正をおこなった会社がその分もあわせて払うことになるのです」

納得してうなずいたのは一割といったところか。矢島はホワイトボードにペンを走らせながら、説明をくりかえした。残業税の公正な賦課には、労働者の協力が不可欠である。正しく理解してもらわなければならない。

残業税は、正式には時間外労働税という。

労働基準法では、一日八時間または一週間四十時間を法定労働時間と定めており、これを超える労働については割増賃金を払わなければならない。この割増された賃金の二割が、時間外労働税として、労使折半で国に納められる。

つまり、法定外の残業を一時間して、二千五百円の賃金を得たとすると、労働者は二百五十円の残業税を天引きされ、使用者は天引き分を含めて五百円を納税する。これは労働者の身分が正社員であろうが契約社員であろうがアルバイトであろうが変わらない。

たとえ残業代が支払われなくても、残業すれば納税義務は生じる。だが、実際には、残業代を払わずに残業税だけ天引きする事業所はない。そのため、「サービス残業は脱税」という表現になるのだ。

さらに、月換算の残業時間が増えるごとに、税率はアップする。四十時間を超えると、超えた分は四割、過労死ラインの八十時間に達すると、以降は実に八割だ。つまり、残業時間が増えると、労働者の手取りは減り、企業の負担は増える。

「労働力は国の根幹となる資産だ。過剰労働でこれを毀損することは許されない」

ある厚生労働官僚はそう訴えた。時間外労働を抑制し、過労死や労働災害を防止するのが、残業税の目的のひとつだ。

矢島は眼鏡の位置を直し、持ち前の穏やかな口調で生徒たちに語りかける。

「残業税は働く人たちを守るための制度です。普通の会社であれば、とくに意識することはありません。せいぜい、残業税がもったいないから早く仕事を終わらせて帰れ、と言われるくらいです。しかし、いわゆるブラック企業に対しては、この制度は強力な武器になります。正しい使い方をおぼえましょう」

何度もくりかえしている講義だから、時計を見なくても時間どおりに終わらせられる。だが、このあとの質問となると話は別だ。まったくないこともあれば、時間をオーバーしてなおつづくこともある。

矢島が目で合図を送ると、司会をつとめる中年の教師が質問をつのった。しかし、生徒たちは顔を見あわせるばかりで、誰も手をあげようとはしない。今日のように会場が広いと、ままあることだ。

教師は残り時間が十分ほどあるのを確認して、ひとりの生徒を指名した。髪をうっすらと茶色に染めた、活発そうな男子である。

男子は何でおれが、としぶっていたが、周りにはやしたてられて立ちあがった。

「えーと、土日にバイトしてるんですけど、五時までのところ、六時まで残ることがけっこうあるんですよね。それも税金とられるんですか」

「いい質問です」

矢島はうなずいた。照れ笑いの生徒に向かって説明する。

「残業税がかかるのは、あくまで法定外の労働についてです。シフトの時間を少し延長したり、一日三時間の規定のところ、五時間働いたりしても、税の対象にはなりません。それに、そもそも十八歳未満は法定外労働が禁止されているので、今のみなさんが残業税を払うまで働くことはありませんね」

「へえ、そうなんですか。ありがとうございます」

きちんと礼を言って、男子生徒はすわった。なかなか気持ちのよい子だな、と矢島は思った。日頃、狡猾（こうかつ）な大人ばかり相手にしている目には、高校生の素直さが新鮮に映る。

それをきっかけに質問がつづくということはなく、教師はホールを見渡して、端の席にいた男子に目をとめた。

「磯崎（いそざき）、何かあるか」

磯崎と呼ばれた生徒はすぐには反応せず、沈黙が流れた。その生徒のことは、矢島も気になっていた。端の席で半身をひねってすわり、ずっと壁を見つめていたのだ。たまにそういう反抗的な態度をとる生徒がいるが、磯崎の場合は、耳をこちらに向けて、話は聞いているようだった。

生徒を指導するのは教師の役割だから、と矢島はその態度を注意しなかったのだが、教師のほうでも矢島に遠慮があったのかもしれない。

「おい……」

教師が声を荒らげようとする寸前に、磯崎は身を起こした。百七十センチ前後の身長で、肉づきは並み、顔もやや目が細いくらいで、とりたてて特徴はない。無関心をよそおったような態度をとっていなければ、まったく印象に残らなかっただろう。

磯崎は矢島をちらっと見て、すぐに目をそらし、ゆっくりと口を開いた。

「きれいごとばっかり言ってるけど、結局、ごまかしてもばれないいんでしょ。悪いやつが得をするんじゃないんですか」

そういう質問自体は珍しくない。矢島にとって意外だったのは、ほかの生徒たちの反応だ。磯崎のほうを見ながら、ひそひそとささやきかわしている。斜(しゃ)にかまえる生徒はクラスにひとりふたりいるものだが、磯崎はそういうタイプではないのかもしれない。

矢島は横目で磯崎を観察しながら、生徒全員に向かって説明した。

「そのような指摘を受けることはあります。しかし、考えてもみてください。我々は税務署員ですよ。日本で一番、仕事熱心だと言われている公務員です」

少しだけ笑いが起こった。社会人相手のセミナーではもっと受けるのだが、そこは高校生である。

「我々をごまかすのは簡単ではありませんよ。たぶん、テストでカンニングするより難しいです」

生徒たちは笑い、教師は眉をひそめる。矢島としてはおもしろくも何ともない。頭のなかにある文章を選んで口にしているだけだ。少しふっくらした体型と、丸顔に眼鏡という容貌ゆえ、人当たりがいいように思われるが、それは誤解である。矢島はおもしろみのない性格だと自覚している。

「不正を撲滅するべく、我々は努力しています。ただ、脱税の摘発には、働く人の協力と正しい知識が必要です。だから、こうして時間をもらって、みなさんにお話ししているのです。おわかりいただけましたか」

磯崎はかすかに首をかたむけて納得していないような表情であったが、話はきれいにおさまった。教師が時計を見て、まとめに入る。

お礼の拍手を浴びて、矢島は壇を下りた。高校や大学での税と労働に関する講義は、自分で言ったとおり、きわめて重要な業務である。ただ、控え室に向かって歩きながらすでに矢島は頭を切り替えていた。午後からは、本来の職務——残業税調査官の仕事が待っている。

その奇妙な税制度は、過剰労働の抑制とデフレの解消をめざしてつくられた。負担増になる財界は猛反発したが、引き替えに法人税の実効税率を二〇パーセントまで引き下げることで、最終的に納得した。法案の成立から二年近い準備期間を経て、残業税は導入される。

「千円の余計な出費を許容する人も、百円の余計な税金を払うのは嫌がる」

警句が妥当かどうかはさておき、残業税の導入後、労働者を対象とするアンケートによれば、残業は劇的に減った。ところが、正式な統計によれば残業時間はほとんど減少しておらず、税収は想定を大きく上回った。これはサービス残業が捕捉されたためだと解釈されている。

当然のことながら、人件費は増大し、物の値段は上がった。当初は、残業の減った正社員の給与総額が下がったため、スタグフレーション突入という悲観論もかまびすしかったが、結局は杞憂に終わった。インフレ率は計算の範囲におさまり、景気は上向いている。平均給与が下がって総額が上がったという事実がしめすとおり、増大した人件費は広く浅く分配されており、ストレートに購買力の増強につながったのである。物価の先高感が消費をうながしたこと、法人税の減税が企業の意欲を高めたことも、景気回復の要因であろう。

それから十年あまりが経ち、社会は新しい制度を受け入れ、変容をとげつつある。働き方が変わったことで、少子化に歯止めがかかり、医療費が減ったという指摘がある一方、アルコールやギャンブルの依存症が増えたという論もあった。また、どんな制度であっても同じだが、脱税を試みる手合いは跡を絶たない。

矢島顕央は三十四歳、東京の中野税務署に所属する残業税調査官である。正確には時間外労働税調査官だが、誰も正式名称は使わない。税務署員も部外者も「マルザ」と呼んでおり、本人たちはそれを嫌がって「残業税調査官」と言っている。マルザは国税局の査察部をしめす「マルサ」のもじりである。

所轄（しょかつ）の各事業所を調査し、残業税の納付をうながし、不正を摘発するのが、矢島たちマルザの仕事だ。

講義を終えた矢島は、控え室に用意されていたお茶で喉（のど）をうるおした。冷たいお茶でよかった。まだ五月の半ばだが、暑いのも寒いのも苦手な矢島にとっては、エアコンが恋しい陽気である。

ポケットからハンカチを取りだしたのは、汗を拭（ふ）くためではない。軽く鼻にあてて、ミントの香気を吸いこむ。ささくれだった気持ちを抑えるには、いい匂いをかぐといい。かつてそう教えてくれた女性がいた。

「調査官さん、昼食をごいっしょにいかがですか」

荷物をまとめていると、司会をしていた教師が声をかけてきた。社会科を担当していて、名前は森（もり）という。

「近くにうまい蕎麦屋（そばや）があるんですよ。ワリカンなら、問題ないでしょう」

「いえ、それもよくないのです。調査中ははっきりと禁じられていますし、そうでないときもさけるように言われています。せっかくのお誘いなのに、申し訳ございません」

矢島は残念そうに答えて頭を下げた。森が同情混じりにため息をつく。

「窮屈ですねえ。私どもも生徒の親相手にはずいぶんと気を遣いますが、それ以上だ」

矢島は苦笑しつつうなずいた。森に言ったことは事実だが、言い訳でもある。税務署員は、文句や愚痴をぶつけられることが多い職業だ。職務以外では、あまり他人と交流したくなかった。

「では、校門までお送りしましょう」

お茶を飲み干して、矢島は立ちあがった。

「しかし、残業税のある職業はいいですよねえ」

廊下に出てすぐに、森は語りかけてきた。そらきた、と矢島は内心うんざりするが、もちろん顔には出さない。黙ってうなずくだけだ。

「どうして教師が除外職なんでしょう。それも公立校の教師だけですよ。ひどいと思いませんか。知りあいの私立の教師は、残業が半分に減ったそうです。持ち帰りの仕事も禁じられたみたいなんですよ」

「大変ですよね。除外職なのは我々も同じですから、お気持ちはわかります」

笑みまで浮かべて、矢島は無難に応じた。

除外職とは、残業税の対象とならない職業である。「専門性が高く、公共性の高い公務員」――具体的には警察官、消防士、自衛隊員、教師、そして国税専門官などが政令で指定されている。民間でも同じく、専門性と公共性をもつ医師や新聞記者、大学教員などの職業が届け出制で残業税を免除される。また、残業税と同時に導入されたホワイトカラーエグゼンプションは、年収千五百万円以上のサラリーマンを対象としているが、残業の概念がない彼らは残業税を払う必要はない。

「世間の人はみんな、教師に幻想をいだいているんです。ただの公務員なのにねえ。生徒の一生に責任なんてもてないですよ」

森の愚痴はつづく。廊下で話していい内容とは思えず、矢島のほうが冷や冷やするが、授業時間のようで、生徒の姿はない。

「そうですね、教師も自分が大切ですよね」

矢島は表面上、熱心にあいづちをうった。相手に気持ちよくしゃべらせて、必要な情報を聞きだす話術がしみついている。

来賓用の昇降口から外に出るまで、ひとしきり森の不満を聞いた。なおも話はつづきそうだったが、一瞬の沈黙をとらえて、問いを発する。

「そういえば、あの磯崎という生徒ですが、いつもあんな調子なのですか」

森は立ちどまって、ばつが悪そうに顔をしかめた。

「ああ、あの子ですか。態度が悪くて申し訳ございません。普段はおとなしくて目立たない生徒なので、私もおどろきました」

「ご両親は何をされているのでしょう」

森は一瞬、返事をためらった。個人情報の保護が脳裏をよぎったのだろう。矢島はあくまで穏やかに、言葉を足した。

「もちろん、お答えいただかなくてもけっこうです。こちらで調べればすぐわかりますので。ただ、正式に手続きをとるといろいろ面倒なこともありまして……もしかしたら、ご迷惑をおかけするかもしれません」

打算と良心が交錯して、森の表情がめまぐるしく変わる。うながす必要はなさそうで、矢島はそのまま待った。答えてくれると思うから、たずねているのである。

「たしか……親御さんは会社経営者だったかな。ＩＴ関係で、そんなに大きくない会社だったはずです」

それで、あの態度か。親が不正をしていると思っているのかもしれない。子供の印象が正しいとはかぎらないが、念のために調べる価値はありそうだ。

「会社名はわかりますか」

「資料を見ればわかると思いますが……」

おびえたように、森は語尾をにごした。矢島はハンカチを取りだして額の汗をぬぐうふりをする。そうすると、気弱で情けない男に見えるらしい。

「別に疑っているわけではないんです。ただ、こんな仕事をしてますと、気になったことは調べないと寝覚めが悪いものですから」

　ささいなきっかけから、不正が明るみに出ることはよくある。矢島はこれまで、同僚に嫉妬(しっと)されるに充分な実績をあげてきた。不正を暴(あば)いて重加算税を課すことは、矢島の仕事であり、趣味であり、生きがいである。そのためにアンテナをはりめぐらせ、気になったことは何でも、骨惜しみせずに追及するのだ。

　残業税調査官には表立ったノルマはない。ノルマのために不正をでっちあげるようなことがあってはならないからだ。ただ、現実には個々の調査官が獲得した数字は、逐一(ちくいち)グラフ化されて掲示されている。一番上にあるのはたいてい、矢島の名前だ。ただ、その事実にもかかわらず、矢島に向けられるのは嫉視よりも同情の視線である。その理由は知っているが、矢島は考えないようにしていた。

「あとで電話しますから、わかったら教えてください」

　矢島はそう言って、歩きはじめた。森があわてて追いかけてくる。

「すぐに調べて、こちらから連絡します。先ほど頂戴した名刺の携帯電話にかけてもよろしいですか」

「ええ、お願いします」

　駆けもどる森の後ろ姿を見送って、矢島は首をかしげた。税務署の調査官は、一般人から見たら、警察官と似たようなものだ。関わりあいになりたくないのはわかるが、食事に誘ったり、かと思えば電話が来るのを嫌がったり、いくら何でも反応が極端すぎる。もしかしたら、ＦＸやネットカジノ、あるいはインターネットを通じた商売などで、けちな脱税をしているのかもしれない。

しかし、矢島が相手にするのは企業であって、個人ではない。個人の脱税でも規模が大きければ担当部署に情報を流すが、まだ疑惑とも言いがたい段階で、しかも少額が予想されれば、そこまではしない。情報提供者として使うだけである。

校門から最寄りの駅までは徒歩十五分。運動不足の身にはつらい距離だが、街を歩いて観察するのも仕事のうちだ。

日陰を選んで歩いていると、携帯電話が鳴った。森からだ。

「磯崎の親の会社ですが、イズチャレンジと言います。全部カタカナで」

「住所はどちらですか」

「中野区中央、となってますね」

礼を言って、矢島は電話を切った。幸か不幸か管内である。調べてみろ、と税の神様が告げているにちがいない。

矢島はちょうど目についたカフェに入った。わりと古くからあるチェーン店だ。コーヒーの味はいまひとつだが、休憩と調べ物には絶好の場所である。ついでに、昼食をとってしまおう。

コーヒーとハム卵サンドを頼んで会計し、窓に背を向けた席にすわった。十一時半という時間のせいか、客の入りは二割に満たない。店員はカウンターのなかにアルバイトらしき若い男女がひとりずつだ。矢島は飲食店にかぎらず、入った店では必ず、人員と客を観察してしまう。もう十年つづいている習慣だ。

残業税の導入でもっとも打撃を受けたのは、外食チェーンである。正社員やアルバイトの区別なく、労働者の酷使で成り立っていた企業が多く、体制を変えるのは容易ではなかった。

「残業税はともかく、残業代を払ったら、うちはつぶれてしまう」

真顔でそう主張した経営者がいたくらいだ。その会社は、残業税が導入される前の準備期間のうちに破産した。

逆に息を吹き返したのが個人経営の飲食店である。経営者がメインで働いて、家族が手伝うような業態では、残業税は発生しない。チェーン店との価格差がちぢまったことで、売上げが伸び、新規の出店も増えた。それを見越して、直営からフランチャイズ方式に転換して成功したチェーンもある。

矢島はあっというまにサンドウィッチをたいらげ、コーヒーを半分ほど飲んだ。黒のビジネスバッグからタブレットPCを出して、さっそくイズチャレンジを調べてみる。

会社サイトによると、代表者は磯崎隆史（たかふみ）。ウェブデザインやゲームのプログラミングを業務としているようだ。設立から二十年以上経っているから、IT業界では古いほうだろう。

従業員の数は記載されていない。つづいて、求人情報を検索してみたが、正社員、アルバイトともに、現在は募集していないようだ。

矢島は眼鏡をとって首をぐるりと回した。

この時点ではまったくあやしいにおいはしない。二十年もつづいているのだから、経営は安定しているだろうし、税務調査も何度か入っているはずだ。空振りかな、と思いつつ、矢島は中野税務署の担当者にメールを送って、資料調査を頼んだ。やれることはやっておくのが信条である。

トレイを片付けてから、トイレに立った。用を足すためではない。

飲食店のトイレには、清掃のチェック表が貼られていることが多い。時間ごとに清掃した担当者がサインするものだ。ここにもそれはあった。矢島はさっと目を走らせた。一日四回、トイレ掃除がされており、二週間分がまとめて表になっている。従業員は六名、朝と夜に同じ名前はなく、この表からは超過勤務は読みとれない。

矢島はひとつうなずいて、トイレを出た。カフェをあとにして、少し歩いたところで、携帯電話が鳴った。

耳にあてるより早く、声が聞こえてくる。

「西川(にしかわ)です。講義は終わりました？」

終わったから、電話に出ているのだ。矢島は答えなかったが、相手はかまわずに話をつづける。

「午後、臨検に行きたいんすけど、矢島さんの都合はどうですか」

太くて力強い声が耳を打った。大きな声を出さないでくれ、といつも言っているのに、まったく直らない。本人はピンときていないようなのだ。

「とりあえず、社にもどります」

矢島は一方的に通話を切って、電話をバッグにしまった。

ふと、痛みを感じたような気がして、左手を見る。薬指に結婚指輪はない。もう二年にもなるのに、矢島はその事実に慣れることができないでいた。

2

矢島のデスクがあるのは税務署ではなく、労働基準監督署である。残業税調査官は、その業務の性格上、労働基準監督官とコンビを組んで行動することになっている。残業税の脱税は、労働基準法違反と重なっているケースが多いからだ。

そもそも、残業税の制度設計の段階で、両者をセットにすることは手段というより目的となっていたという。労働基準監督官の権限は強力だが、いわゆるブラック企業対策としては、人員の不足などの理由で充分に発揮されてはいなかった。そこで、企業に強い税務署員と組ませようと考えた者がいたのだ。

　それでも、省庁の壁を越えて協力することは容易ではない。臨検すなわち事業所の立ち入り調査をどちらの主導でやるかは、当然のごとくもめた。財務省と厚生労働省のあいだで熾(し)烈(れつ)な綱引きがおこなわれた結果、残業税調査官が労基署に間借りして動くことになった。名義貸しのようなかたちで労働基準監督官の権限だけを使われることを懸念する厚労省に、財務省が譲ったのだそうだ。

　中野労基署は、残業税導入にともなって新設された署で、区庁舎の四階にある。矢島はここに同僚の調査官や事務官とともに出向していた。コンビを組む労働基準監督官は、西川宗(そう)太郎(たろう)という暑苦しい男だ。

「矢島さん、さっそくですが……」

　顔を見るなり、西川は席を立って駆けよってきた。相変わらずの大きな声に、同僚の幾人かが顔をしかめる。

　西川は、矢島より八歳下である。百八十五センチを超える長身と筋肉質で幅のある体格、そして短く刈りこんだ髪型は、格闘家かプロスポーツ選手のようである。実際に、本人は大学まで野球をやっていて、アマチュア球界では名前を知られた存在だった。大学三年次に大きな怪我(けが)をして、野球の道を断念し、この業界を選んだという。野球漬けの毎日から、急に法学の勉強をはじめて、労働基準監督官の採用試験に受かっているのだから、努力家にはちがいない。

　矢島が西川と組むようになったのはこの四月からだ。仕事熱心なのはありがたいが、体格から受ける印象どおりの猪突猛進（ちょとつもうしん）な行動には辟易（へきえき）している。

「例の件で、午前中に聞き取りをしてたんですけど」

「ちょっと待ってください」

　矢島は右手を顔の前にあげて、口をはさんだ。

「例の件というのはどの件ですか」

　あ、と西川は頭をかいた。

「二週間前から情報提供がつづいている中野三丁目の居酒屋です。元従業員に話を聞きました。労基法違反とあわせて、残業税の未申告も確実です。情報がまわるといけないので、早めに突撃しましょう」

「物騒な言葉を使わないでください」

　矢島は軽くたしなめてから確認した。

「情報提供は同業者でしたか」

「はい。でも、複数から入ってます」

　残業税の脱税が発覚するのは、労働者本人からの告発をのぞくと、同業者からの密告というケースが多い。法に触れる行為をしていれば、周辺に噂が流れるものだ。とはいえ、単に商売敵（がたき）をおとしいれようとしているだけかもしれないので、慎重に裏をとらねばならない。様々な情報提供のうち、臨検まで達するのは一割程度である。

　矢島は寄せられた情報にはすべて目を通している。そのうえで、西川らと分担を割りふる。その居酒屋の件はとりたてて目立つものではなかったが、西川が勢いこんで自分の担当にしたのだった。個人的に情報を得ていたのかもしれない。

「従業員からの聞き取りはしなくていいのですか」

「現場でやります。こちらが動いてると知られたら、証拠湮滅（いんめつ）のおそれがあるんで」

　西川の判断は正しい。外部からの情報提供の場合、従業員から裏をとるのは必須だが、闇雲（やみくも）に連絡をとれば、疑っていることが店に伝わるだけの結果になってしまう。

　西川は同僚のデスクに手をつき、目線を下げて話していた。そうしないと、はるか上から矢島を見下ろすかたちになるからだが、デスクの主（ぬし）の女性が迷惑そうな顔で腕をついたので、あわてて姿勢を正した。

「また周りが見えなくなっているわよ」

　そう言われてようやく、西川は気づいたようだ。矢島は外から帰ったばかりで、まだ手にバッグを持ったまま立っている。

「話はあとで聞きましょう」

　自分の席に向かう矢島に、西川が追いすがる。

「でも、急がないと、聞き取りした元従業員から店に連絡がいくかも……」

「店はランチ営業をしていますか」

いいえ、と西川は必要以上の大声で答える。従業員が出勤するのは、十五時以降だという。

「それなら、十五時半をめざしましょう。聞き取りの内容をメールで送ってください」

「わかりました」

西川はようやく引きさがった。口頭で説明されると耳が痛くなるし、西川の周りは気温が一度は高い。どうせ報告書をまとめなければいけないのだから、テキストデータにして送ってもらうのが得策だ。

「ケンオウさん、本社の砧さんから電話がありましたよ」

事務官の大須賀幸美から声がかかった。西川が離れるタイミングを見計らっていたようだ。

ケンオウというのは、顕央を有職読みしたもので、矢島のあだ名である。ただ、そう呼ぶのは税務署からの出向組だけで、西川をはじめとする労基署の職員は普通に矢島さんと呼ぶ。両者の溝をしめす事例だが、矢島本人は気にしたことがなかった。人からどう呼ばれようが、仕事には関係がない。

「依頼の報告はメールしたけど、直接話したいから連絡して、だそうです」

はきはきとした口調で、大須賀は伝えた。二十四歳という年齢のわりに落ちついて見えるのは、公務員社会の荒波にもまれているせいかもしれない。中野労基署に異動してきたのは昨年だが、一年弱でずいぶんと痩せたように思われる。あごのラインがシャープになって、体型もすらりとした。ストレスで痩せたのか、ダイエットの成果なのか、訊いた者はいない。

労基署に出向する事務官の仕事は、ようするに電話番である。本社と言われる中野税務署および杉並税務署と、四人いる残業税調査官の連絡をサポートする。もちろん、そのほかに細々とした事務仕事があるのだが、労基署に常駐する最大の理由はやはり電話をとるためだ。残業税調査部は、労基署と別系統の電話番号をもっている。

「伝言、たしかに聞きました。ありがとう」

律儀に礼を言った矢島だが、目はあわせていない。席につくなり、パソコンを起動して、あわただしくメールをチェックする。

返事が必要なものにフラグを立てたあと、本社つまり中野税務署からのメールを読む。税務署員や警察官がみずからの職場を会社、本社などと呼ぶのは、街中の雑談から身分がばれないようにするためだと、研修などでは教えられるが、その必要がなさそうな霞が関の官僚たちもそう言うことが多い。公務員心理の複雑さ、というより、単に周りにあわせた習慣なのかもしれない。

「イズチャレンジ……税務調査ではとくに問題なし」

冒頭部分を読みとって、矢島はかすかな失望をおぼえた。相変わらず仕事が早いのはありがたいが、電話もあったということで、少しは期待していたのだ。

報告によれば、イズチャレンジは正社員八名の小所帯で、この規模では珍しいくらいの優良企業であり、過去の税務調査で大きな問題は生じていないという。一般に、税務調査が入れば、どんな企業でも多少の期ズレや損金不算入が指摘され、修正申告をもとめられる。だが、意図的な申告漏れや脱税はなかったということだ。もちろん、残業税もきちんと申告して支払っている。額も不自然ではない。

矢島は伸びあがって、西川の様子を確認した。パソコンにおおいかぶさるようにして、すさまじい勢いでキーボードを叩いている。今少しの猶予がありそうだ。

本社に電話をかけると、直接、砧につながった。矢島です、と言い終える前に、艶のある美声が発せられる。

「ああ、ケンオウね、さっきの件だけど」

砧美知香は中野税務署の法人課税部門で資料調査を担当している。矢島とは大卒の同期にあたるが、税務大学でおこなわれる新卒の研修では、あまり話した記憶がない。やけに美人がいるな、と思ったことだけはおぼえている。再会したのは、砧が中野税務署に配属された三年前だった。その最初の仕事で助けてもらって以来、矢島は彼女に頭があがらない。

砧の経歴は変わっている。いったんは東京国税局の査察部へ配属というエリートコースに乗ったが、二年で脱落し、その後は税務署と国税局を行ったり来たりしているのだ。仕事がおそろしくできるのはまちがいない。にもかかわらず、短い期間で異動を命じられるのは、問題があって追い出されているからだ。

協調性に欠けるから、という表向きの理由は正しいが、すべてではない。それだけでは、近年は内勤ばかりでまったく税務調査に行っていない、という事実を説明できない。調査対象者を怒鳴りつけたり、手を出したり、といった事件を複数回起こしているのだ。事件を目撃した同僚は「砧さんは怒っても美しかった」と語っている。

また、砧は行く先々で男性問題を起こすから追い出されるのだ、という説もあるが、これは中傷であろう。顔がととのっていて仕事もできる砧は、嫉妬の対象になりやすい。その性格を知らなければ、という条件がつくのだが。

「イズチャレンジに表面上、問題がなかったのは、メールに書いたとおり。でも、あなたは疑いがあるから調査を依頼したのよね」

砧の声は蠱惑的(こわくてき)である。女性にしては低音だが、耳触りがよくて、かすかに甘いひびきが混じっている。研修で徴収を手伝ったとき、悪質な滞納者に電話一本で一括納付させたという伝説まである。

「疑いをもった理由は何？　手がかりがあるなら、そこからついてくわしく調べてみるけど」

「手が空いているのですか？」

「空いてないけど、空けられるわ。それで、理由は？」

いらいらとした様子を感じとって、矢島は手短に事情を説明した。確たる根拠がないのは恥ずかしいが、引っかかったのはまちがいないのだ。

「薄いわね」

砧は手厳しかった。

「あなたのそういう印象は当たりそうだけど、さすがにそれだけでは動けない。まあ、気にはとめておくから」

そう言って、砧は電話を切った。

矢島の脳裏に、壁を見つめる高校生の姿が浮かんで消えた。気にはなるが、今は目の前の仕事を片付けなければならない。

データベースを検索して、西川の言う居酒屋の情報を抜きだした。西川は各所に問い合わせをかけたようで、基本的なデータはすでに埋められている。

店名は「まさひろの蔵」、住所は中野三丁目で、中野駅から歩いて行ける場所だ。開店は二年前だが、すでに近くに支店を出している。経営者兼店長のほかに、正社員が四人、あとはアルバイト店員でまかなっているようだ。一年目の決算は赤字であり、法人税は納めていない。残業時間は総計で四百二十二時間、税は一年で二十万ちょっとだ。

「少ないですね」

矢島はつぶやき、眼鏡をとって眉間（みけん）をもんだ。正社員一人あたりの一ヵ月の残業が十時間に満たないというのは、飲食業ではかなり珍しい。工場や事務系の会社で労務管理がしっかりしているところならありえるが、開店時間の長い店だと、どうしても残業は生じてしまうものだ。

公式サイトによれば、「まさひろの蔵」の営業時間は、十八時から二十三時となっている。これなら、仕込みと後片付けの時間を含めても八時間以内で終わりそうだ。しかし、この営業時間はあまりに短くはないだろうか。オフィス街ならともかく、中野は大学もあり、居住者も多い街だ。居酒屋の客は終電間際、あるいはそれ以後もいるだろう。

偽装の可能性が高かった。残業税対策として、短めの営業時間を記載する店は少なくない。「オープンからラストオーダーまで」という、冗談のような表記もあるほどだ。

近隣からの情報提供は噂話程度にとどまっていた。

「あの店はバイトをこき使っている」

「厨房(ちゅうぼう)の責任者が過労で倒れたらしい」

「残業税をごまかしている」

記名を義務づけている情報提供としては、かなりあいまいで確度が低い。データを確認すれば不正の可能性も見えてくるが、この情報だけでは普通は動けない。

矢島は顔をあげて、若い労働基準監督官を見やった。ちょうど、西川も視線をあげたところだった。とめるまもなく、大声がひびく。

「今、送りました」

労基署の広い部屋には、デスクの島が五つほどあって、十数人の職員がパソコンに向かっている。そのほとんどが、いっせいにこちらを向いた。なぜか矢島のほうに非難の目を向ける者が多い。西川の上司は別にいるのに。

矢島はやるせなく思いながら、送られてきたファイルを開いた。


矢島と西川のチームは狭い会議室で作戦を練っていた。紙コップのコーヒーが湯気を立てている。まだ空調が入っていないため、窓のない部屋は蒸し暑い。それでも場所を移したのは、西川の声がみなの迷惑になるからだ。

矢島はコーヒーを片手に、視線を机の上のファイルに落としている。いくつか疑問点があった。

「この元従業員には、どうやってたどりついたのですか」

個人の連絡先を調べるには、いくつかの方法がある。今回のケースでは、店に訊くわけにはいかないのに、西川は妙に早く対象と接触していた。実は以前からの知りあいではないか。

矢島はそう思ったのだが、答えは意外だった。

「税務署に問い合わせて連絡先を聞きました」

思わず顔をあげたが、西川に悪びれた様子はない。

「何かまずかったですか」

「何かって……」

矢島は信じられない思いで首を横にふった。労働基準監督官と残業税調査官の職権は峻別されている。だから、ともに行動するのだ。たしかに、税の申告書類にあたれば、給与を受け取った者の連絡先はわかる。だが、それは矢島の仕事であって、西川の職権がおよぶところではない。

「どうして私を通さなかったのですか」

「忙しそうだったんで、おれが直接訊いたほうが早いと思って」

「うーん」

矢島はもう一度首をふった。この男は、教えさとして聞く相手だろうか。むろん、矢島だって、手続きを省略することはあるが、パートナーの職権を侵したりはしない。そもそも、それで返答する税務署のほうもおかしい。

「誰が調べてくれたのですか。君が本社に行っても、誰も相手してくれないでしょう」

西川はきょとんとしている。マルザと組むのがはじめてだとしても、あまりに鈍くないだろうか。

「矢島さんのバックアップの方ですよ。砧さん、でしたっけ」

「あの人ですか……」

矢島は天井を仰いだ。もしかして、ふたりは同じ種類の人間なのだろうか。

「それなら仕方ないでしょう」

砧がよかれと判断したことなら、矢島が文句をつけることはできない。

「ただ、いつもそれでは困りますよ。組織の秩序を守らないと、近道に思えても遠回りになることがあります」

「はい、わかりました」

返事は素直な西川である。これが体育会系の特質なのか、縁のない矢島にはわからない。とにかく、時間がないので話を進める。

元従業員は正社員として「まさひろの蔵」の厨房で働いていたが、体調を崩して辞めたという。今は別の飲食店で働いており、辞めてしまったことを申し訳なく思っているそうだ。

「そのわりには店に不利な証言をしてくれたのですね」

「はい。積極的ではなかったけど、罪にはならないから、と説得したら、実態を話してくれました」

「身体を壊すほど働かされたら、店を恨むものですが……」

「あれは洗脳ですよ」

西川が語気を強めたので、矢島はそっと椅子を引いた。

「労働者をだましていたんです。労働はそれ自体で尊い。お客様の笑顔が一番の報酬だ。対価を要求するのはまちがっている。技術を得て独立すれば、もっと稼げる。なんて言っていたようです。証言してくれた彼は信じこんでましたね。ああいうのは許せない」

怒りを思い出したかのように、西川はこぶしを握った。

「気持ちはわかりますが、あまり入れこみすぎないように。先入観が強いと、判断を誤りますよ」

年長者らしい説教をしつつ、矢島は内心で不安を感じていた。従業員が経営者に心酔していると、調査がやりにくい。西川がこの調子で冷静さを失えばなおさらだ。

残業税をごまかす手口は珍しいものではなかった。二重出勤簿で時間外労働を管理し、時間外給与はボーナスとして支給するというものだ。

「残業代として払うと税金がかかるから、ボーナスでまとめて払う」「これは脱税じゃない。節税だよ」などと説明されると、知識のない従業員は信じてしまう。でも、何となく罪悪感はあるから、店と口裏をあわせるのだ。

従業員の忠誠心が高いと厄介(やっかい)だが、こちらにも対抗策はある。

「残業代を払うことは払っていたのですね」

「いえ、きちんと計算したことはないらしく、おそらく全額は支払われてません。アルバイトにもボーナスを出していて、それで心をつかんでたんですが、結局は給与そのものをごまかしてたわけです」

正社員でもアルバイトでも、自分の勤務時間を記録している者はあまりいない。タイムカードや出勤簿があれば、それを信じるのが普通だ。そして、まったく払われていなければともかく、それなりの額が入っていれば疑わないだろう。

しかし、西川は断言しているが、残業代のごまかしを立証するのは簡単ではない。

「裏の出勤簿がどこにあるかはわかっていないんですよね」

「はい。でも、店長がタイムカードのほかに記録をつけていたのはたしかです。それにもとづいて、ボーナスが払われていると元従業員の彼は主張していました」

「では、それを入手することが第一ですね。しかし、店と従業員がグルだと面倒です。どこかに突破口があるといいのですが」

西川はむっと口をとがらせた。

「従業員はだまされて、ひどい状況で働かされてるんです。グルとかいう問題じゃないですよ。彼らを解放するのがおれたちの存在価値です」

「情に流されてはいけません」

矢島はあくまで穏やかな調子で反論する。調査も口論も、興奮したら負けだ。

「理由がどうあれ、脱税であることはまちがいありません。不正をただして、課すべき税をきちんと課すのが、私の役割です」

残業税調査官と労働基準監督官の意見が食いちがうのは、いわば当然のことである。それをともに行動させることに、残業税制度の意味があるのだ。

まだ何か言おうとする西川を制して、矢島は告げた。

「今、君と原則論を戦わせても意味はありません。どうやって不正を立証するかです。拙速はさけねばなりません。内偵を入れて、営業時間や勤務時間の調査をしてから臨検に入るべきではありませんか」

たとえば、店の前に張りこんで、誰かが出勤する時間から、営業の終了時間、そしてすべての電気が消えて従業員が退出する時間をチェックする。これを一週間つづければ、本当の勤務時間が見えてくる。

「それなら、もうやりましたよ」

こともなげに返されて、矢島は目が点になった。眼鏡の位置を直してからもう一度問う。

「内偵済みなのですか？　先ほどの報告にはありませんでしたが」

「だって、矢島さんは聞き取りのデータをまとめろと言ったでしょ。内偵については、今、ここで説明するつもりだったんです」

矢島は頭を抱えたい気分である。ほかに情報があるなら、いっしょに報告するのが普通だろう。

その前に、内偵に入るなら、矢島にひと言あるべきだ。このところ、大きな案件に関わっていて本社に行くことが多かったが、それでも朝は労基署に顔を出している。報告する時間はあったはずだ。

　そう言おうとして、矢島はためらった。ひるがえってみれば、自分だって、抱えている仕事をいちいち西川に報告はしていない。本社に行くとか、高校に講義に行くとかは、スケジュール表に記録されているが、内容までは知らせていなかった。

　西川は矢島の葛藤に気づかず、メモ帳に視線を落としている。体格に似合わない、小さなメモ帳だ。

「では、説明しますね」

　内偵結果によれば、定休日の月曜をのぞく火曜から日曜まで、早い者が出勤するのは十五時である。入れかわり立ちかわり業者たちがやってきて、十六時までに食材がそろう。それから仕込みで、十七時にはシャッターが開く。曜日によってちがうが、ホール担当者は十六時に一人、十八時に二人、十九時に一人、といったペースで五月雨式にやってくる。そして閉店は平日で〇時前、土曜日は午前二時まで開いていた。最後の者が店を出るのは、閉店から一時間後くらいである。

「ホールのアルバイトは、シフトを組んでまわせば、八時間以内でおさめることもできるでしょう。でも、厨房は無理です。そもそも、料理長は定休日以外、休んでません」

「出退勤時の写真はおさえてありますか」

　もちろん、と西川は満面の笑みでうなずき、プリントした写真を差しだした。髪を短く刈りこんだ、ジーパン姿の男が写っていた。年齢は二十代の後半といったところか。片手に持った紙袋から、白い服がのぞいている。

「この男が料理長のようです。それから、こっちがオーナー兼店長。もうひとり、厨房担当の社員……」

十数枚の写真を次々と指さして、西川は説明した。一度、実際に店で飲食して、人員の配置を確認したという。

「君がひとりで調査したのですか」

「いえ、若いやつに手伝ってもらいました」

それにしてもやはり、入れこみすぎである。残業税の導入以前、労基署は人員不足のため、期待されていた役割を完全には果たせずにいた。導入以後は人員も増え、企業の体質も変わったため、充分に実力を発揮しているが、余裕があるわけではない。この居酒屋はたしかに不正を働いているようだが、情報提供を受けてすぐに内偵に入るような案件とは思えないのだ。しかも、休日出勤してまで。

「この店に君の知りあいでもいるのですか」

訊いてみると、西川は目をむいてのけぞった。

「お、おれは仕事に私情をはさんだりしません」

イエスと言っているようなものである。矢島はため息をついたが、それ以上追及する気は失っていた。事情があろうが、数字があがるなら、それでいい。残業税はたいした額にはならないだろうが、件数稼ぎにはなる。

「まあ、それならいいでしょう」

あからさまにほっとした表情の西川に、次の質問を投げかける。

「その写真とメモから、勤務時間は割り出せますか。主要な従業員だけでいいのですが」

そこまでは考えていなかったようで、西川はあわてて写真とメモを照合しはじめた。仕事熱心なわりに、詰めの甘いところがあるのは、若さゆえか。

「概算ですが、この料理長は週七十は超えてます。それから、記録は不完全ですが、もうひとりの社員も六十はいってますね。そのほかはちょっと……毎日は追えていなかったようで、計算できません」

西川は巨体を丸めて謝った。むろん、謝るほどのことではない。

「もうひとつ、支店のほうまでは内偵の手がまわりませんでした。すみません」

それは仕方がないだろう。支店が同じように不正をしているとはかぎらない。今回は本店だけで充分だ。

矢島は時計を確認して顔をあげた。

「いいでしょう。追いつめれば、従業員の証言ものぞめます。臨検に行きましょう」

はい、と言うなり、椅子を豪快に蹴倒(けたお)して、西川は立ちあがった。

「今回は労基署メインの案件ですから、君が主役です。私はサポートにまわりますから」

「はい！」

西川が先ほどよりも数倍大きな声で返事をしたので、矢島は耳をおさえなければならなかった。

習慣のように主導権争いをするコンビもあるが、矢島にこだわりはない。とくに、西川のようなタイプは前に出して矛(ほこ)や盾(たて)とするべきなのだ。焦ってミスをしないように後ろから指揮するのが、年長者の役割だった。

3

中野駅の周辺、とくに真新しい区庁舎が建つ北西側は、平日の午後でも人通りが多い。大学のキャンパスが三つあって、そこから駅へと向かう流れがあるのだ。

今や、アルバイトをする大学生は九割を超えているという。物価の上昇がおもな理由だが、アルバイトの時給も上昇しており、重要性も増している。学業よりもアルバイトに精を出す学生は残業税導入以前よりさらに多く、社会問題のひとつになっている。

声高にしゃべりながら歩く若者たちに混じって、ネクタイ姿のふたりが歩いている。ふたりともスーツの上着をわきに抱えているが、同じ格好には見えなかった。一方は中背でふっくらしており、一方は筋肉質の巨体で、体型がちがいすぎる。

「内偵のとき、店の雰囲気はどうでしたか」

「客として行くには、悪くなかったかなあ」

残業税調査官の問いに、労働基準監督官が答える。大声も雑踏では気にならない。

「ただ、やたらと威勢がよかったんで、嫌がる人は嫌がるかも」

「料理の味は？」

西川は大げさに首をひねった。

「さあ、何だか変わったメニューが多かったですね。普通の鶏の唐揚げでいいのに、ミラノ風、とかついてたり、ポテトフライが細いやつじゃなくて、ごろごろしてたりして……刺身はなくてカルパッチョでした」

味を訊いているのに、メニューが返ってきたが、おおよその雰囲気はつかめる。西川の存在はかなり浮いていたのではないか。

「ひとりで行ったのですか」

「いや、友達とです。たまたま、飯食う約束をしてたんで」

「素性（すじょう）がばれるような話はしてませんね」

念のためにたずねると、西川は心外とでも言うように、首を左右にふった。

「まさか、野球の話しかしてませんよ。ちょうど、大学野球の春季リーグが佳境に入ったところですからね。今年はウチの大学が好調でして……」

興味のない話題だったので、矢島はあいまいにあいづちをうって、視線を前に向けた。

高架をくぐって南口に出て、「まさひろの蔵」をめざして歩く。まだ陽が高く、首筋がじりじりと焼かれているような気がする。矢島はあまり汗をかかない体質のため、シャツが湿って困ることはないが、そのぶん、こもった熱でダメージを受ける。

雑居ビルが立ちならぶ坂道を見上げて、残業税調査官は肩をすくめた。見るだけで足が疲れそうな、急な上り坂だ。西川は何のためらいもなく、大股で歩んでいく。矢島はやや遅れて、日陰を選びながら、歩を進めた。

「ここです」

四階建てのビルの前で、西川が待っていた。一階は総菜屋で、二階部分に、黒地に白く染め抜いた「まさひろの蔵」という看板が出ている。店には外階段を使って行くようだ。ちょうど、ビールの樽を抱えた業者の男が入っていった。

「あの人が出てきたら行きましょう」

矢島がささやくと、西川は大きな声で返事をしようとして、さすがに思いとどまった。ふたりは上着を着込み、身分証を首から提げて、臨戦態勢をととのえる。

手ぶらになった業者の男が下りてきた。西川が早くも階段に足をかける。狭い階段ですれちがうとき、男が西川の体格にぎょっとして端に寄った。矢島は笑顔で会釈して、男の横をすり抜ける。取引先にはあとで裏を取りに行くかもしれないのだ。無用な威圧感を与えるな、と西川を叱りつけたいところである。

矢島が最上段にたどりつく前に、西川はドアを開けていた。

「労基署です。立ち入り調査をおこないますので、その場を動かないでください」

朗々とした声が店内にひびきわたった。

客席は四人がけのテーブルが十二、カウンターが十席ほどで、全体の様子は戸口から見渡せる。壁やテーブルは黒を基調とした和風のデザインだが、天井は配管が丸出しで、アンバランスな印象があった。カウンターの向こうが厨房だが、一部を壁で仕切って、客席からの死角をつくってある。

カウンターでは男がパソコンを開いており、厨房ではふたりの男が作業をしている。三人とも、西川の第一声に凍りついていた。

「よろしいですか」

西川は身分証をかかげて、ずかずかと入りこんでいく。このあたりの迫力は頼もしい。

「ま、待ってくれ」

カウンターにいた中肉中背の男が立ちあがった。年の頃は三十代半ば、縁の赤いおしゃれな眼鏡をかけており、頭には季節外れのニット帽をかぶっている。これがオーナーだろう。

「こ、この調査は任意ですか」

そうですよ、と西川が答える。制度上、労働基準監督官の臨検は任意調査だ。残業税調査官のそれも同様である。しかし、責任者が不在などの理由をのぞけば、拒否する余地はほとんどない。

「じゃあ、きょひ……」

オーナーが言いかけたところで、矢島は機先を制した。口もとに穏やかな笑みを浮かべて告げる。

「時間外労働税調査官の矢島です。一般論を申しあげます。任意調査を拒否すると、次は令状を用意して強制調査になりますが、その場合はほとんど、最終的に実刑が下されます。任意調査を拒否するケースは、百件に一件もありませんね。なお、調査は正当な理由があれば延期もできますが、この場で質問に正確に答える義務はあります。黙秘はできませんので、その点はご承知ください」

ようするに、拒否するとよりひどい目に遭うぞ、という意味である。

「よろしいですね」

西川が念を押すと、オーナーは一瞬、打算的な表情になってうなずいた。証拠は出ないという自信があるようにも見える。

「作業を中断して、こっちに来てください」

西川が厨房のふたりに呼びかける。その視線の動きから、矢島はタイムカードの位置を察して、確保に走った。

「こちら、確認させてもらいますね」

途中で壁に貼られたシフト表も見つけ、写真におさめる。従業員はおとなしく西川の指示にしたがっていた。オーナーは余裕を取りもどしたようで、見下すような視線をこちらに向けている。

西川が緊張気味に口上を述べた。

「本日の調査は、労基法違反および時間外労働税法違反の嫌疑によるものです。まず、労働者名簿、雇用契約書、出勤簿、賃金台帳、三六（さぶろく）協定の書面および時間外労働税の申告書を確認させてください」

「急に言われてもわかりませんよ」

挑戦的なオーナーに西川は一枚の紙を差しだした。必要な書類を列記したものだ。

オーナーはのろのろとレジ台に歩みより、下の棚から分厚いファイルを取りだした。ぶつぶつとつぶやきながら、必要な書類を抜いていく。

矢島は西川の前のテーブルに、タイムカードの束をおいた。

「はい、出勤簿です」

不自然に時間がそろっていることはすでに確認している。残業は一週間で二時間程度しか記録されていない。

書類をそろえたオーナーが椅子にすわり、西川と向かいあった。ふたりの従業員もオーナーと並んですわる。オーナーの名は蔵田雅洋、従業員はともに二十代後半で、短髪のほうが料理長の手塚、長い髪をしばっているのが堀之内という。

四人の様子を見るかぎり、このなかに西川の知りあいはいないようだ。西川に任せておいて問題はないだろう。

「私は捜し物をしてますから、聞き取りを進めてください」

あえて全員に聞こえるように告げ、矢島はまずレジ台のわきにかがみこんだ。オーナーがにらむのにかまわず、棚を調べはじめる。

実は、裁判所の令状をもたない任意の税務調査では、家捜しまではできない。労働基準監督官の臨検では、これが可能になる。ゆえに、残業税調査官は労働基準監督官とともに行動するのである。

西川は書類をひとつひとつ確認していた。いずれも、表面的な問題は見られないようだ。

三六協定というのは、労働基準法三六条にもとづき、時間外労働や休日労働について定めた労使間の協定のことである。企業はこの協定届を労基署に提出しなければ、労働者に残業させることができない。労基署に三六協定を提出した企業には、税務署から残業税の申告と納税の書類が送られることになっている。

「この三六協定には、手塚さんのサインがありますが……」

西川は言いながら顔をあげ、料理長の手塚を見やった。貧乏ゆすりをしていた手塚はびくりとして目を見開いた。

「内容はご存じですか？」

手塚はぎくしゃくとした動きで視線を移動させ、目でオーナーに助けをもとめた。蔵田はわざとらしい仕草でニット帽をとり、片手でもてあそんだ。

「ちょっと意地が悪すぎませんかね、監督官さん」

たとえ自分でサインしていたとしても、三六協定の内容を把握している労働者などいない。もちろん、西川もそれはわかっている。蔵田の言うとおり、意地悪でした質問だ。

「どういう疑いがあるのかわかりませんが、手早く終わらせてほしいものです。うちにはやましいところなんてないんだから」

蔵田は少なくとも、西川を怖がってはいなかった。臨検に行くと、露骨に卑屈な態度を見せる経営者も多いが、そういうタイプではなさそうだ。少々、面倒ではある。

「わかりました。では質問します。やりとりはすべて録音させてもらいます」

西川が声に力をこめて、蔵田を見すえた。蔵田は一瞬、のけぞる様子を見せたが、すぐに挑むような目つきで見返した。

「このお店は何時まで営業しているのでしょうか」

「十一時までです」

「近隣の方によりますと、土曜日などは午前二時まで営業しているとか」

「お客様がなかなか帰ってくださらない日は、たしかにあります」

「そういう日は、当然、残業になりますよね」

西川は蔵田よりもむしろ、ふたりの従業員に向けて話している。

「残業であれば、残業代と残業税を支払わなければなりませんが、給与台帳を見ますと、ほとんど残業はしてないことになってます。つじつまが合いませんね」

「いいえ、うちではきちんと記録しているつもりです。二時までなんて開けることはめったにありませんし、そういうときは従業員を帰して、私だけでやりますから」

蔵田は平然と答えているが、手塚はずっとうつむいており、堀之内は仏頂面で窓の外をながめている。

西川が背広のポケットからメモ帳を取りだした。

「すでに調べがついてますから、嘘を言ったらすぐにわかりますよ。正直に答えてください。まず、手塚さん」

手塚は呼びかけに反応せず、テーブルの上で組んだ自分の手を見つめている。

「先週の土曜日は何時から何時まで働いていましたか」

「そこのタイムカードを見ればわかります」

答えたのは蔵田である。

「そもそも、調べがついているなら、訊く必要はないんじゃないですか」

「いいえ、労働者は不正をみずから申告すれば、残業税は免除されますが、あくまで否定した場合、残業代が払われているかどうかにかかわりなく、重加算税まで負担しなければなりません。ですから、申告の機会を与えているのです」

手塚がぎょっとした顔を雇い主に向ける。もう少しだ。

しかし、蔵田は西川に負けじと声を張りあげた。

「聞き捨てなりませんね。私の店では不正などいっさいありません。あなたの言いようはまるで、不正をでっちあげろと勧めているようだ」

西川は蔵田を無視して、ふたりの従業員を見比べた。

「何か言いたいことはありませんか」

手塚は再び目を伏せた。堀之内はずっと外を見ていて、会話がまるで耳に入っていないようである。

ふいに、けたたましい音が鳴りはじめた。目覚まし時計のようだが、電話の呼び出し音だろうか。

「失礼します」

蔵田が言って、ズボンのポケットから携帯電話を取りだした。

「出ないでください。電源は切っておいてください」

矢島はあくまで穏やかに指示した。本来、そこまで要求する権限はないのだが、蔵田は意外に素直にしたがった。電源を落として電話を黙らせ、カウンターの上に放りだす。

しばらく様子をうかがうような沈黙がつづいたあと、蔵田がいきなり立ちあがった。

「私はね、こいつらの夢を実現させてやりたいと思っているんです」

あっけにとられる西川をよそに、蔵田が語りはじめる。

「自分の店をもちたい。お客様を幸せにする場所をつくりたい。立派な夢です。その夢に向かって、一生懸命、汗水垂らして働く。対価はお客様の笑顔です。世の中にこれほどすばらしいことがありますか？　あなたがたみたいに、自分のものになるわけでもない税金を、庶民からかすめとることばかり考えている人たちにはわからないでしょう。私は彼らの夢を応援しています」

製氷機がガラガラと音をたてたので、一同の注意がそれた。しかし、自己に陶酔している蔵田は意に介さない。

「だからといって、ひと昔前のブラック企業のように、若者の夢を食い物にしてはなりません。働いたら、働いた分だけお金を払うのは当然です。そうしないと資金がたまりません。幸か不幸か、私の店はそれほど労働時間が長くありませんが、時給に換算すれば、他社さんより多く払っているつもりです。そのうえで、調理と経営のノウハウを教えています。彼らのためを思えばこそです。誰がチクったのか知りませんが、きっと挫折した同業者か何かでしょう。こんな私が不正を働くわけないじゃありませんか」

蔵田は両手を広げて悦に入った様子である。矢島と西川にとって、蔵田の演説は笑止であった。欲にかられた経営者ほど、夢という言葉を使いたがる。しかし、手塚と堀之内は感動にうるんだ瞳を蔵田に向けているではないか。

西川にとっては、ありがたくない結末になるかもしれない。矢島にとっても、労働者にも払わせるとなると手間が増えるので、あまり歓迎はできなかった。

それより、早く裏出勤簿を見つけなければならない。矢島はレジ台の棚に見切りをつけて、次のターゲットに移った。

「すみません、パソコンの中身をチェックさせてもらいますね」

声をかけると、蔵田は我に返った。

「何の権利があってそんな……」

「調査の一環です。やましいところがないなら、見てもいいでしょう」

「……では、お好きにどうぞ」

ふてくされたような言い方だったが、演技のようにも思えた。必要な情報はなさそうだな、と思いつつも、矢島はパソコンを開いた。

西川は自主的な申告を待つのをいったんあきらめたようだ。みずからの足で稼いだ資料をまとめたものをテーブルの上に広げる。

「この写真は手塚さんですね」

反射的に手を伸ばした手塚だったが、西川の太い腕にはばまれて、写真を拾いあげることはできなかった。

「先週の土曜日は十五時に出勤して店の鍵を開け、鍵を閉めての退勤は翌日の午前二時四十五分。写真の時刻で確認できます。休憩時間もあるでしょうが、十一時間以上の労働です。ところが、タイムカードは十五時から二十四時までになってます。これはどういうことでしょうか」

手塚は無言で床を見つめている。コンクリートを黒く塗った床には、ごみひとつ落ちていない。

「そんな写真はいくらでも偽造できるでしょう。何の証拠にもなりませんよ」

強気に抗弁する蔵田に対し、西川が冷静に応じる。

「必要なら、客の証言をとってもいいんですよ」

「思い出しました」

ふいに手塚が顔をあげた。

「その日は忘れ物をして、店に取りにもどったんです。だから、その時間に写真をとられたんです。働いていたのは十二時までです」

西川は、肺がからになるほどのため息をついた。

「手塚さん、私たち労働基準監督官は、労働者の、あなたがたの味方なんです。信じてください」

蔵田をちらりと見やり、今度は自分の番だとばかりに、西川は熱弁をふるう。

「長時間労働はまちがいなく心身の健康をそこないます。社会の損失である前に、あなたの健康がおびやかされているんですよ。あなたが助けをもとめてさえくれれば、私はあなたを助けられます。どうか、本当のことを話してください」

そういう言い方は、矢島の好みではなかった。目当てのものが見つからない苛立ちとあいまって、舌打ちしそうになる。

結局、長時間労働は個人の選択なのである。払うものを払っていれば、批判されるものではない。もちろん、残業税はたばこ税と同じく、政策を実現する手段としての側面が強い。ワークシェアリングとワークライフバランスをすすめる、ようするに働きすぎるな、という政策だ。それを承知のうえで、働きたければ働けばいい、と思うのだ。現に、矢島だって西川だって、長時間働いている。

「手塚さん、今ならまだまにあいますよ」

西川としては猫なで声のつもりかもしれないが、一歩まちがえれば脅迫に聞こえかねない語調である。

手塚は青ざめ、テーブルに突っ伏してしまった。

「こうなっては仕方ありません」

芝居がかった声をあげたのは、やはり蔵田である。

「前途ある、そして会社思いの若者に嘘をつかせるわけにはいきません。お話しします。たしかに、先週は予想以上に忙しく、手塚に残業をしてもらいました。そのとき、彼は彼なりに気を遣ったのか、あるいは単にいつもの習慣なのか、定時にタイムカードを押してしまったのです。もちろん、残業税はきちんと申告します。今までもそうしてきましたから」

「先週だけのことを言っているのではありません。恒常的に残業させているのでしょう。彼らは定休日以外は毎日出勤してます。この店の雇用契約でも労働規約でも、完全週休二日制をうたっているにもかかわらず、です。給与台帳によると、休日出勤手当は出してないですね。週四十時間を超えた分は休日出勤も残業税の対象になりますが、それも出ている形跡がありません。明らかに違法ですよ！」

西川に火がついた。血走った眼が蔵田をにらんでいる。つかみかからんばかりの勢いだが、蔵田も引かない。

「ですから、それは先週だけのことです。シフトの関係でたまたま休みがとれなかっただけです。先月はそのようなことはなかったので、給与には反映されていないのです」

「いつまでシラを切るつもりですか!?」

西川がテーブルをばん、と叩いた。突っ伏していた手塚がびくりとして顔をあげ、また伏せる。

「西川君、落ちついて」

矢島は口をはさまざるをえなかった。興奮して器物破損などに及べば、退散するしかなくなる。残業税調査官と労働基準監督官のあいだには上下関係も監督関係もないのだが、こういうときは互いにフォローしあわねばならない。

「大丈夫です。私は落ちついてます」

西川は上着の乱れをととのえて、蔵田に向き直る。

「苦しまぎれの言い訳はやめてください。もし裁判になったら、否認や嘘は心証を悪くしますよ」

「苦しまぎれは監督官さんのほうじゃないですか。先週のことしか証拠がないから、嘘の自白をさせようとしているんでしょう。その手にはのりませんよ」

蔵田の指摘は半ば当たっている。西川の調査だけでは充分な証拠にならないから、矢島が懸命に裏出勤簿を捜しているのである。また、相手がたとえ労基法違反を認めても、労働時間を確定させなければ、残業税を課すことはできない。何としても裏出勤簿を見つけないと、矢島はただ働きになってしまう。

「私は警察でも検察でもありません。司法警察権はありますので、逮捕や送検は可能ですが、そんなことはのぞんでません。ただ、違法な労働環境を正したいという気持ちがあるだけです」

西川はやや話をそらした。警察権を積極的にアピールするというより、形勢の不利がそう言わせたように思われた。従業員をオーナーから引き離して話を聞くべきだったかもしれないが、経営者の不誠実ぶりを見せつけることで、従業員が目をさますケースもある。戦術ミスと断定するのは西川に酷だ。

「おはようございまーす」

脳天気な声とともに、背の高い若者が戸口にあらわれた。いっせいに視線を浴びて、ドアを開けたまま立ちつくす。

「あの……おれ、今日四時からなんすけど……お、おと、お取りこみ中？」

アルバイトのようだ。髪は薄い茶色で、ごてごてしたジャンパーを着込んでいるが、表情はあどけないと言っていい。

「ああ、今日はそうだな、六時にまた来てくれないかな。時給はつけておくからさ」

蔵田が言うと、若者はぱっと顔をほころばせた。

「本当すか。じゃ、ゲーセンでも行ってから、また六時に来ます」

ばたばたと階段を下りていく若者を見送って、蔵田は笑みを浮かべた。気前のよいところを見せた満足感がにじみでている。

「さて、話をもどしましょうか、監督官さん」

嫌味たっぷりの口調で、蔵田は西川に告げる。

「早く仕込みを終わらせないと、今日の営業ができなくなってしまいますから。そうなったら、損失は補塡してくれるんですか」

「労基署は臨検にかかるいかなる損害の責任も負いません」

言いながら、西川はちらりと矢島を見やった。まだ見つからないのですか。無言の問いを受けた矢島は首を横にふった。パソコンのなかに、それらしい記録はない。

矢島はパソコンを閉じて立ちあがり、厨房へと向かった。用意してきたビニール手袋をはめて、食器棚やストッカーなどを片っ端から開けてまわる。以前、冷蔵庫に隠された重要書類を見つけたこともあった。先入観をもつことなく、すべての場所を捜さなければならない。

厨房は掃除が行きとどいていて、清潔だった。調理道具や調味料がきちんと整頓されておいてある。冷凍庫におさめられた肉や魚には、パッケージごとに日付が書かれており、順番に並べられている。段ボール箱の野菜類は素人(しろうと)の矢島が見ても新鮮でみずみずしく思える。少なくとも、調理に関しては蔵田は誠実なのだろう。

「手塚さん、先月の休みは何日ありましたか。一日あたりどれくらい働いていましたか。わかる範囲で、だいたいの時間でいいので教えてください」

西川に問われて、手塚はぼそぼそと答えた。

「週休二日なので、休みは八日間です。一日は八時間か、多くても九時間です」

「それは建前でしょう。本当のところを訊いているんです。これ以上、店をかばっていると、あなたも罪に問われますよ」

西川が苛立ちをあらわにすると、手塚は完全に黙りこんでしまった。失敗だ。

「そろそろ、あきらめてもらえませんか」

蔵田が鼻孔をふくらませて言う。

「考えてもみてください。もし、私が従業員を長く働かせて、おまけに残業代も払っていなかったら、彼らはとっくにそう証言しているでしょう。嘘をついたって、何の得にもならない。それどころか、事実を証言すれば、未払い分が還(かえ)ってくるかもしれないんですから。そうしないということは、不正なんかないってことです」

西川が一瞬、沈黙したので、蔵田はさらに言いつのった。

「納得しましたか。先週の分については、きちんと申告しますし、休日出勤の代休は必ずとらせます。それでいいじゃありませんか」

「……よくない」

西川の声は、耳でとらえるには低すぎた。聞き返す蔵田に、西川は給与台帳をつきつけた。

「手口はわかってるんだ。いいかげんに白状しろ！」

だが、蔵田は眉をひそめただけで、おそれいった様子を見せなかった。

4

若い労働基準監督官は幅の広い肩を怒りにふるわせていた。こめかみに浮かんだ筋がひくひくと動いている。手にしたペンは不必要に力をかけられて、今にも折れそうである。

「この店は不自然なまでに賞与が多いですね。去年の冬が、一番多い人で百二十万。半期で四、五ヵ月分というのは、大手企業でもなかなかない数字です」

遠雷（えんらい）にも似た低い声が指摘した。

「業績がよかったものですから、社員にも還元したいと思いまして。いけませんか？」

蔵田は表面上、まったくひるんでいない。虚勢とはいえ、たいしたものである。しかし、手塚はどうか。テーブルに肘（ひじ）をついて頭を抱えているが、背中が小刻みに動いている。

「アルバイトにもボーナスが出てますね」

「同様の理由からです」

西川はペンでテーブルを小さく叩いた。

「よくある手口なんですよ。残業代をボーナスにまわして残業税を脱税し、なおかつそのボーナスもごまかして全額は払わない。みんな同じ手を使って、同じ言い訳をするんです」

手塚が一瞬、顔をあげようとした。蔵田は冷ややかな視線を西川に向けている。ここで、

「うちはごまかしてなんかない、社員にはちゃんと払ってる」と言って墓穴を掘った経営者もいるが、蔵田はそれほど間抜けではないようだ。

「おれはそういうごまかしが嫌いなんです。残業税はたいした額ではないでしょう。でも、あなたが彼らの残業代をごまかしていること、そして労働者を搾取していることを許すわけにはいきません」

西川は怒りのなかに自信をのぞかせているが、実は手詰まりになっているのではないか。蔵田が残業代をごまかしているというのだって、十中八九当たっているにしろ、推測にはちがいない。

「それなら、証拠を見せてください」

蔵田は勝ち誇って言った。

「私が彼らに残業させて、残業代をごまかしている。その証拠を見せてくださいよ」

「残業時間を記録した裏の出勤簿があるでしょう」

「だから、それを見せてくださいって」

「今、捜しているところです」

やりとりを聞いて、矢島は心のなかでため息をついた。西川は迫力で押すのは得意だが、会話から情報を引き出すのはまだ苦手なのだ。このままでは、出直さないといけなくなる。そうすれば、裏出勤簿は破棄され、証拠はなくなる。これからは不正がやりにくくなるから、西川はいいかもしれないが、矢島にとっては完全に敗北だ。

　しかし、蔵田はどうしてあんなに自信をもっていられるのか。最初の反応から、臨検を察知していたとは思えない。毎日使うものだから、隠すにしても、手のこんだ隠し方はしていないだろう。

　ならば、どうして見つからないのか。この店にはないのか。しかし、元従業員は裏出勤簿の存在を知っていた。当然だろう。従業員を信用させるため、きちんと記録しているところを見せておく必要がある。

　矢島はハンカチを取りだして、鼻にあてた。ミントの香気が鼻腔を駆けぬけ、頭をすっきりさせる。

　ひとつの可能性に思いいたった。近くにある支店だ。意図的か偶然か、裏出勤簿はそちらにまわっているかもしれない。

　応援を呼ばなければならない。誰か手の空いている者がいればよいが。

　矢島は携帯電話を手に、いったん店を出ようとした。すがるような視線を感じてふりかえる。

「少し待っていてください。それから、オーナーの携帯電話もいちおう調べてみて」

　手がかりがつかめるとは思えないが、念のためである。矢島はドアを開けて外に出ながら、残業税調査部に電話をかけた。

ワンコールで大須賀が出る。

「矢島です。緊急で応援が……」

話しだしたとき、若い男が階段をあがってきた。「まさひろの蔵」と染め抜いた黒いTシャツを着ているが、それが張りさけそうなほどに胸板が厚い。背は平均よりやや高めだが、筋肉質で体重はそうとうありそうだ。年齢は西川と同じくらいだろうか。

「もしかして……」

矢島の脳裏で火花がはじけた。

分かれていたパーツがつながったのだ。できあがった絵は、納得できるものだった。

これですべて解決するかもしれない。

「またあとでかけます」

電話を切った矢島は、人畜無害そうな笑みをつくって、男に話しかけた。

「こちらの店の方ですか?」

「はい、いや、おれは北口支店のほうですけど、こちらのこともわかりますよ」

男はさわやかに答えたが、目の下に疲れの色が残っている。寝不足で疲労がたまっている顔である。

「あ、もしかして開店時間ですか。看板には六時って書いてあるんですけど、五時から営業してるんです。入っても大丈夫ですよ」

「そうなんですか。よかった」

よかった、というのは心からのセリフである。矢島は自然な動作で道をゆずった。男が先に立って、ドアを開ける。

「オーナー、携帯どうかしたんですか？」

男が店に足を踏み入れた瞬間、視線が集まった。

「深見(ふかみ)！」

蔵田と西川、ふたつの声が重なった。西川はすでに腰を浮かせている。

「えっと、何で西川がいるんだ？」

深見と呼ばれた男は怪訝(けげん)そうに店内を見渡した。

「すぐに支店にもどれ！」

蔵田が血相を変えて怒鳴った。深見はとまどいつつ、踵(きびす)を返したが、ドアは矢島がふさいでいる。

「とりあえず、すわってもらえませんか」

「その必要はない。そいつを押しのけてでも帰れ！」

蔵田は我を失っていた。いつのまにか、派手な眼鏡をはずしている。

「深見、おれの話を聞いてくれ」

西川の呼びかけに、深見は一歩あとずさった。ひそめられた眉に、警戒の色が明らかだ。

何度か話しあいがあったのだろう。

引き延ばしてもいいことはない。矢島は勝負に出た。

「深見さん、あなた、出勤簿を持っていますね」

「どうしてそんなことを訊くんですか」

深見の問いは、肯定の返事に等しかった。右手がズボンの尻ポケットにあてられている。そこに入っているにちがいない。

「深見、そいつらはマルザだ。出勤簿を持って逃げろ。おまえも罪になるぞ」

「え、でも……」

ためらう深見に、蔵田が言葉の鞭を叩きつける。

「おまえには夢があるんだろ。つかまったら終わりだぞ。早く逃げてそれを捨てるんだ」

深見は膝を軽く曲げて臨戦態勢をとった。

「どいてください」

「そういうわけにはいかないのですよ。これが仕事なものですから」

雄大な体格の深見を前にして、矢島は闘牛士のような気持ちになっていた。だが、猛牛を相手にするのとちがって、逃げるわけにはいかない。足がふるえているにしても、圧倒まではされずにすんでいるのは、日頃から西川といっしょにいるからだろう。

「どかないのが悪いんですよ」

深見が突っこんできた。

やはり怖い。

矢島は本能的に目をつぶった。

だが、覚悟していた衝撃はなかった。目を開けると、西川が深見を羽交い締めにしていた。後ろからがっちりと組み止めているのだが、深見はそれでも前へ進もうとしてもがいている。

矢島は近づいて手伝うそぶりを見せたが、深見の腕が目の前を薙ぎ払ったので、あきらめた。大男ふたりがもみあっているので、危険きわまりない。

「おとなしくしろ、深見。暴れると逮捕しないといけなくなるぞ」

「何だよ、警察でもないくせに」

「労働基準監督官には、逮捕権があるんだよ」

西川が言ったのは事実だが、正確ではない。このケースは公務執行妨害罪の現行犯逮捕になるが、現行犯なら誰でも逮捕できる。

とはいえ、深見は逮捕と聞いてひるんだ。力が抜けたところで西川が腕をつかんで前を向かせる。

「いいかげんに目を覚ませ。今ならまだまにあう。若者をただ働きさせてもうけを出すなんて真似は、もうやめるんだ。おまえ自身だって、働きすぎだろう。過労死寸前の顔をしているぞ」

「しつこいな。おれはお客様の笑顔のために頑張って、働いて働いて、今の店を任せてもらえるようになったんだ。社員もバイトも、夢の実現のために懸命に働いている。西川が労働者の味方だって言うなら、応援してくれよ」

ふたりの言いあいに、蔵田が割って入る。

「そうだ、深見君は立派だ。こんな立派な若者が罪を犯すはずがない。彼の夢に免じて、今日のところはお引き取りください」

もはや敗北が見えたからか、蔵田のセリフは支離滅裂である。それを無視して、矢島は深見にたずねた。

「あなたは支店の店長なのですね。残業代は出ていますか?」

「僕は管理職だから、もらってないですよ。社員やバイトにはちゃんと払ってます」

予想どおりの返答を得てたたみかける。

「社員やアルバイトの採用はあなたが決めているのですか」

「え? いや、本店で一括採用ですが」

ばか、と蔵田が叫ぶのにかまわず、矢島は宣告した。

「人事権がないなら、管理職とはみなされません。残業代をもらう権利があり、残業税を払う義務があります」

残業税の導入後も、管理監督者つまり管理職の要件は変わらない。人事や労務管理において経営者レベルの権限があることだ。その解釈は厳しくなっており、チェーン店の店長はもちろん、課長や部長という肩書きがついていても、管理監督者とはみなされないことが多い。税務調査でもめる点のひとつである。

管理職に残業代を払う必要はない、というのは前時代の知識なのだが、いまだそれを主張する者が絶えないのだ。

「深見は勘違いをしているんだ。支店の経営は彼に任せているんだから」

矢島は蔵田の主張を黙殺した。突破口を広げるのが先だ。

「労基法違反ならびに時間外労働税法違反の疑いで、私たちは調査に来ました。オーナーは違法であると知りながら、残業代を払わず、またごまかし、店の利益にしていたのです。あなたももらうべき賃金をずっともらっていなかったのですよ」

「えっと、でも、やりがいのある仕事をさせてもらってるんだから……店長手当も出ているし……」

深見の声が弱々しくなった。西川が友の手を強く握る。

「おまえは被害者だが、このままでは加害者になってしまうぞ。自分の店をもちたいなら、法に則(のっと)った働き方で、みんなが幸せになれるような店にするんだ」

「おれは幸せだ。お客様の笑顔を見ていれば幸せなんだ」

「おまえが店長になってから、一度も会ってなかったよな。いつも忙しいから、と言って。

友達に会えなくて幸せなのか」

「それは西川がうるさいから……」

「大学の仲間はいっさい店に行かなくなっただろ。おまえの痛々しい姿を見ていられないからだ。このままこの仕事をつづけていれば、二度と会えなくなる。それでもいいのか」

深見はうつむいて肩をふるわせている。

「おれたちのところにもどってこい、深見。みんな、心配して待っているぞ」

深見の目がうるんでいるのは、雰囲気でわかった。

矢島は西川の説得を冷めた目でながめていた。三人の様子をうかがう必要があるのもたしかである。だが、それ以上に、お涙ちょうだいの情緒的なやりとりが苦手だった。反射的に目をそらしてしまうのだ。「夢を応援する」のと、ベクトルが違うだけで、本質は同じではないのか。体育会系の先輩後輩の関係や、努力と根性の精神論は、ブラック企業と相性がよい。西川はそれを知っていて、労働基準監督官の仕事を選んだのかもしれない。将来、仲間を助けるために。

本店の三人にも、敗勢が濃いことは伝わっているだろう。もっとも、堀之内は相変わらずぼんやりと外を見ていて、何を考えているのかわからない。

手塚は哀願するような顔をこちらに向けていた。すべて話すから許してくれ、と、目どころか顔全体で語っている。矢島は安心させるようにうなずいてみせた。

　蔵田は反撃の手段をさがしてきょろきょろと周囲を見回していたが、矢島と目があうと媚びるように笑った。

「支店の問題は支店の問題でしょう？　あれですよ。出勤簿なら、自宅にあるんです。明日、税務署にお届けにあがりますから」

　この期に及んで、まだごまかそうとしている。改竄する気満々ではないか。

「その必要はありません」

　矢島は会心の表情で答えた。

「出勤簿はここにありますから」

　文庫本サイズの厚いノートをかかげてみせると、蔵田はぽかんと口を開けた。

「さっき拾ったのですが、これははっきりした証拠になりそうですね」

　実際は、大男ふたりがもみあっているときに、ポケットから頂戴したのだ。ノートの日付は去年からで、従業員の勤務時間が記録してある。端正な字で読みやすい。さっと目で追って、頭のなかで計算する。

「なるほど、一ヵ月ごとの合計の時点で、すでに減らしているのですね。残業時間は百をゆうに超えているのに七十二、六十九、六十八……」

「け、計算ミスです。修正しますから」

　蔵田が情けない声を出したが、矢島は容赦しない。

「計算ミスなら、増えることがあってもよさそうなものですけどね」

賞与の金額と照らしあわせれば、さらなる残業代のごまかしが見つかるだろう。残業税については、過労死ラインを超えているので、率が高くなる。脱税でもかなりの数字があがりそうだ。

「追徴金をたっぷり払っていただきますので、楽しみにしていてください」

がくりと頭を垂れる蔵田を尻目に、西川と深見は涙を流して抱きあっている。西川の仕事の進め方には言いたいことがたくさんあったが、結果的に丸くおさまった以上、波風立てるつもりはなかった。

暑苦しい場面を見ないようにして、矢島はふたりの従業員に告げた。

「あなたがたは、実態を偽りなく証言すれば、罪には問われません。納税の義務は店に移ります」

厳密には店をかばっていた手塚などはグレーゾーンだが、起訴までいかなければ運用で何とかなる。

これにて一件落着、そう思ったときだった。

「ふざけんなよ！」

黙っていた堀之内がいきなり叫んだ。

「何だよ、これ。こんなことされたら、店がつぶれるだろ。昼も夜も一生懸命働いてきたのがパーじゃねえか。頑張って働いたら、店を任せてくれるはずだったのに、独立できるはずだったのに！」

　堀之内は帽子を床に叩きつけ、こぶしでテーブルを激しく打った。蔵田も手塚も、西川も深見も、唖然として狂乱を見つめている。

「お金も入りますし、経験は無駄にはなりませんよ」

　矢島がなだめても、堀之内の怒りはおさまらない。

「他人事みたいに言うなよ。おまえらのせいだろ。こんなこと、小さな店ならどこもやってるのに、何でおれたちだけ調べられるんだよ。なあ、あれか。深見が知りあいだからか。そんなことで、おれの人生くるわせたのかよ。夢を返せよ！」

　不正のすべてを捕捉できていないのは事実である。残業税の徴収が企業と労働者のモラルに依存していることはまちがいない。だが、それを不正を正当化する材料に使っていいはずはない。

　矢島は眼鏡の奥で目を細めた。穏やかな顔つきが一変する。

「不正をしないとかなえられないような夢に価値はありません」

「だから、みんなやってることなんだよ！」

　それは哀しい絶叫だったが、矢島の心をふるわせることはなかった。

「罪は罪です。それに、みんなやってるなどということはありません」

「けっ」

堀之内は椅子を蹴倒して立ちあがった。梅雨空のような雰囲気の店内に、重々しい音がひびく。

西川が堀之内の前にまわりこんだ。

「君も話を聞いていたらわかるだろう。このまま働きつづけても、労働時間が増えるばかりで手取りは増えず、身体や精神を悪くするだけだ。こんな働き方に夢なんかないんだ。まだ若いんだから、今から正しい道にもどって、やりなおせばいいじゃないか」

「おまえのやり方を押しつけるな。オーナーはおれたちを応援してくれていたんだ。オーナーについていけば、成功できたのに。ねえ、そうでしょう?」

堀之内の真摯な視線を受けとめかねて、蔵田はうつむいた。

沈黙は雄弁であった。一拍おいて、堀之内の目に涙があふれてきた。

矢島は宣告した。

「押しつけるのは私たちのやり方ではありません。法です。あなたが納得しようがしまいが、法に則って、適正な税金を払ってもらいます」

堀之内は答えず、ただすすり泣くばかりだった。


当座の処理を終えた帰り道である。

矢島が先を歩き、西川が数歩遅れてつづいている。日が長い時季だから、まだ空は薄明るい。駅へ向かうサラリーマンや学生の列に逆らって、ふたりは疲れた足を動かしている。臨検は成果をあげたが、後味のいい仕事ではなかった。

公正に税を賦課することが、矢島の正義である。どんな事情があっても、それは揺るがない。一瞬でも情に流されたら、自分の過去を許せなくなってしまう。

「矢島さん」

元気のない、しかしそれにしては大きすぎる声で、西川が呼びかけた。矢島は足をとめて、追いついてくるのを待った。

「すみませんでした。おれが未熟なせいで、ばたばたになってしまって」

「別に気にすることはありません。私は満足しています」

あの店はおそらく、税負担に耐えられず倒産するだろう。それは仕方がない。脱税しなければ成り立たないような経営をしているのが悪いのだ。ただ、重加算税を含めて全額回収できるかどうかは微妙で、その点は不安だった。

「おれは深見を救うことしか考えてなかったんです。あの若者の話もちゃんと聞いて、いいかたちで洗脳をといてあげないといけなかった。残酷なことをしてしまいました」

「将来を考えれば、あれでよかったと思います」

感情を消した瞳で、矢島は西川を見あげた。

「困っている人を救おうなんて考えると、つらいだけです。私たちの仕事は制度を守ることです。もしそれがいい制度なら、社会はよくなるでしょう。結果的に、困っている人は救われます」

西川はその言葉をしばらく吟味するふうだったが、やがて首を横にふった。あまりの勢いに、風が吹いたのかと感じられた。

「いや、やっぱり、おれはこの手で苦しんでいる労働者を救いたいです。それが労働基準監督官の仕事だと思ってます」

「それでもいいでしょう」

矢島は再び歩きだした。

権限がちがう。目的がちがう。信条がちがう。だからたぶん、協力する意味があり、効果があるのだ。

西川はまだ立ちつくしている。矢島はふりかえって声をかけた。

「大きな図体が立ちどまっていると、通行の邪魔ですよ」

返事を待たずに歩を進める。西川がついてきたのは、足音でわかった。

第二話　脱税のトライアングル

1

残業税の導入が決定された年、給与所得者は約五千万人を数えていた。これは正規、非正規を問わない数である。残業時間は平均して月二十時間と算出されていたが、統計にのらない残業が多く、その実態はつかみきれていなかった。

導入から十年が経過した現在、平均残業時間は月二十五時間前後で推移している。もっとも、短時間勤務の正社員が増えるなど、働き方が多様化しているため、残業時間ゼロの労働者も多い。平均二十五時間といっても、ボリュームゾーンはゼロと、四十〜五十のあたりにあるため、その数字にあまり意味はない。

国の残業税収入は、十兆円に迫る勢いである。法人税の減少分を埋めてあまりある額だが、インフレや景気の拡大を考慮に入れると、さほど税収は増えていない。これについては、財務省はむしろ肯定的にとらえているようだ。

「残業税のような政策目的の税に頼る財政は不健全である。残業税の目的は働き方の改善を通じて社会の構造を変革することで、改革が進めば財政も豊かになる」

財務省の幹部はそう発言したが、省内では残業税の評価について、意見が割れているという。これは残業税の功罪よりも派閥争いによるところが大きい。

国の税収増は、そのまま国民の負担増である。残業税を批判する野党は、法人税率の引き下げで大企業がうるおい、サラリーマンと中小企業が苦しくなったと主張する。これは一面、事実であり、残業税の準備期間と導入初期において、おもにサービス業に分類される中小企業が多く倒産した。ぎりぎりの経営でやってきた企業は法人減税の恩恵を受けられず、負担ばかりが増えたためだ。

そういった企業には退場してほしかったのが、政府の本音である。とはいえ、それは隠さなければならない。

「残業税の導入で苦しくなるのは、労働者を抑圧してきた企業です。そうした企業がつぶれても、再就職先はあります。よりよい環境で働くことができるのです」

プロパガンダは真っ赤な嘘ではなかった。人手不足により失業率は三パーセント台まで改善し、高齢者や女性の就業も増えた。

生業を奪われた怨嗟（えんさ）の声もあがったが、大きく広がりはしなかった。残業税は国民ひとりひとりの生き方に影響する制度である。人々はまずは自分自身のことで精一杯で、他人の境遇に目を向ける余裕はなかったのだ。

そのような状況でも、いや、だからこそ、目端（めはし）の利く者は積極的に動く。社会の変革による新しい需要をあてこんだ起業は増えていた。その筆頭がダブルワーク斡旋の派遣業である。旧来の労働基準法では、働き先の数にかかわらず、一日の労働時間は八時間に制限されていた。厳密に適用すれば、八時間の仕事を終えてからダブルワークで働く場合、最初から残業代が発生することになる。この規定は現実的ではないため、残業税の導入とともに廃止された。

ダブルワークは、余暇を利用してもっと稼ぎたいという労働者の意思でおこなわれる。それを助けるのが、ダブルワーク斡旋会社だ。

矢島顕央は庁舎の喫茶スペースでコーヒーを飲んでいた。食べ物も飲み物も、味にこだわる矢島ではない。まして始業前の眠気覚ましなら、自動販売機のコーヒーで充分である。テーブルの上に開いた経済紙には、巨額横領の四文字が躍っている。

「ハイランド商事ですか！」

後ろからのぞきこんできた西川宗太郎が、頓狂な声をあげた。テレビのニュースでもとりあげられていたが、西川には初耳だったようだ。

「どんな企業でも、犯罪は起こりうるものです」

矢島は説教口調にならないように注意して、感想を述べた。残業税調査官の矢島と労働基準監督官の西川は、コンビを組んで動いているが、所属も職掌もちがうため、上下関係はない。

「社長は相変わらず、おもしろいこと言ってますね」

矢島の配慮など一顧だにせず、西川は記事に目を走らせている。矢島は世の中の企業すべてを脱税犯の予備軍としてみる癖がついているが、西川は他人事のように「へえ」「はあ」「まさか」などとあいづちをうっている。目線が完全に労働者なのだ。上からおおいかぶさられている矢島としては、小言のひとつも言いたくなる。

ハイランド商事の高柳(たかやなぎ)社長は「まあ、やってみ」の口癖で知られる名物社長で、メディアに登場する機会が多い。今回の事件については、次のようにコメントしている。

「うちもとうとう三億も横領されるような会社になったか、と感慨深く思います」

そういう問題ではないのだが、高柳が一代で会社を大きく成長させたのは事実だ。ハイランド商事は、もともとヨーロッパから食材を輸入する小さな商社だった。それが、ユニークな人材活用で成長し、ビジネスの対象を品目でも国でも広げている。

西川が太いため息をついた。

「人をみる目に自信をもっている人にかぎって、つまらない人間をつかんでしまうんですよね」

「そうですね。ただ、法を犯すのは論外としても、動機にはなかなかオリジナリティがありました」

一般的に横領事件の犯人は、金をギャンブルや女に使っていることが多い。ところが、今回の犯人であるハイランド商事の部長は、横領した金を元手に起業していたのである。商売は利益をあげていたようだが、パートナーに金を持ち逃げされて、資金を突っこまざるをえず、発覚したらしい。背後関係がありそうな事件であり、捜査の進展を待ちたいところだ。

ハイランド商事の人材採用は今、二本の柱でおこなわれているという。ひとつはもちろん、新卒採用だ。ハイランド商事の名を高めたサバイバル面接は、社長みずからアイデアを出し、審査にもくわわっているという。何度かの選考を通過した学生を四、五人ずつのグループに分け、クリアすべき課題を与える。解決にいたる過程をつきそいの面接官が審査するのだが、その課題が変わっていた。

当初は「キャンプ場でカレーをつくる」とか「暗号を解いて宝探しをする」など、比較的おとなしいものだったのだが、毎年インターネット上で話題になると、しだいにエスカレートしてきた。昨年の課題は、「異なる二十の都道府県出身者に県民性のインタビューをしてくる」で、今年は「○○村の役場に行ってパンフレットをもらってくる。ただし、直接間接問わずインターネットの使用はいっさい禁止」だったそうだ。その場所がどこにあるか、どうやって行くのか、調べる方法が思いつかず、立ちつくす志望者が続出したという。

この独特の選考方法自体よりも、それが有名になって、志望する学生が増えたことが、成功の要因であろう。冒険心に富んだ社員を集めて、ハイランド商事は業績を伸ばしてきた。

もうひとつの柱は、ダブルワークを利用した人材登用である。他社に勤めながら、ダブルワークの仕事先としてハイランド商事に派遣されてくる人物のうち、優秀な者を引き抜いているのだ。

ダブルワークの増加は、残業税導入の副作用のひとつとされる。残業の抑制によって、サラリーマンの余暇は増えた。それがそのまま結婚率の上昇や少子化の解消につながればいいのだが、そうストレートにはいかない。余暇を恋人や家族との時間に使う者もいれば、もっと働きたいという者もいる。マイホームの頭金を貯めたい、借金を返済しなければならない、することがないから仕事をする、働く理由や動機は様々だ。

また、企業のほうも、社員に多くの残業をさせるより、別の者を雇ったほうがコストがかからない、という点から、時間や時期を限定した雇用が増えてきた。ゆえに、終業後にアルバイトをする会社員があらわれ、兼業禁止を緩和する企業も多くなる。

以前も勤務時間後に水商売のアルバイトをするなどの例があったが、それがより一般的になったと言える。アルバイト先は飲食店や工場など、特別なスキルを必要としない職種が多いが、システムエンジニアやプログラマーの需要も多い。優秀な技術者は引く手あまただ。

ダブルワークの増加を加速させたのが、副業を斡旋する派遣会社である。就職、採用活動や事務手続きの手間がはぶけ、トラブルにも対応してくれる派遣会社の存在は、労使双方にとってメリットが大きい。こうした派遣会社は、地域ごとや職種ごとに小規模でやっている例が多い。単価が大きくならず、かといって薄利多売にもならないので、小回りが利くほうがいいのだろう。

たとえば、仮に時給四千円で時間外の割増が一千円の社員プログラマーを残業させる場合、給与と会社が納める残業税の合計は、月二十時間までが一時間あたり五千五百円、八十時間を超えると七千円だ。深夜労働を考慮に入れると、さらにコストは上がる。それに対し、同じ水準の派遣社員が、だいたい時給五千円程度で雇える。このほかに契約金があったり、毎月の定額料があったりと、契約の内容は様々だが、企業にとっては社員に残業させるより、派遣社員を入れたほうがおおむね安上がりになる。

しかし、ハイランド商事のような分野の企業が、ダブルワークの派遣社員を雇うのはきわめて珍しい。しかも、引き抜きを前提にして使うなど、慣行からすればありえないことだった。ダブルワークのリスクはと言えば、機密漏洩(ろうえい)と引き抜きで、派遣会社もそこは厳しい規制をしいている。しかし、秘密情報の保護については法律が味方してくれるが、転職はそうではない。ハイランド商事はその点を利用しているのだった。年間の中途採用者数は五人に満たないが、雑誌にとりあげられて以来、派遣業界での反発は大きい。それでも取引がつづいているのは、ハイランド商事が充分な補償金を支払っているからとも言われている。

「つまり、ハイランド商事は、残業税をあつかう我々にとって、無視できない企業なのです。次に何をしてくるかわからないという怖さがあります」

矢島は結局、西川に講義をするはめになっていた。西川はおとなしく聞いてはいるものの、腑に落ちない表情である。

「基本的に、労働者が声をあげてくれないと、おれたちは動けません。ひと昔前のブラック企業ならともかく、今は特定の企業に注目することはないんです」

西川は珍しく原則論を主張した。声をあげない労働者をむりやり救うのが、西川宗太郎である。ハイランド商事は社員を大事にする働きやすい職場として名高いから、弁護したい気持ちがあるのだろう。だが、それはあくまでイメージだ。実態はわからないと、矢島は思う。

胸ポケットの携帯電話がふるえた。本社の砧美知香からである。始業まではまだ十分ほどあるが、気にする人ではない。いや、携帯電話に直接かけてきたのだから、始業前であることを意識はしている。頓着していないだけだ。

「矢島です。おはようございます」

おはよう、と妙なる声が流れ出てきた。最低限のあいさつで、砧は用件に入る。

「明日午前、例のイズチャレンジに反面調査が入るんだけど、あなたも行く？」

いきなり言われて、矢島はとまどった。イズチャレンジは、ひと月前に出会った高校生の父親が経営する会社だ。高校生の言動から不正を疑ったのだが、過去のデータからは問題らしい問題は見つからなかった。その調査にあたった砧が、イズチャレンジのことをおぼえていてくれたのである。

反面調査とは、税務調査の対象となっている事業所の取引先への調査のことだ。帳簿に記された取引が実際にあったのか、内容は正しいか、などを調べる。

「イズチャレンジにも不正の疑いがあるのですか？」

「そういうわけではなさそう。単なる確認ね」

矢島は迷った。予定は空いているが、自分が行く必然性はあるだろうか。同僚はいい顔をしないだろうし、先方にもよけいな意識を働かせてしまう。しかし、イズチャレンジをこの目で見たい気持ちは強い。

「早くして」

待つことを知らない砧がせかす。矢島はあわてて言った。

「やめておきます。結果だけ知らせてください」

「わかった」

ひびきのよい声がかすかに笑いをふくんだ。せっかく教えてあげたのに、という感情はなさそうでほっとする。

「私もあの会社は気になっているから、また情報があったら伝えるわ」

砧はどこが気になっているのだろう。たずねたかったが、その前に電話は切れた。かけ直して訊いたりしたら、機嫌をそこねるのは必至である。

「イズチャレンジって、どの件ですか？　砧さんだったんでしょ？」

西川は何の屈託もなく訊いてくる。

「何で砧さんだとわかるのですか」

「そりゃあ、矢島さんが姿勢を正しているからっすよ。同期なのに敬語を使って」

「あの人には、誰でもそうしていますよ」

後輩にも丁寧（ていねい）な口調で話す矢島としては、不本意な言われようだが、砧に対してくだけた口を利く同期はいない。いっぽうで、砧は誰に対しても、あの調子だ。性格というより、持って生まれた器のちがいのような気がする。

「それで、イズチャレンジって……」

「必要ができたら、また話します」

特定の企業に注目はしないと、さっき言ったではないか。指摘しそうになったが、思いとどまった。嫌味を言ったり言われたりは、調査相手だけにしておきたかった。

2

今にも雨が降りそうな空模様のまま、一滴も降らずに一日が終わろうとしている。雲は満遍なく空に広がっていて、西日の差す隙間（すきま）はない。

矢島と西川は、重い足どりを庁舎へと向けていた。今日の調査は時間ばかりかかって、何の実入りもなかった。それでも報告書を書かねばならないかと思うと、気が重い。

調査というより、指導に行った先は個人事業主のマンガ家であった。アシスタントから、残業代も払われていないし、残業税も払っていない、との告発があり、実態を調べるために臨検におもむいたのだ。

まったく話にならなかった。

そのマンガ家は矢島と同年代の男性で、最大三人のアシスタントを雇って仕事をしていると言った。従業員が五人以下の法人や個人事業主の場合、労使ともに残業税の支払いは免除される。これは弱者の負担を軽減するための一時的な措置だったのだが、解除されないまま、今日にいたっているものだ。ゆえに、残業税については違反はないのだが、それ以外に問題があって、給与の源泉徴収もしていないし、帳簿もろくにつけていない。このような状態で青色申告が可能とはとても思えないが、前年度の申告は一応の体裁がととのっていた。税理士の苦労がしのばれる。

「アシスタントを雇うときの手続きなど、出版社が教えてくれませんでしたか」

矢島が訊くと、マンガ家はなぜか自慢げに否定した。

「ぼくは即売会で同人誌を売ってるんだ。出版社なんて関係ないね。ああいうのはクリエーターから搾取するだけで、何の役にも立たないんだ」

アシスタントとは契約書はかわしておらず、労働条件もあいまいだった。日当ではなく、売上げの一部を払うような約束もあって、そもそも雇用関係と言えるかどうかも不分明である。

　このあたりで、あきれはてた西川が、アシスタントに労働基準法のレクチャーをはじめた。雇われるほうの自衛も大切である。

　空気の悪いアパートに二時間いて、息がつまりそうになった。アシスタントには気の毒だが、労働法や残業税の問題でなければ、労働基準監督官も残業税調査官も介入できない。

「あらためて、中野税務署から調査が入ります。税理士とよく相談して、資料をまとめておいてください」

「税理士ならクビにした。ちょっと書類をいじくるだけで、十何万も請求しやがったからな」

　矢島は大きくため息をついたが、去り際に釘を刺すのは忘れなかった。

「税務署は印刷所の納品数をチェックしてますし、即売会も監視しています。売上げのごまかしはできませんからね」

　二度と邪魔するな、と罵られて、ふたりはマンガ家の仕事場をあとにした。

　臨検が空振りに終わることは珍しくない。疑惑にもとづかない定期的な調査もあるし、調査というより指導になることも多い。ひたすら悪口や愚痴を聞かされることもある。しかし、今回のように、事業や納税に対する意識にとぼしく、知識がないケースが一番、徒労感に襲われる。知恵をしぼった脱税犯のほうがましだとさえ思う。

やはり教育をしっかりしなければならない。そう考えたから、その光景に気づいたのかもしれない。

横断歩道の向こうに、高校生らしい制服姿の男子がたたずんでいた。信号が青になって、人の群れが動きだしているにもかかわらず、足を止めたままだ。矢島はその視線を追って、ほう、と声をもらした。

杖(つえ)をついた老婦人が、危なっかしい足どりで横断歩道を渡っている。高校生はその様子を心配そうに見つめているのだった。意志の強そうな瞳からすると、手を貸そうかためらっているというより、助けが必要か見きわめているようだ。

「西川君、先に帰っていてください」

矢島は西川の大きな背中に声をかけて、高校生を見守った。

老婦人が無事に渡り終えると、高校生はほっと息をついて足を踏みだした。白い肩掛け鞄を前後に揺らして、早足で歩く。

スピーカーから流れていた音がとまり、信号が点滅をはじめた。高校生はちらりと信号に目をやり、正面に視線をもどした。矢島と目があう。一瞬、怪訝そうな表情を浮かべた高校生はしかし、はっとして目をそらした。駆け足で横断歩道を渡りきり、そのまま去ろうとする。

「磯崎君」

矢島が呼びかけると、高校生の肩がふるえた。足をとめ、再び歩きだそうとし、さらに思い直してふりかえる。

「何か用ですか」

あのときと同じ、挑戦的な口調だった。しかし、根底にある不安はまったく隠せていない。その点がいかにも十代の少年で、日頃わたりあっている経営者たちとはちがう。矢島の口もとに、職業用ではない微笑が浮かんだ。

「おぼえていてくれましたか」

「知りません」

磯崎は立ち去るそぶりを見せたが、見せただけだった。歩道のすみによって手招きする矢島に、逡巡（しゅんじゅん）しつつもついてくる。

「だから、何か用ですか」

「いえ、とくにありませんが、感心な高校生がいるなと思って見ていたら、記憶にある顔だったので、声をかけてみたのです」

磯崎は学校が終わって、塾にでも行く途中だろうか。同じ区内だから、今までもどこかですれちがっていたかもしれない。

「用がないなら行きます。急いでいるので」

「君のほうで、何か言いたいことや訊きたいことはありませんか」

「別にないです」

磯崎は首を横にふったが、足はとめたままだ。かすかに唇が開閉するさまを見るかぎりでは、悩みがあるのはまちがいない。どうにかして心を開けないだろうか。高校生が好みそうな言い方を考える。

「こうして偶然会えたのです。神か悪魔の導きにちがいありません。相談があれば聞きますよ。少なくとも、学校の先生よりは役に立つと思います」

森と言った教師の顔を思い浮かべながら告げた。磯崎がくすりと笑う。やはり、反抗的なのはポーズだ。この年代の子は、先生と呼ばれる以外の大人を知らないことが多い。父親に反発しているならなおさらである。少しくだけてやれば、話しやすくなる。

「心配しなくても大丈夫です。高校生から税金をとったりはしません」

もうひと押し、と思ったとき、邪魔が入った。

「矢島さん、どうしたんすか」

信号が変わるのが待ちきれないといった勢いで、西川が走ってきた。周りの通行人がとっさに飛び退くほどの迫力である。まるでラグビーのタックルのようだ。

「その子は？」

矢島は磯崎をかばうように立ち位置を替えた。

「一般人をおびえさせないでください」

言い聞かせて磯崎に向き直り、早口で説明する。

「労働基準監督官の西川です。図体は大きいですが、正義の味方を気取った無害な男ですので、怖がらないでも大丈夫です」

「何ですか、その紹介は」

西川が大声で抗議する。

「労働基準監督官が正義の味方なのは事実です。でも、おれは気取ったりしてません」

ピントのはずれた主張に、磯崎が白い歯を見せた。西川の雄偉な体格を見上げてたずねる。

「何かスポーツをやっているんですか」

唐突な質問を受けて、西川は首をかしげた。

「うん、学生の頃、野球をね」

とたんに、磯崎は目を輝かせた。

「すごい。ポジションは？　もしかして、甲子園に出たこととかあります？」

「サードと、たまにピッチャーも。甲子園は二年の夏に行ったけど、おれはベンチで応援してただけだったよ」

「すごい、すごいや」

磯崎は興奮してこぶしを握りしめている。スポーツには興味のない矢島も、甲子園に出場するのが大変なことくらいは知っている。噂には聞いていたが、西川はそれほど優秀な選手だったのか。

「昔のことだからね。怪我をして、今はやめてしまっているし」

西川は面映ゆそうに頭をかいた。しかし、解せないのは磯崎の激烈な反応である。「すごい」を連発し、すっかり西川を尊敬の目で見ている。野球少年というならわかるが、磯崎は中肉中背の体格で日焼けもしておらず、スポーツをやっている雰囲気はない。

西川も同様に感じたようで、磯崎の体つきを見て、不思議そうに問うた。

「えーと、君も野球を？」

「いや、おれは体が弱くて、自分ではできないんですけど……」

磯崎はいったん目を伏せ、意を決したように顔をあげた。

「野球を観るのは好きで、将来はスポーツライターになりたいと思っているんです」

そうか、と西川は大きな手を磯崎の肩においた。

「夢を堂々と語れるのは立派だよ。君くらいの年だと、恥ずかしがって言えない子が多いからね。簡単な道ではないだろうけど、頑張って」

西川としては、それで話を終わりにするつもりだったようだ。だが、少年は食いついてきて放さない。

「でも、どうすればなれるのかよくわからないんです」

西川は当惑を隠すように視線を移し、すっかり蚊帳の外になっている矢島をふりかえった。救いと指示をもとめている。当然だろう。矢島は磯崎のことを西川にはまだ説明していない。

「君は急いでいたのではありませんか」

矢島が指摘すると、磯崎ははっとしてつぶやいた。

「あ、塾に遅れちゃう」

「そうだね。スポーツライターをめざすなら、まずは勉強していい大学に入ることだ。勉強は大事だよ」

西川のアドバイスに磯崎はうなずいたが、すぐに去ろうとはしなかった。

「あの、今度、インタビューさせてもらえませんか」

「インタビュー？」

西川が目を白黒させる。

「はい、いろいろお話を聞かせてください。お願いします」

深く頭を下げる高校生を前に、西川は途方に暮れた様子である。目でたずねられた矢島は、内心で幸運を喜びつつ、笑顔で告げた。

「おもしろいじゃないですか。彼にとっては千載一遇の好機なのです。次の休みにでも、話をしてあげたらどうでしょう」

「矢島さんがそう言うなら……」

西川は少年に名刺を差しだした。メールで連絡をくれ、と言い添え、そこではじめて名前を知らないことに気づく。

「えーと、君の名前は……」

「磯崎慎也です。東中野高校の二年生です。必ず連絡します」

フルネームは矢島もはじめて知った。磯崎は名刺を大事そうに財布のなかにしまうと、ぺこりと頭を下げて駆けていった。

残された矢島と西川は顔を見あわせた。先に口を開いたのは、見上げるかたちの矢島である。

「難しい年頃の子なのに、なかなか相手がうまいですね」

「暇なときには、高校やシニアのチームに教えに行ったりしてるんです。それで……いや、そんな話はいいんです」

大声にぎょっとして、通行人が立ちどまったり、よけたりする。さすがに気づいて、西川は彼なりに声をひそめた。

「磯崎君は矢島さんの親戚か何かですか。全然、話が見えなかったんすけど」

「あなたが勝手に話に入ってきたのでしょう。説明は帰ってからします」

矢島は手厳しく言って、先に歩きだした。社名をあげるような話は、路上ではしたくない。西川も察して、黙ってついてくる。

庁舎に入ってエアコンの冷気を浴び、矢島はほっと息をついた。外界はサウナのような蒸し暑さで、最後は歩くのもつらかった。西川は大汗をかいているが、こちらはさほど気にしていないようだ。エレベーターを待ちながら、早くもたずねてくる。

「あの子がどっかの件に関係してるんすか？」

「まあ、そういうことです」

矢島はそれ以上は語らず、デスクに荷物をおき、お茶を買って空いている会議室に入ってから、ようやく切りだした。

「磯崎君はイズチャレンジの社長の息子です」

「ああ、それで」

西川は様々なことに納得がいったようである。意外と頭の回転は早い。

「彼から情報を得たんですね」

「いえ、そういうわけではないのですが……」

矢島は講義の際の磯崎の態度と質問について説明した。自身の印象についてもつけくわえる。西川は熱心にうなずきながら聞いていた。

「さっきは素直な子に見えたから、その態度には背景がありそうですね。ときに悪ぶってみせる年頃だけど、そんなタイプではないんですよね」

「ええ、教師も不思議がっていました」

講義のあと、しばらくして森に確認したが、磯崎に変わった様子は見られないという。本来はごくまじめな生徒だと言っていた。そうでなければ、森はあのとき指名しなかっただろう。

「事情はわかりました。おれが会って、イズチャレンジについて聞きだせばいいんすね。うまくいくかどうかはともかく、やるだけやってみます」

「頼みます。あなたになら、話してくれそうな気がするのです」

「どうかなあ、高校生と父親との関係は難しいから……」

そこまで言って、西川は急に表情をこわばらせた。出てくる言葉を予想して、矢島は内心でため息をついた。

「じゃあ、私はこれで」

立ちあがった矢島の腕をつかんで、西川は引きとめた。力が強すぎて、矢島はすとんと椅子に腰をおろしてしまう。あわてて手を放す西川をうらみがましく見上げて、腕をさすった。

「言いたいことはわかっています」

「だとしても言わせてください」

西川はまっすぐな瞳を矢島に向けた。

「もし、イズチャレンジが不正をしてたら、最悪の場合、磯崎君はお父さんの会社をつぶすことになるかもしれない」

　矢島は今度ははっきりとため息をついた。どうして世の人々は物事を複雑に複雑に考えようとするのか。

　丁寧に説明する。

「仮に不正があったとすれば、いかなる理由であれ、正されなければなりません。法の裁きを受ける必要があるのです。誰が情報提供したかとか、その結果がどうなるかとかは、関係ありません」

「原則としてはそうだけど、磯崎君の将来を考えると慎重を期すべきでは？」

　西川の口ぶりには迷いが感じられた。いっぽうの矢島は、そうした思いはすでに乗りこえている。

「税務署員として、不正を見逃すことはできません。職業モラルの問題です。警察官が犯罪を見逃すのと同じですよ。それに、将来のことを考えると言うなら、不正を見て見ぬふりをしたまま、別の情報源から明らかになったときのことに思いをいたしてください。一生、後悔することになります」

「矢島さんは自分のときもそうやって納得させたんですか」

　たずねてから、西川は目を伏せた。

「すみません。よけいなことを言いました」

「別に謝る必要はありません」

それは本心だった。こうして気を遣われることがなければ、忘れられるのではないかと思う。いや、そんなはずはなかった。ひとりの家に帰るという現実は、変わるものではない。とにかく、矢島自身は後悔していないのだ。勝手に忖度(そんたく)しないでほしい。

「あなたはどうするつもりだったのですか。たとえ不正があっても、磯崎君がかわいそうだから、見逃すのですか。会社がつぶれて大学に行けなくなったら、将来の夢がついえてしまうから、厳罰を与えるところを注意にとどめるのですか」

「それは……」

西川が口ごもったのはわずかなあいだだけだった。

「問題は苦しんでいる労働者がいるかどうかです。おれの仕事は労働者を救うことだから、それが最優先です。もし、不正が形式的なものだけだったら、あえてこだわらなくてもいいと思います」

西川の考え方は一貫している。矢島は意地の悪い気持ちになってたずねた。

「脱税だけなら見逃してもかまわないと?」

「そこまでは言ってません。ただ、おれの仕事ではないということです」

「脱税の被害者は国です。国民です。きちんと税金を納めている善良な労働者です。目に見える被害がすべてではありませんよ」

「心得てます」

西川はうなずいたが、納得したようには見えなかった。矢島を立てて、議論を終わらせようとしているようだ。先ほどの失言を反省しての態度だとすれば、これほど腹立たしいことはない。

「ともかく、磯崎君のことはよろしくお願いします」

矢島は言いおいて、席を立った。

終業時間を過ぎた薄暗い廊下を歩いていると、義父の声が頭によみがえってきた。

「私は従業員や家族のために、工場を存続させたいだけなんだ。君はいったいどんな権利があって、みんなの生活の糧（かて）を奪うのだ」

怒りよりも悲しみを多く含んだ声だった。目には涙がたまっていた。質問が非難に変わり、さらに罵倒（ばとう）になっても、矢島は何も語らなかった。

知ってしまった以上、黙っているわけにはいかない。それが矢島の論理である。そういう職業についているのだ。本音を語っても、理解してもらえるはずはなかった。義父を納得させる理屈などあるはずはなかった。

後悔なんかしていない。何度でも同じ決断をくだす。矢島は自分がそういう男であると知っていた。だが、だからといって、心が痛まないわけではないのだ。

矢島は肩をまわして、思考の渦をふりほどいた。

しかし解せないのは、その事情を別組織の西川まで知っていることだ。仕事が理由の離婚とはいえ、プライベートな問題ではないか。いくら情報収集に熱心な職業だとしても、同僚の私生活にまで踏みこむのはやりすぎだ。

　矢島の離婚を知ったとき、砧美知香は言った。

「一回は結婚できたんだから、偉いわよ。私なんか、絶対に無理」

　そうでしょうね、と応じるほど、そのときは信頼関係はなかった。なので、矢島は自嘲気味に笑った。

「本当に偉いのは、結婚生活を維持している人たちですよ」

「かもね。私には想像すらできないわ」

　想像すらできないのは、砧の私生活である。黙っていれば美人だが、美貌を目当てによってきた男は痛い目を見るだろう。上司や同僚に煙たがられて異動をくりかえす砧が、恋人の前ではしおらしい、などとは考えにくい。

　それはともかく、バツイチとなった矢島に、周囲の目はやさしかった。

「これで君も一人前だな」

「バツ２になりたければ、いつでも紹介してやるぞ」

　矢島は業務用の笑顔で応じていたが、内心は乾ききっていた。なぐさめやはげましはいらない。ただ、放っておいてくれ。それが、当時から今まで変わらぬ心境であった。

イズチャレンジへの反面調査は実を結ばなかったという。砧から知らせを受けて、矢島は複雑な気持ちであった。

3

疑惑は心のなかで肥大化している。申告書類と税務調査の結果を調べて、イズチャレンジには何かがある、との思いは、確信に変わりつつあった。不正は発見できなかったが、ととのいすぎているのだ。創立当初の二年をのぞいて、以降はずっと黒字である。会社規模からすると債務は少ない。従業員の労働時間は過剰ではなく、残業税もきちんと申告納付されている。

人件費は高く、派遣社員を多く使っているようだが、これは繁忙期に集中的に労働力を必要とするＩＴ関連企業にはよくあることだ。残業税の導入以前は連日の徹夜作業でまかなっていたところだが、現在はダブルワークの派遣社員などを使うのが業界の主流になっている。

ちなみに、残業税導入の初期には、派遣会社を介して自社の社員を働かせるという、脱税の手法があったが、今は通用しない。税務署は毎年、派遣会社の登録者と派遣先との照合をおこなっている。

イズチャレンジが税務調査で指摘されたのは、細かい損金処理の不備だけだった。おそらくは手ぶらで帰りたくない税務署員が強引に解釈したものであろう。

もちろん、何の不正もせずに健全な経営状態をたもっている企業は多い。有能な税理士が完璧な書類をつくっている企業も枚挙にいとまがない。だが、イズチャレンジにはどこかきな臭いものを感じるのであった。磯崎少年の態度が根底にあるのは言うまでもない。

だから、イズチャレンジが不正をしているなら、この手で暴きたかった。手柄にしたい、数字をあげたいという気持ちもあるが、これは自分の案件だという思いが強い。

先だって、砧がまとめてくれたところによると、本調査が入ったのは、イズチャレンジの取引先の東京テクスである。百人ほどの社員を抱える中規模のＩＴ関連会社だ。イズチャレンジにしてみれば同業のライバルだが、規模の差は大きい。

東京テクスは年に何度か、イズチャレンジに数百万円のプログラミング業務とその調整を発注している。それが調査官に不審をいだかせたのだった。東京テクスは基本的に請け負った業務を下請けには出さず、自社でこなしている。イズチャレンジにゆだねた業務は社内で使うプログラムの作成で、技術的に難しいものではなかった。わざわざ同業他社に任せる意味があるだろうか。架空発注の疑いがある。

調査員の指摘を、担当者は笑い飛ばしたらしい。

「ご存じだと思いますが、この業界ではごく普通のことですよ。昔から仕事をまわしたりまわされたりで、大きくなってきたんです。この仕事も、昔の義理がつづいてるだけです。お疑いなら、イズチャレンジさんに問い合わせてみてください」

それで、イズチャレンジへの反面調査が決まったのだ。

イズチャレンジのほうでは、応対した磯崎社長から同様の回答があった。

「東京テクスの社長さんとは、古くから親しくさせてもらってましてね。個人的なつきあいで仕事をいただいているようなものです。業務内容と対価は適正だと思いますが、問題がありますでしょうか」

帳簿を調べたが、東京テクスからの入金は正しく処理されていて、瑕疵（かし）は見つからなかった。反面調査は両社の関係にひびを入れることがあるのだが、この場合はかえって絆（きずな）が強まったのかもしれない。

結果を聞いた電話で、矢島は砧にたずねた。

「調査にあたった人たちのイズチャレンジに対する印象を聞いてますか」

「そうね、首をひねっていたわ」

「と言いますと」

矢島は身を乗りだした。

「社長があまりに落ちついていて、気持ち悪かったそうよ。感触は黒に近いけど、まったく手がかりはない」

それだけで、矢島には状況がわかった。反面調査に行くと、不正に手を貸している場合は露見したのかと怖れ、身に覚えがない場合は事情がわからずにとまどって、動揺するのが普通だ。小さな企業なら、取引先がどういう疑いをかけられているのか、自分たちの事業にも影響があるのか、などと心配になって質問攻めにされることもある。ところが、イズチャレンジの社長はそういうそぶりを見せなかったという。場数を踏んだ税務専門官の目はなかなかごまかせないから、本当に落ちついていたのだろう。

「あれは相当のやり手だと、褒める声もあった。会ってみたくならない？」

「なりませんね。強敵と戦って自分を高めたい、なんてスポーツマンみたいな発想は、私にはありません」

もちろん西川なら、まったく逆の答えになるだろう。

「砧さんは会ってみたいですか？」

「勝ち戦ならね」

しめされた意思は明確だった。

「今の段階では、不正の証拠は見つかっていない。締めあげて吐かせるという手もあるけど、それが通用する相手ではなさそう。でも、不正をしているなら、必ずどこかにほころびが生じる。穴さえ開けけば、広げるのは簡単よ」

きれいな声で戦闘的なことを言う。砧もイズチャレンジを敵として認識したようだ。

「そっちはほかに何かある？」

矢島は一瞬、ためらってから答えた。

「いいえ、とくに」

西川が磯崎慎也に会うことは言わなかった。情報が得られたら伝えればよい。

砧はためらいに気づいていたはずだが、突っこまずに電話を切った。よけいな詮索(せんさく)は時間の無駄だと思ったにちがいない。そういうところはありがたかった。


西川から連絡があったのは、日曜の夕食時だった。磯崎慎也と会う予定の日である。

矢島は経済誌を読みながら、カレーを食べていた。カレーだけは、自分でつくる気になる。一度つくったら三日は食べられるし、雑誌や本を読みながら食べるのに適している。具は牛肉とジャガイモと人参とタマネギ、ルーは中辛。常に同じなのはこだわりではなく、執着がないからだ。

携帯電話がうるさく鳴っている。矢島は急いで口のなかをからにし、電話をとった。

「どうしました？」

たずねたあと、大声を予想して電話を耳から離す。

しかし、予想に反して、ひそめられた声が流れてきた。

「矢島さんは知ってました？」

電話を近づけて、何を、と問いかえす。心当たりはなかった。

「磯崎君の家庭環境についてです」

知らない、と答えると、電話の向こうで迷う雰囲気があった。

「明日でいいですよ」

矢島はすすめたが、西川は秘密をひとりで抱えるのは嫌になったのだろう。ひと息に言った。

「両親は再婚で、慎也君は母親の連れ子だそうです。つまり、イズチャレンジの社長は慎也君の継父(ままちち)にあたります」

矢島は携帯電話を握る手に力をこめた。

最初に感じたのは失望だった。磯崎慎也の態度は、継父への反発で説明できてしまう。継父のほうも連れ子に仕事のことを話したりしないだろう。イズチャレンジの不正について何か知っているのではないか、という期待は霧消した。

ほぼ同時に、強い怒りを感じた。離婚だったり再婚だったり、血のつながった両親がそろっていないという家庭環境は、声をひそめて語らないといけないことなのか。磯崎慎也は不幸だから同情しなければならない、ということか。

「それで？」

矢島は短く問うた。凍(い)てついた声音に、西川が息を飲んだ。

「え、いや……」

狼狽が伝わってきたが、気は晴れなかった。

「明日、報告します。失礼しました」

はい、とだけ言って、矢島は通話を終えた。

カレーの香気が不快に感じられて、吐き気をもよおしてきた。矢島はのろのろと立ちあがって、食べかけの夕食を流しの三角コーナーに捨てた。水を出して顔を洗う。目をごしごしとこする。

吐き気がおさまると、狭いキッチンから、唯一の居室に移動した。ベッドに倒れこもうとして、直前で思いとどまる。自分の情けない姿を、天井から見ているような心持ちになったのであった。

これくらいで怒ったり、傷ついたりしていては仕事に差しつかえる。机の前の椅子にすわり、大きく息を吸う。フォトフレームのなかで微笑む娘と、アロマポットからただようミントの香りが、心の傷をふさいでくれた。


残業税調査官と労働基準監督官はいつもの会議室で向かいあっていた。矢島はホットコーヒーの湯気をあごにあてており、西川はミネラルウォーターのペットボトルを手にしている。

「昨日は休みの日にすみませんでした」

西川は謝ったが、矢島がなぜ気分を害したか、理解はしていないだろう。わざわざ説明する気にはなれなくて、矢島は言った。

「それより、報告を聞きましょう」

はい、と答えて西川が話しはじめる。

「インタビューの話はいらないですよね」

矢島が無言でうなずくと、西川は残念そうに首をふった。

「では、学生時代の話はおいといて、磯崎君はおれの現職にも興味をもってたみたいです」

「労働基準監督官ですか」

「はい。父親が長時間働いているようで心配だと。そこでまず、経営者には労働基準法は適用されないって説明したら、『あの人のことじゃない』と言われたんです」

磯崎慎也の実の両親は、慎也が小学校六年生のときに離婚したという。そして、慎也の高校入学と同時に母親が再婚し、磯崎姓となった。離婚の理由はわからないが、慎也は「親父は改心した」と言っていたので、実父の素行が原因だったのだろう。慎也の実父は高額の養育費を払いつづけており、半年に一度は会っている。

「そのときの様子を見て、磯崎君は心配になったそうです」

裕福な会社社長と再婚したなら、養育費は必要なさそうだが、そこは男の意地があるのだろう。あるいは、継父が学費を出ししぶっているのかもしれないが、そのあたりを詮索しても意味はない。

「実父の職業は？」

「フリーのプログラマーです。派遣会社に登録して、いくつもの現場をかけもちしているようです」

矢島は首をひねった。ひとり暮らしなら、養育費を払ってもそれほど苦しい生活にはならないのではないか。腕のいいプログラマーが仕事に困ることはない。ただ、残業税の導入により、ひとつの現場で集中的に仕事をすることは難しくなっており、働きにくくなったのはたしかだろう。稼ごうと思ったら、昼と夜は別の現場で働くなどの工夫が必要になってくる。

「そちらについては、私たちの出る幕ではなさそうですね」

はい、と答える西川の表情は沈んでいる。ダブルワークなど、自分の意思で長時間働く労働者を規制する法はない。働きたければ働けばいい、と矢島は思うが、西川には別の意見がありそうだ。

「磯崎君は納得してませんでした。『法律なんか何の役にも立たない』と怒ってましたね。おれはどうもうまく説明できなくて……矢島さんなら、きちんと伝えられるんでしょうけど」

磯崎の実父と同じ立場だからだろうか。再び腹が立ってきたが、矢島はつとめて冷静に告げた。

「それより、イズチャレンジです。有益な情報は得られなかった、と判断してよろしいですか」

「そうですね。磯崎社長の帰宅は早いそうです。勉強や進路についてよく訊かれるらしいのですが、磯崎君は相手にしていないとか。実父は遅くまで働いているのに、社長は早く帰ってくるということで、よけいにいらいらするんでしょう。あ、でも、業界が同じだけで直接の関係はないみたいです」

話を聞くかぎりでは、磯崎社長は悪い人ではないように思えた。再婚の時期は、名字が変わる影響を最小限にとどめようとした結果ではなかろうか。継子とコミュニケーションをとろうとしている様子もうかがえる。ただ、思春期の少年がどうとらえるかは別の問題だ。

いや、そんなことを考えても仕方がない。残業税調査官も労働基準監督官も、他人の家庭は管轄外だ。

矢島はぬるくなったコーヒーを飲み干した。

「では、この件はこれで終わりにしましょう」

イズチャレンジのことは、しばらく忘れたほうがいいかもしれない。きっかけとなった磯崎慎也の態度は、はっきりした根拠にもとづくものではなかった。先ほどの西川の言葉にもあったように、実父と継父、労働者と経営者を比べて、その働き方のちがいに、少年は反発をおぼえたのだろう。

しばらく時間をおいてから、先入観なしに調査結果を見直し、まだあやしいと思ったら、あらためて動こう。矢島はそう結論を出して、立ちあがろうとした。

西川はまだ話し足りなそうだった。額に汗の玉を浮かべて、悔しそうに奥歯をかみしめている。

矢島は心配になった。必要以上に対象に思い入れしては、この仕事はやっていけない。まだわかっていないのか。しかも今回、救いをもとめているのは労働者ではない。磯崎慎也は、別れた実父を心配するやさしい子だ。幸せになってほしいと矢島も思うが、関係のない大人がしてあげられることはない。

すわりなおして、悩める西川に語りかける。

「君が話を聞いてあげたのは、磯崎君にとって大きかったと思いますよ。友達に愚痴を言うだけで、気持ちが落ちつくことはよくあるでしょう。家族の問題は、相談できる人が少ないですから、君はちょうどよかったわけです。きっと、インタビューが好感触だったのでしょう」

「『ちょうどよかった』ですか。もっと気の利いた言い方はありませんかね」

西川はぎこちないながらも笑みを浮かべた。

「イズチャレンジは結局、過剰労働はないみたいですね。社長が率先して早く帰っているようですから」

矢島は儀礼的にうなずいたが、何か引っかかるものを感じた。どこかにとげが刺さっている。

社長は早く帰宅して義理の息子と向きあおうとしていた。帰りが遅かったら、磯崎慎也との摩擦は減っていたかもしれない。皮肉なことだ。派遣会社への支払い額からすると、イズチャレンジは社員だけでは業務をまわせていない。忙しいなか、無理して息子との時間をつくっているのだろうに。

その穴埋めをする社員も不憫と言えよう。夜間、ダブルワークの派遣社員だけを会社に残すわけにはいかない。指揮監督する人間が必要になる。結局、残業だ。それを回避するには……。

とげが見つかった。

社長はそれほど忙しそうではないのに、どうして派遣社員を多く雇っているのか。社員だけで仕事がまわせていないなら、なぜ東京テクスの軽微な依頼を受けるのか。人と金の流れに、不審な点はないか。

矢島は思わず立ちあがっていた。ないがしろにされた椅子が床とすれて、悲鳴をあげた。顔をしかめて、西川が問いかける。

「どうしたんですか、珍しく怖い顔をして」

矢島は眼鏡の位置を直した。どこが怖い顔だと言うのだろうか。

「からくりが見えたような気がします。イッツファイブの登録者と派遣先を調べてみましょう」

イッツファイブはイズチャレンジが使っているＩＴ業界専門の人材派遣会社である。中野を拠点にして周辺の区や市で事業を展開している。

「でも、偽装派遣かどうかはとっくに調べてますよね。おれにも関係する不正ですか？」

矢島は自信をもってうなずいた。もちろん、普通に残業させて給料は派遣会社を通じて、というような単純な偽装派遣ではない。

「ええ、かなりの過剰労働になっていると思います。イズチャレンジとイッツファイブ、それから東京テクスも調べないといけないので、かなり人手がいりますね」

「東京テクス……？」

西川が怪訝な顔をしたので、矢島はざっと事情を説明し、仮説を開陳した。

ようするに、三社の名義を利用した偽装派遣である。

イズチャレンジの社員は派遣会社にダブルワークの登録をしたうえで、東京テクスに派遣されたことにして残業する。残業代は派遣会社を通じて支払われる。逆に、東京テクスの社員は、イズチャレンジで働いたことにして、派遣会社から残業代分の給料を受けとる。つまり、両社の社員が互いに相手の会社に派遣されたと偽って、残業税の支払いを免れていたのだ。

このとき、イズチャレンジと東京テクスは互いの会社の残業代を派遣会社経由で支払っているが、その差額は架空発注で調整する。残業代の多い東京テクスがイズチャレンジに仕事を発注したことにして、差額を支払うのだ。わかりやすく二社で説明したが、実際はもっと多くの企業がからんでいる可能性もある。

「なるほど」

西川がうなった。

「見事な図式ですが、証拠はあるんですか？」

これは嫌味ではなく、単純に疑問を口にしているだけである。それがわかっていても、少々むっとする訊き方だった。

「証拠固めはこれからです。まずは元社員を見つけて話を聞きましょう。あわせて三社の帳簿をくわしく調べます。表に出ている数字が一致するだけで、状況証拠にはなります」

「会社の前に張りこんで、誰がどれだけ働いているかチェックしてはどうでしょう」

提案する西川の目がきらきらと輝いている。張りこみが好きなのだ。ただ、それは下手の横好きであり、大きな図体は目立つから、いっしょに張りこんでいると気が気ではない。

「派遣社員が実際には働いていないとわかれば、追及の材料にはなります。ですが、社員の残業だけだと、申告は来年ですから、言い逃れは簡単ですね」

「そうですか……」

西川は残念そうに肩をちぢめた。

「活躍の場はきっとありますよ。聞き取りや調査には同行してもらいます」

　西川の威圧感は大きな武器になる。本人もそれを意識して使えばいいと思うのだが、まだ威力がわかっていないようだ。

　矢島のなぐさめで、西川はすぐに気を取りなおした。水をぐびぐびと飲んで、大きく伸びをする。

「しかし、最低でも三社がからんでいるとは、大がかりな脱税ですね。そんなことするより、本業に励んだほうが利益があがるだろうに」

「どんなにもうけていても、一円たりとも税金は払わない、という人はいますから。国家の誕生とともに税の歴史もはじまっていますが、脱税も同時に生まれて、途切れることなくつづいているはずです」

　そして、国家があって税金があるかぎり、矢島のような仕事もなくならないだろう。歴史上では、民間人が徴税を請け負って過大な税を徴収し、私腹を肥やすことがあった。徴税権が売買されることもあった。矢島の仕事は脱税の調査だが、成績をあげても、それで自分の懐（ふところ）が豊かになるわけではない。矢島にとっては、数字が積み重なっていくこと自体が報酬だ。

「それに、過労死レベルを超えて残業していたら、残業税は労使ともにかなりの金額になりますから、不正を働く動機には充分でしょう」

「過剰労働が強要だとすると、見過ごすわけにはいきませんね。絶対に正さなくては」

西川は腕をさすって、すぐにでも殴りこみにいきそうだ。

「証拠集めの段階でばれては、元も子もありませんよ」

釘を刺しつつ、矢島は考えた。三社の不正を一度に暴いたら、三件分の実績になるのだろうか。

4

矢島はまず、派遣会社のイッツファイブについて調査をはじめた。パソコンに向かって数分で、イッツファイブが東京テクスの関連会社であることがわかった。公開されている役員の名前が共通しており、派遣先も東京テクスが中心のようだ。設立は八年前で、東京テクスやイズチャレンジより新しい。不正のためにつくった会社、とまでは言えなくても、東京テクスのための会社なのだろう。

とすると、労働者派遣法の違反も考えられる。グループ内企業への派遣が一定割合を超えてはならない、という規制があるのだ。

ますますおもしろくなってきた。矢島はハンカチを鼻にあてて香りを吸いこみ、気持ちを落ちつかせた。まだすべて疑惑にすぎず、仮説の段階である。これから裏をとらねばならない。

　そういった裏付け調査については、このうえなく頼もしい同僚が味方についている。矢島は受話器をとって、指がおぼえている番号をプッシュした。

　呼び出し音が二度鳴って消えた。中野税務署です、と名乗る声は、砧のものだ。耳にやさしく、魅惑的な響きである。

「矢島です。例のイズチャレンジと東京テクスの件で調べてほしいことがあるのですが、今、よろしいでしょうか」

「三分後にかけなおす」

　きっちり三分後にコールバックがあった。

「手がかりが見つかったの？」

「はい。手がかりというか、仮説を思いついたのです」

　矢島が端的に説明すると、砧は電話の向こうで、ふっとため息をついた。

「ケンオウは以前、局への異動を断ったのよね。出世には興味がないの？」

　関係のない話題をふられて面食らった。電話では用件以外は口にしない砧である。どうしてそんなことを訊くのか、と喉まで出かかったが、ぎりぎりで抑えた。砧の機嫌をそこねたくない。受話器を軽くおおって正直に答える。

「ないですね。必死になったところで、キャリアの上に行けるわけではありませんから。それなら、専門の道をきわめたほうがいい」

矢島たち残業税調査官や国税調査官、徴収官などの身分は国税専門官と言い、公務員としては国家二種に相当する。準キャリアとも呼ばれるが、キャリアとの差は大きく、最高に出世しても税務署長がせいぜいだ。キャリアが三十代で到達する職位である。

「ふーん。それは負け惜しみ？」

辛辣な言葉も、砧の口から発せられると、心地良く聞こえる。矢島は意味もなくペンを手にして、くるくると回した。

「そうとられても、私は気にしません」

「でしょうね」

砧は応じると、話をもどした。

「三社の調査書類を突きあわせてみるわ。あなたの推測が正しければ、書類上ではイズチャレンジと東京テクスの社員の交換がおこなわれていて、両者のイッツファイブへの支払い額の差が、この前反面調査した取引額に一致する。そうね」

「ええ、完全に一致はしないと思いますが」

残業税脱税を目的とする偽装派遣を防ぐため、税務署は派遣会社に登録者と派遣先のリストを提出させている。それを精査すれば必要なことはわかるだろう。そのリスト自体が虚偽であった場合は、個人の確定申告書と突きあわせることになる。そのときは、管轄の税務署にも協力を依頼せねばならない。

「これは一時間もあれば充分だけど、あなたののぞむ結果が出ても、状況証拠にしかならないわよね」

「承知してます。なので、イッツファイブの退職者にコンタクトをとりたいと思っています」

「わかった。そっちを先に調べて、該当する人物がいれば、データを送るわ」

さすがに砧は話が早い。礼を言って、矢島は電話を切った。

たまっている報告書を書いていると、砧からメールがとどいた。暗号化されたファイルは、ここ二年ほどのイッツファイブの退職者リストだ。正確に言えば、以前は給与が支払われていたが、昨年は支払われていない人である。リストには四人の名前があった。住所や電話番号も記載されているが、退職とともに引っ越すケースも多いので、連絡がとれるとはかぎらない。

矢島はリストの電話番号をチェックした。固定電話の番号が一件、携帯電話の番号が三件ある。平日の昼間だから、固定は無視して、携帯電話にかける。二件目で相手が出た。

「中野税務署の矢島と申します」

「今忙しいんで、また」

口をはさむまもなく切られてしまった。こういう対応は日常茶飯事なので、いちいち気にせず、次の番号にかける。

　今度も応答があった。

「え？　税務署？」

　若い女性の声だ。リスト上では、年齢は二十八歳とある。

「はい、残業税調査部の者です。山野晴美さんですね。イッツファイブという会社についてお訊きしたいのですが」

　相手が警戒する雰囲気になった。場所を移動する気配がある。

「どういう内容ですか」

「できれば、お会いしてお話をうかがいたいと思っております。ご指定の日時に近くまでうかがいます」

　住所は西東京市になっている。引っ越していなければ、すぐに行ける。

「あの……そちらが本当に税務署の方なのか、私にはわからないのですが」

「ああ、申し訳ございません」

　矢島は謝りつつ、手応えを感じていた。頭の良さそうな人だから、理を説けば内情を語ってくれるのではないか。

「では、こちらで把握している西東京市田無の住所にお手紙を送ります。それで、もしお時間があればですが、インターネットで中野税務署のサイトを開くと、残業税に関するお問い合わせの電話番号が記載されています。その番号にかけて、矢島を呼び出していただければ……」

「わかりました」

女性は矢島の話を途中でさえぎった。

「信用します。でも、期待するような話はできないと思います」

「それでけっこうです。ありがとうございます」

都合の良い日時を訊くと、土曜の午後だという。一瞬、矢島は返事をためらった。その日は重要な予定が入っている。だが、仕事には替えられない。聞き取りを先延ばしにすれば、証拠集めがそれだけ遅くなって、摘発が難しくなるかもしれない。西川のスケジュールを確認したあと、ふたりで田無まで出向くことを約束して、電話を切った。

話した感触では、山野晴美はおそらく、イッツファイブの不正についてくわしくは知らない。だが、どこかおかしいところがあったから、聴取の依頼を受けてくれたのだろう。有用な証言が得られるにちがいない。場合によっては、現役の社員を紹介してもらうこともできよう。

「矢島さん、大丈夫っすか？」

西川がたずねてきた。よほど、顔色が悪かったのか。

何でもない、と答えて、廊下に出た。背中に視線を感じた。

土曜日は、二ヵ月に一度の娘との面会日だった。七歳になる娘は、別れた妻の実家がある宇都宮(うつのみや)に住んでいる。新幹線に乗って会いに行くのが、仕事以外では唯一の生きがいであった。もっとも、今回のように仕事が入ることが多いので、二回に一回は流れている。仕事を理由にキャンセルしたら振替はしない、というのがルールだった。理不尽だと他人は言うが、仕事が理由で離婚しているのだから、当然だと思っている。嘘の理由をでっちあげられる矢島ではない。

携帯電話のメールでかつての妻に連絡する。返事はすぐに来た。

「了解。残念ね」

事務的だが、嫌悪感はただよっていない。

ふと、過去を思い出す。完全な喧嘩(けんか)別れの離婚ではなかった。実家の工場が倒産したとき、妻はため息混じりに告げた。

「あなたがそういう人だとは知っていたから、わたしは怒らないわ。でも、もういっしょにはいられない。それがけじめだと思う」

矢島は淡々と離婚に応じた。妻と娘を愛していたのはたしかだったから、つらくないはずはなかった。だが、もう一度チャンスがあっても、自分は同じ選択をするだろう。それに、妻が両親や親戚の非難からかばってくれていたのも知っていた。結婚生活をつづければ、苦しむのは妻と娘だった。

それでも、理解はしていても、ときどきむなしくなる。ゆえに、自分が選んだ仕事に打ちこむのである。

「おまえの仕事は誰も幸せにしない」

妻方の心ない親戚に投げつけられた言葉だ。

冗談じゃない。残業税調査官が不幸にするのは、法を犯して納税の義務から逃れようとする輩（やから）だけである。過剰労働を強いられる若者を救った例も多い。今回もうまくいけば、IT業界の過剰労働に歯止めをかけられるのではないか。

矢島は用を足してから、席にもどった。すわる前に、事務の大須賀が声をかけてくる。

「ケンオウさん、ついさっき、砧さんから電話がありました。吉報だそうですよ」

「ありがとうございます」

腰かけると同時に、受話器をとった。もう結果が出たのか。

「ああ、ケンオウね。あなたの推測どおりだったわよ」

電話の向こうの砧は、少し疲れているようであった。よほど集中して調べてくれたのであろう。

「イズチャレンジの社員は東京テクスで、東京テクスの社員はイズチャレンジで働いていることになっている。もちろん、夜間休日のダブルワークでね。もう一社からんでいるんだけど、管内じゃないから、こっちの結果が出てから情報提供でいいでしょう。この前、反面調査に行った取引は、支払い額の調整のための架空発注でまちがいなさそうね。二年分しか調べてないけど、ほぼ帳尻があうわ」

「感謝します。さっそく調べていただいて」

「礼には及ばない。これほど楽しい調査は久しぶりだからね」

それはそうだ。調べるごとに仮説が裏付けられていくのである。砧が忙しければ、矢島が自分で調べたところだ。

「そっちはどう？　元社員はつかまった？」

矢島がやりとりを説明すると、砧はふーんと中途半端なうなずきを返した。

「微妙ね。若い社員が核心を知っている可能性は低いけど、使える証言が少しは得られそう」

二秒ほど、考えるまがあいた。

「まあ、いいわ。週明けにでも、三社同時に臨検しよう。状況証拠はそろっているんだから、三社のうち、どこかは吐く。狙いは社員の多い東京テクスね。ケンオウは来週の予定は？」

矢島は頭のなかで、自分と西川のスケジュール表を確認する。

「月曜は無理ですが、火曜なら終日空いてます」

「わかった。こちらで調整して、また連絡するわ。あなたの担当はもちろんイズチャレンジよ」

はい、と応じつつ、矢島は多少の不安を感じた。イズチャレンジの磯崎社長を前にして、西川がよけいなことを言わなければよいが。

もっとも、自分がうまくやれるか心配するほうが先かもしれない。相手は、架空発注の反面調査を平然とやりすごした男である。ほかの二社が陥落するまで、口を割らないとも考えられる。

「何か不満でも？」

「いえ、そんなことはありません」

矢島はあわてて否定した。ちなみに、砧には臨検の計画を立てたり、複数の社にまたがる調査を指揮したりする権限はまったくない。だが、本社の同僚たちも、砧の指示にしたがうだろう。

矢島たちにとっていい結果が出るとして、磯崎慎也はそれを喜ぶだろうか。ふと、そう思った。

苛立たしいほどに晴れた土曜の昼下がり、矢島と西川は西武新宿線田無駅で待ちあわせた。約束の五分前に、指定された喫茶店に入る。席について税務署の封筒をテーブルにおくと、男女のふたり連れに声をかけられた。

「矢島さんでしょうか」

三十前の小柄な女性と、同年代の男性だ。矢島がうなずいて席をすすめると、女性は恐縮した様子で言った。

「主人が心配してついてきてしまったのですが、よろしいでしょうか」

男性のほうが、首をすくめるように会釈する。細身で神経質そうな顔つきだ。矢島は営業用の穏やかな笑みで答えた。

「ええ、もちろん。お気持ちはよくわかります」

名刺を出して自己紹介をしてから、矢島はさっそく本題に入った。

「我々はイッツファイブとその取引先について、税務関係の調査をおこなっております。山野さんが在職中、何か気づいたことがありましたら、話していただきたいと思います。やりとりは一応、録音させていただきますので、ご了承ください」

録音と聞いて、山野の夫が目をあげたが、口に出しては何も言わなかった。山野がハンドバッグから一枚の紙を取りだす。

「あの、会社を辞めるときに、このような書類を書かされたんです。だから、前の職場についてどうこう言うことはできないんじゃないかと思うのですが……」

矢島と西川はちらりと紙に目を走らせた。いわゆる秘密保持契約書だ。退職者に対し、業務内容等について、他言を禁じるものである。違反すれば損害賠償金を請求するなどと、おどろおどろしい文言（もんごん）がならんでいる。

「脱法企業によくある手口ですね」

西川が断定した。

「公序良俗に反する契約は無効ですし、公益に関する内部告発者を保護する制度もあります。安心して話してください」

補足の必要を感じて、矢島はあとを引き取った。

「つまり、犯罪や不正を告発しても、賠償を請求されるなんてことはないんです。また、我々に何を話しても、それによってあなたが不利益をこうむることはありません」

山野はほっと息をついた。今日の質問役は矢島である。

「まず、あなたはどういう立場で、どういう部署で働いていましたか」

「契約社員として営業部で働いていました。企業をまわって派遣の契約をとってくるのが職務です。ただ……ほとんど仕事らしい仕事はしていませんでした」

「と、言いますと？」

「うちは新規のお客は必要としてないから、と上には言われてました。ですので、契約をとってきても褒められることはなく、成果がなくても叱られることはありませんでした。そういうのが嫌で、私は辞めたんです」

矢島は得たり、とうなずいた。グループ企業相手の仕事の割合が高いと、派遣会社には指導が入る。本来は厳密に数字だけを見るのだが、ボーダーラインの場合、派遣会社は、営業なのだ。

を頑張っているけど仕事がとれない、という言い訳をする。そのために、営業の社員が必要
「おかしな会社ですね。ほかにも妙なことがありませんでしたか？　社内の雰囲気についても、変に威張っている人がいるとか、特定の会社や社員のことでタブーがあるとか」

山野は話しだすと饒舌で、イッツファイブの内情をくわしく語ってくれたが、具体的な不正については知らないようだった。矢島がメモをとったのは、次のような話である。

「東京テクスが一番の得意先なんですけど、そこの仕事については、社長がほとんどひとりでやってました。受注から経理まで全部です」

「それだと、けっこうな仕事量になるでしょう」

「はい、だから、基本的に定時に帰れる職場なのに、社長だけは毎日残業でした。社長は残業税かからないんですよね」

「そうですね。使用者の側になりますから」

東京テクスは親会社のようなものだから仕方ない、と表面上は納得していたが、不正を疑う社員もいたという。ちなみに、イッツファイブの従業員は二十人を超えるが、正社員はふたりだけなのだそうだ。

「あの会社はやはり悪いことをしていたのでしょうか」

山野が好奇心に目を輝かせてたずねた。矢島の心証は真っ黒だが、確定的な証拠はまだな

い。……というようなことはもちろん言うわけにいかないので、笑みを崩さずに答える。

「すみません。こちらからは白とも黒とも申しあげられないんですよ。先入観を与えてはいけませんし、それこそ守秘義務もありますから。ですので、あなたがたも、今日話したことは他言無用でお願いします」

矢島が頭を下げると、ふたりは神妙な顔でうなずいた。さらに、親しかった同僚の名前と連絡先を訊いて、聞き取り調査を終えた。西川が会計をしているあいだに、夫のほうがはじめて口を開いた。

「マルザの人って、土曜も働いているんですね。代休はあるんですか？　私は市役所勤めですが、残業するな、と上がうるさくて困ってるんですよ」

よくある質問なので、考える前に口が動く。

「まあ、除外職ですから、休日出勤も残業も当たり前ですね。時代に逆行してることはまちがいありません」

残業税導入の際、すべての公務員を除外職にすべきではないか、という議論があった。公務員の人件費は税金だから、国の予算として考えると、残業税の使用者分は行って来いになる。公務員が払う分は税収入になるが、反発の声が霞が関を中心に大きかった。それでも強行されたのは、公務員は無駄な残業が多すぎる、という批判が強かったからである。

導入後、公務員の残業は、中央でも地方でも劇的に減った。民間とは逆に人件費は低下しており、これだけで残業税の成果はあった、と言われている。ただ、残業税調査官のような除外職は別だ。

山野夫妻に礼を言って別れ、矢島と西川は駅にもどった。

妙に人通りが増えているので、何事かと思ったら、大型のスポーツ用品店が開店したらしい。色とりどりののぼりが立っていて、チラシが配られている。

残業がなくなって増えた余暇をスポーツに振りむける人も多く、大手スポーツ用品チェーンは業績を伸ばしていた。ランニングのような個人競技だけでなく、フットサルや野球などの社会人サークルも増えているという。

西川がちらちらと店を見ているので、矢島は提案した。

「ここで解散にしましょう」

今日の聞き取りをまとめる作業は、ひとりでもすぐに終わる。

「いいんですか」

うなずくと、西川は一礼を残して、スポーツ用品店めがけて駆けだした。あまりの勢いに、通行人がおどろいてよける。

矢島はひとりで改札へと歩いた。予想より早く終わったが、とくにしたいこともなかった。これなら、面会の時間をずらすだけですんだのに、と後悔の念がわいてくる。聞き取りの成果は期待どおりで、イッツファイブへの調査の際には役に立つだろう。しかし、結局、状況証拠だけで調査にのぞまなければならない。予定をつぶしただけの成果があったと言えるだろうか。

ホームでため息をついていると、メールがとどいた。元の妻からだ。開くと、娘の写真が表示された。セリフが吹きだしに書いてある。

「パパがんばって」

不意討ちは卑怯だ。目の奥が熱くなって、矢島は上を向いた。強烈な日差しがまぶしくて、やっぱり涙がこぼれてきた。

5

火曜日の午前十時、イズチャレンジ、イッツファイブ、東京テクスの三社に対する臨検がはじまった。砧の人員配置にしたがって、矢島と西川のコンビはイズチャレンジを担当している。東京テクスには税務調査の担当チームがそのまま行き、イッツファイブには本社の別の調査官が向かっている。東京テクスには労働基準監督官も必要になるかもしれないが、情報の共有に時間がかかるため、とりあえずは税務から攻める予定だ。

イズチャレンジは七階建ての雑居ビルの三階に入っていた。灰色の外壁に赤いラインが走る、独特なデザインのビルである。外観は新しそうに見えたが、エレベーターは意外に古い。

三階で降りると、自動販売機の設置された小さなホールがあって、すぐにガラス張りのドアになっていた。Iz Challenge というアルファベットのロゴが貼られている。

「心の準備をする暇もありませんね」

西川が急いで深呼吸する。

「行きますよ」

矢島は宣言して、ドアを開けた。

「中野税務署です。労働基準監督官と残業税調査官による臨時の立ち入り調査をおこないます。手をとめてこちらに集まってください。社長さんはいらっしゃいますか」

ワンフロアの室内には大きなテーブルが三つおいてあり、六人の男女がふたりずつ、パソコンに向かって作業していた。パーティションで区切られたスペースがふたつあって、なかは見えない。男性が四人、女性がふたりの社員が立ちあがって、とまどいがちに顔を見あわせている。女性のひとりが、パーティションの向こうに声をかけた。

「社長、また税務署の方がいらしてます」

磯崎社長があらわれた。年齢は四十代の中頃だろうか、短く切りそろえた頭髪と浅黒い肌が健康的である。背は平均よりやや低めで痩身(そうしん)だが、半袖のシャツからのぞく二の腕は筋肉質で引きしまっている。スポーツジムに通っていそうな雰囲気だ。

「今日は予告なしのご訪問ですか」

人好きのする微笑をたたえて、磯崎は問いを発した。非難するのではなく、確認する口調だ。物腰はやわらかで、目の光は理知的であり、なるほど強敵だと思われる。逆上して怒鳴りつけてくる相手のほうが、対処は楽なのだ。

「申し訳ございません。緊急の調査でして」

「私はともかく、社員には仕事をつづけさせたいのですが……」

「いえ、しばらくのあいだ、待機していただきます」

「証拠湮滅のおそれがある、という理由でしょうか」

「解釈はお任せします」

磯崎は一瞬、天井に目を向けた。観念したのだろうか。

「わかりました。社員たちは会議スペースに移しましょう」

パーティションで区切られた一角に、打ちあわせ用のテーブルと椅子が配置されている。六人の社員はそこに移動し、西川が監視についた。

磯崎はもうひとつの区切られた場所である社長のデスクにもどり、矢島を向かいの椅子にいざなった。

「先日いらした方とはちがいますね」

はい、と答えて、矢島は身分証を示した。

「今回も東京テクスさんのお話でしょうか」

磯崎はデスクに両腕をおいて、正面から矢島と視線をあわせた。口もとには笑みが貼りついているが、まなざしは鋭い。矢島は眼鏡の位置を直しながら答えた。

「そうですが、それだけではないのです」

「もってまわった言い方はやめませんか。お互いに時間は貴重でしょう」

わかりました、と応じたあと、矢島はあくまで穏やかに告げた。

「今回は御社と東京テクス、それにイッツファイブの三社に同時に調査をおこなっています。これで趣旨が伝わりますでしょうか」

否定されるだろうな、と思ったが、磯崎はしばし沈黙した。西川が言うところの、心の準備をととのえているかのようであった。

こういうとき、矢島は待つことにしている。告白を引きだすひと言が思いつけば口にするが、そんなことはあまりない。

磯崎はふっと息をついて、矢島を見すえた。

「ひとつうかがいます。ほかの会社では、証拠は見つかりましたか」

矢島は答えに迷って、磯崎の表情をうかがったが、内心はあらわれていない。やはり、あきらめて白状するつもりなのだろうか。それにしては、余裕がありすぎるのが不気味だ。とりあえず、とぼけることにした。

「さあ、どうでしょうか。ご承知のとおり、役所というところは横の連絡が苦手でしてね。

私にもわからないのですよ」

「しかし、わざわざ同時に調査するのは、不正のからくりに気づいたが、証拠はそろっていない、ということではありませんか」

矢島は目つきが鋭くならないよう、努力せねばならなかった。無能者が慣れない駆け引きをしているように思われたい。

「えーと、今の発言は、不正をみとめる、ということでしょうか」

「はい、そのとおりです」

え、と思わず大きな声が出た。

「本当にみとめるのですか？　冗談ではなく」

おどろく矢島に対して、磯崎はまるで勝利したような微笑を浮かべている。

「正確な資料をプリントしますので、少々お待ちください」

目の前のパソコンを磯崎が操作する。本来、とめるべきところだが、矢島は口をはさめなかった。今、証拠を消されたら、大失態だ。

磯崎が立ちあがって、数歩先のプリンターから、二枚の紙をとってきた。矢島の前に差しだす。小さな字で記された人名と数字が表になってならんでいる。

「これは……」

「弊社（へいしゃ）の社員の正確な残業時間をまとめたものです。このデータを元にイッツファイブから架空の業務が割りふられ、給与が支払われます」

それから、と紙をめくる。

「こちらは弊社で働いたことになっている東京テクスの社員とその時間です。差額を架空発注で調整していたことはすでにご存じでしょう」

矢島は数字をすばやく目で追って、仮説が正しいことを確認した。しかし、どうして、という疑問は残る。まだ驚愕（きょうがく）は冷めていない。

「いかがなさいましたか。証拠をつかみに来たのに、それを差しだされて、なぜそんなにおどろくのですか」

磯崎は明らかに揶揄（やゆ）しているのだが、口調はごくまじめである。矢島は無言で告白を待った。

「実は、ほとほと困っていたのです。東京テクスの社長さんには創業当時からお世話になっていたので、断りきれずに不正の片棒をかつぐようになってしまいました。最初は額も小さかったのですが、ここまで大きくなるとさすがに怖くなります」

磯崎は立ちあがって窓の外を見ながら話している。矢島はようやく、磯崎の意図に気づいた。

「先日の調査で、ようやく肩の荷を下ろせるかと思いましたが、どうも気づいてもらえなかったようで……あなたのように優秀な方がいらしてよかったです」

磯崎はふりかえってつづけた。

「それがあれば、ほかの二社も追いつめられるでしょう。この場で連絡してもけっこうですよ」

まちがいない。調査に協力して自主的に証拠を差しだすことで、脱税が暴露された影響を最小限に食いとめよう、というのが磯崎の魂胆だ。

「詭弁じゃないですか」

矢島は反撃を試みた。

「困っているなら、我々が来る前に自分で罪を告白すればよかったんです。今さら被害者のような顔をして情報提供しても、罪は軽くなりませんよ」

「そう言われても仕方がありません。でも、東京テクスを敵にまわして仕事をつづけるのは難しいので、躊躇してしまいました。申し訳ございません。必要な資料をすべて提供することで、せめてものお詫びにしたいと思います」

磯崎の戦術は有効だと認めざるをえなかった。こちらがまだ証拠を握っておらず、具体的に罪を追及する前に、磯崎は自白したのである。最後まで抵抗しても、逃げきるのは無理で、罪が重くなるだけだ。それなら、さっさと屈したほうが印象がいい。東京テクスの調査結果にもよるが、主犯とはみなされず、刑事罰は軽くなるだろう。

矢島は携帯電話から、東京テクスとイッツファイブの担当者に空メールを送った。それが証拠をつかんだ合図になっている。一番槍だが、うれしくはなかった。

「では、残業税の脱税をみとめるのですね」

磯崎は静かにうなずいた。

「重加算税が賦課されますので、覚悟しておいてください」

矢島が通告したときである。

「社長！」

悲鳴のような声がして、男性社員のひとりが顔を出した。それをきっかけに、椅子の倒れる音がして、社員が次々と集まってくる。

「席にもどってください。勝手な行動をしないで」

西川が呼びかけるが、社員たちは聞く耳をもたない。実力行使に出るわけにもいかず、西川は立ちつくしている。

「社長、大丈夫なんですか」

四十歳前後の男性社員が問いかけた。磯崎が安心させるように微笑を向ける。

「ああ、君たちが心配することは何もない。私が罰を受けるだけだ。労働者は捜査に協力すれば、告発はされないし、追徴金も課せられない。そうですね」

水を向けられて、矢島はうなずいた。

「社員のみなさんには、本当はこうなる前に申告していただきたかったのですが、今からでもまにあいます。正直に話せば、罪には問われません」

「重加算税分の金は確保してあるので、会社の経営に問題はない。期末のボーナスは少し減るかもしれないが、それは許してもらえるとありがたい」

　磯崎が語りかけると、女性社員のひとりが涙ぐんで言った。

「ありがとうございます。でも、社長は悪くないんです」

「そうだ、東京テクスに言われて仕方なく……」

「だいたい、残業税なんて制度がおかしいんだよ！」

　若い男性社員が声を張りあげた。

「おれたちは、いい仕事をしたいだけなんだ。どんな無理な注文も乗りこえて、納期までにソフトを仕上げるのがプロの仕事だろ。客はぎりぎりまで文句を言ってくるんだから、どうやったって最後は残業しないと終わらなくなる。税金がかかるからって、そこでいきなり派遣社員に任せられるか？」

　社員は自分の言葉に興奮したのか、顔を真っ赤にしてこぶしをふりあげた。

「あんただってそうだろ。手をつけた仕事は最後までやりたいんだよ。自分たちで作ったソフトは子供みたいなものだ。それを他人に任せられるかって言ってるんだ」

　そのフレーズは矢島の胸に刺さったが、かろうじて表情は変えずにすんだ。西川が対抗して声をあげる。

「無理な仕事で身体を壊しては元も子もありません。長時間労働はさけたほうが、結局は効率がよくなります」

「納期が迫っているのに、そんなこと言えるか。おれは働きたいんだから、働かせろよ」

「働くのを禁じているわけではありません」

「八割も税金をとったら、禁じるのといっしょだろう」

「そこまでにしよう」

とめたのは磯崎である。

「君たちの気持ちはうれしいが、法は守らなければならなかった。罪は罪だ。私は罰を受け入れ、極端な残業はしないですむよう、環境を改善したいと考えている」

「社長！」

「おれたちも罰を受けます！」

涙混じりの声が重なり、嗚咽がもれてくる。

感きわまって叫んだ者がいたが、磯崎はその必要はない、と首をふった。

「社長というのはいざというときに責任をとるためにいるんだ。職務を果たさせてくれ」

磯崎は社員ひとりひとりと目をあわせて告げた。

「私は君たちの仕事と会社に対する真摯な愛情を誇りに思う。キャッシュが減って、会社は一時的に苦しくなるが、君たちがいれば必ずまた上昇気流に乗る。いや、乗せてみせる。私たちみたいに小さな会社にとって、人材は財産だ。これだけの財産があれば、将来は明るい」

磯崎が両手を広げて前に出すと、社員たちは争うようにその手をとって、感涙にむせんだ。

何だ、この茶番は。どうして、犯罪の自供が感動の場面になるんだ。

矢島はハンカチを鼻にあてて、不愉快なシーンから目をそらした。自分の仕事を否定されたような気がして、胃のあたりがむかむかしてくる。

「西川君、今のうちに資料を押収してしまいましょう」

声をかけると、西川がふりむいた。矢島はがくりと肩を落とした。

肉体派の労働基準監督官は、もらい涙に目をうるませていたのだった。


矢島と西川がイズチャレンジをあとにしたのは、夕刻にさしかかろうかという時間帯であった。外に出たとたん、もわっとした熱気につつまれて、矢島はめまいを感じた。あるいは、空腹のせいだったかもしれない。持参のお茶を一本開けただけで、何も食べずに作業していたのだ。

「早々に罪をみとめてくれて、助かりましたね」

西川は汗だくだが、表情も口調も明るい。

「あの会社はもう不正はしないでしょう。従業員の労働意欲が高すぎるのは気になりますが、環境改善も約束してくれましたし、きっとうまくいきますよ」

西川の口数が多いのは、矢島がむすっとしているからではない。おそらく心から、あの磯崎社長を評価しているのだ。作業中も、「ああいう人が監督だと、選手は力を発揮できるんですよ」などと言っていた。先を読む、責任をかぶる、選手を褒める……それらが名監督の条件なのだそうだ。

矢島には、してやられた、という気持ちが強い。磯崎の言動はすべて計算ずくだったように思われる。だからといって、結果が変わるわけではないが、すっきりとはしない。

帰社の連絡を入れると、電話番の大須賀が声をはずませた。

「お疲れ様です。ほかの二社の調査も順調みたいですよ。砧さんが、『ケンオウの手柄だから、褒めてやってくれ』って言ってました。でも、私が褒めても仕方ないですよね。あと、『結果さえ出ればいいんだから、内容は気にするな』って。意味わかりますか?」

「わかるような、わからないような感じです」

「困りますよね。砧さんも直接言えばいいのに」

口をとがらせた様子の大須賀に礼を言って、電話を切った。

ふと、思い出したことがある。

はるか昔の新婚時代のできごとだ。矢島は料理を勉強しようと、パスタの本を開いていた。ところが、最初のほうのパスタの種類のページでつまずいてしまった。ロングパスタにショートパスタ、スパゲティーにスパゲティーニにリングイネにフェットゥチーネにペンネにラビオリに……いっぺんにおぼえられるはずがない。呆然（ぼうぜん）としていると、新妻に笑われた。

「そんなのおぼえなくたって、幸せに生きるのに支障はないわ。難しいこと言ったって、しょせんは小麦粉なんだから」

「でも、味の向き不向きとかゆで時間とかが、ちがうみたいなんだ」

「小麦粉のくせに威張るな。わたしはうどんが好きなんだ」

妻だった女性は料理が苦手だった。改善したのは娘が産まれてからだ。

いや、そんなことはどうでもいい。矢島は大きくかぶりをふった。どうして思い出してしまったのだろう。

とにかく、結果は同じなのだから、過程にこだわるべきではない。まして、勝ち負けで考えてくよくよするなど、百害あって一利なしだ。矢島はやるべきことをやった。磯崎社長は最善の選択をおこなった。それだけである。

三社の経営陣は時間外労働税法違反の罪で告発され、相応の罰を受けることになるだろう。同時に、多額の追徴課税がなされて、大きなダメージを受ける。イズチャレンジ以外は倒産する可能性もあるだろう。

磯崎少年はどう思うだろうか。案外、これをきっかけに義理の父子は向きあえるようになるかもしれない。

「矢島さん、もう腹が限界です。コンビニに寄りましょうよ」

西川が大きな声で情けないことを言った。

「仕方ないですね」

矢島は時計をちらりと見て、目の前のコンビニエンスストアに入った。何か買って、デスクで食べることにしよう。足は自然に、パスタのならぶ棚へと向かっていた。

第三話　誇り高き復讐者

1

残業税の提唱者が誰かは、一般には知られていない。同窓の官僚たちによる省庁の枠を越えた勉強会があって、そこで生まれたアイデアのひとつだという。財務省と厚生労働省および経済産業省、そして与党の担当チームが秘密裏の折衝をくりかえして法案を練り、財界を説得して、導入にもちこんだ。

財界に対する説得の材料としては、法人税の実効税率の引き下げが主だが、もうひとつ解雇規制の緩和も同時に実行された。

後者は、単なる交換条件ではなく、残業税を柱とする労働改革の一環である。正社員という特権的な身分が固定化され、非正規労働者との格差が増大している状態は、社会に対する負の影響が大きい。残業税がもたらす雇用の流動化、働き方の多様化をいっそう進めるためにも、解雇規制の緩和は必要だった。

労働基準法および労働契約法が改正され、さらに不当解雇とみなされた場合の金銭補償の制度も導入されている。以前は裁判で不当解雇という判決がくだると、企業は訴えた社員を再雇用しなければならなかったが、この制度によって、再雇用するかわりに金銭を支払って解決できるようになった。

　これらの改革は、民間の労働者のみを対象とするものではない。

「今後は公務員の分限免職も機動的におこなってもらいたい」

　総務相はそう発言し、もっと直接的な表現をした議員もいた。

「仕事をしない公務員はどんどんクビを切る。つぶれそうな自治体はまず公務員を減らせ」

　実際に、残業税の導入以後、民間はもちろん公務員の解雇、免職は増えている。残業コストの増大で、生産性や労働効率の上昇がもとめられているため、そうした動きが出てくるのは当然だ。

　解雇規制の緩和は、あくまで整理解雇、すなわち業績を理由とする解雇に関するものだが、これをきっかけに普通解雇もおこなわれるようになった。これは本人の能力不足や素行不良を理由とする解雇で、それまでは不当解雇とされるのをおそれて雇いつづけたり、辞職に追いこんだりしていたものだ。

　絵空事（えそらごと）だと思われた残業税制度が実現にいたった理由のひとつは、損得が入り組むように政策をパッケージしたことである。いわゆるブラック企業をのぞけば、誰もが完全に得をするわけでも、損をするわけでもない。ゆえに、反対の声は大きくならず、あがってもとまどいがちであった。

端的だったのが、労働組合団体の対応だ。

解雇規制の緩和は絶対にみとめられない。労働者側も払う残業税のシステムにも納得がいかない。だが、残業の削減や労働環境の改善は組合の大きな目標である。賛成か反対か、各論の賛成反対でいいのか、総論で考えるべきか、様々な議論が入り乱れて、収拾がつかなかった。

そして、ある会合における反対派の主張をきっかけに、方向性が定まった。

「政府の政策によって残業がなくなったり、給与があがったりしても、何の意味もない。我々の運動の成果として、労働環境の改善や賃上げを勝ちとらねばならないのだ。税制度で社会を変えようなどという政府の横暴を許してはならない」

参加者は大いに白けた。賛成派も反対派も毒気を抜かれ、結局、「影響を注視して労働者の権利を守るために必要な処置をもとめる」といった玉虫色の対応になったのである。

なお、この発言に関しては、当初から陰謀論が唱えられている。組合団体を黙らせるため、何者かが多額の報酬で言わせたというのだが、真偽のほどは定かではない。発言者はその後も健在で、組合活動をつづけているという。


大須賀幸美が綺麗(きれい)になった。

固い職場であることから、これまでは化粧も地味だったのが、目の縁にくっきりとラインを入れ、まつげも丹念にカールさせている。ファンデーションも明るくなったが、それ以上に肌つやがよくなっているようだ。セミロングの髪には軽くパーマがかけられ、肩の上で踊っている。

西川宗太郎が挙動不審になった。

もともと無駄に動作が大きく、感情の起伏が激しい男なのだが、それとはまたちがう方向で行動がおかしくなった。たいした用もないのに、矢島顕央のデスクにやってくる。うつろな目でどこかをながめていることがある。その視線が大須賀を向いていることに、大半の職員が気づいていた。

「西川は意外に面食いだったんだな。しかし、あんなにあからさまに外見で態度を変えたら、誰でもいい気分にはならんだろう」

コーヒーベンダーの前で論評したのは、寺内稔（てらうちみのる）という、矢島の同僚の残業税調査官だ。

中野労基署には、管内の中野税務署と杉並税務署から、ふたりずつの残業税調査官が派遣されているが、寺内も中野税務署の所属である。年齢は矢島の三つ上の三十七歳、残業税導入時の徴用で新潟県からやってきた。それから十二年、転職のときに赤ん坊だった長男はもう中学生だという。

残業税の導入に際しては、二年近い準備期間がもうけられたが、それでも足りないと悲鳴をあげていたのが、当の国税庁と労働基準監督署である。何より先に、人が足りなかった。

新人の採用数を増やしはしたが、一人前になるのを待ってはいられない。民間から大量に中途採用するのはためらわれる。即戦力をもとめて行きついた先が、地方自治体だった。都道府県や政令市から、経理や労働問題の知識のある職員がスカウトされて、労働基準監督官や国税専門官に転じた。これを徴用という。

人材をとられた地方自治体は憤慨したが、中央の方針にいつまでも逆らうことはできない。徴用された人数に応じた補償をしてもらうことで納得せざるをえなかった。

「西川はあれか。野球ひと筋で、女には縁のなかったタイプかな」

「さあ、どうでしょう。プライベートの話はしないので、わかりません」

「それでも、彼女がいるかどうかとかは、何となく見当はつくだろう。あれはあれでモテると思うんだがな」

逃げ腰の矢島に、寺内は食いついて離さない。人の噂が好きな性格なのである。小柄でやせ気味、おまけに童顔だから、恋愛の噂話などしていると、とても三児の父には見えない。当然、残業税調査官にも見えない。

寺内がしつこく聞いてくるので、矢島は仕方なく応じた。

「彼女がいたら、あんな態度はとらないでしょう」

「そうだよなあ。わかりやすすぎるもんなあ」

にやにや笑う寺内から、矢島はさりげなく離れ、自分のデスクにもどった。この日は西川が留守にしているので、デスクワークに専念する予定である。報告書やら経費の請求やら、事務仕事は山と積まれていて、終わりは見えない。このままだと残業は必至だ。臨検や内偵なら、いくら時間がのびてもかまわないが、マルザが事務仕事で残業するのはまちがっているように思われる。集中して早く終わらせなければならない。たとえ、家には誰も待っていないとしても。

「ケンオウ、この開田(かいだ)ホームの件、おまえにやるわ」

寺内が分厚いファイルで肩を叩いた。矢島はパソコンの画面を見つめたまま生返事をする。

「ああ、ありがとうございます。そこにおいてください」

「おれはこれから内偵に行くから」

え、と矢島はふりかえった。

「今日は大須賀さんがいないから、ふたりとも在勤のはずでしょう」

「マルタイに動きがありそうなんだから、仕方ないだろ」

「勝手な造語を使うのはやめてください。調査の対象ですか？」

「わかってるならいいだろ。楽そうな仕事をまわすんだから許せ」

寺内は音をたててファイルをおいた。

「それは寺内さんの都合でしょう」

寺内は仕事の選り好みが激しい。大きな仕事を好んで、規模の小さい企業には行きたがらないのだ。いつも「おれは弱い者いじめは嫌いなんだ」と、職業を否定するようなセリフを吐いている。残業税調査官は脱税を摘発しているだけで、いじめているわけではない。とはいえ、分厚いファイルが示すとおり、充分な下準備をしてから仕事をまわしてくるので、数字をもとめる矢島にとってはありがたい同僚である。

「じゃあ、よろしく」

矢島の抗議を無視して、寺内は去っていった。そのあとに、背を丸めた初老の労働基準監督官がつづく。寺内の相棒は、俗世に対する興味の薄い仙人のような男である。残業税調査官と労働基準監督官の組みあわせは、双方の上司が相談で決めるのだが、本人たちは不満、周りは納得、という例が多いという。

やれやれとため息をついて、作業にもどろうとしたとき、電話が鳴った。舌打ちをこらえて、矢島は電話をとる。

「残業税の問い合わせはこちらでいいですか」

はい、と愛想よく答えて、質問を聞く。接待への同席は残業税の対象となるか、外回りで直帰の場合はどの時点で業務終了になるのか、などなどよくある問い合わせだ。基本的には、会社が業務とみなしているかどうかが重要になるが、いずれも解釈しだいになるので答えにくい。

「こちらでは具体的な事例には回答できません。国税庁のサイトによくある質問と答えが載っていますので、そちらを参照してください。個別の事例に対する見解が必要な場合は、文書で所轄の税務署におたずねください」

「え？　教えてくれないの？　これだからお役所は駄目なんだ」

　申し訳ございません、と応じると、ぷつりと電話は切れた。無理もない。矢島が相手の立場だったら腹を立てると思う。だが、軽々しく答えて、税務調査のときにちがう解釈になれば、大問題だ。

　おいたそばから電話が鳴る。

「大須賀さん、いる？」

　本社からの連絡だ。大規模な税務調査に向けた、矢島と寺内のスケジュール調整である。本社がおこなう税務調査に残業税調査官が同行することもあれば、残業税調査官と労働基準監督官の臨検に本社から応援が来ることもある。

　それからも電話は十分と空けずに鳴りつづけた。

「うちの主人がね、毎日帰りが遅いんですの。でも、残業代はついてないし、税金も払っていないみたいなの。会社に電話しても、もう帰ったと言われるし。これって、脱税になるのでしょう？　どうすればいいんでしょうねえ」

　矢島は一瞬、言葉につまった。

「……言いにくいのですが、それは税務署の管轄ではないように思われます」

「そう。でも働いているはずなのに、残業代が出てないのよ。労働なんとかにかければいいのかしら」

「いえ、まずはご主人とよく話しあわれてはいかがでしょうか」

何とか言いふくめて受話器をおくと、どっと疲れが出た。あらためて、大須賀のありがたさを痛感する。電話番も大切で、外回りと同じくストレスのたまる仕事だ。

大須賀が綺麗になった理由と、今日留守にしている理由は同じである。

大手エステサロンに潜入調査に行っているのだ。「キレイをトータルプロデュース」のキャッチコピーで知られるサロン「エルズモード」は、そこそこ人気のあった女優が起こした会社で、エステやネイルアート、メイク指導などのサービスを安く提供して、ここ数年で急成長している。

急成長の裏に脱税あり、というのは税務署で語られる標語だが、エルズモードにも疑いが出てきた。エルズモードのエステティシャンやネイリストは労働者ではなく、業務請負契約を結んだ個人事業主というかたちをとっているのだが、偽装請負の可能性が指摘されている。

業務請負契約といえば、残業税が導入される前、この方式でアルバイトを働かせていた飲食チェーン店があって問題となった。業務請負契約は文字どおり、特定の業務を請け負うもので、たとえばウェブサイトを構築したり、家の瓦張りをしたり、といった、区切りのある仕事を任せるときに結ばれる。時給や日当ではなく、ひと仕事いくらで報酬が支払われ、発注側は業務を指揮監督してはならない。勤怠管理も許されず、勤務シフトを決めたり休日を定めたりはできないため、接客や調理のアルバイトには本来、適用しようがない契約である。

　この契約だと、雇用関係にはないため、割増賃金を払ったり、社会保険に加入させたり、残業税を払ったりする必要がない。ゆえに、人件費削減をはかる企業が違法な偽装請負に手を染める例があるのだ。

　エルズモードの業務請負契約はグレーゾーンにあると思われた。客をよそおった潜入調査が必要なのだが、矢島や寺内が行くわけにもいかず、大須賀に任されたのだった。

「それはつまり、会社のお金でエステに行けるということですよね」

「もちろん。しかも、勤務時間内にだ」

　寺内に言われた大須賀は喜んで任務についた。今のところ、月に二回のペースで出かけている。綺麗になりたい女性に扮しているので、日頃からサロンで習ったメイクを試し、肌の手入れも欠かしていない。ただ、サロンで売っている化粧品の代金までは経費にならないので、買ってはいないそうだ。

「セールストークがすごいんですよ。買わない自分がとんでもなく愚かでみじめに思えてきます。自腹で買っちゃおうかな」

「やめとけ。本当に客になってどうする」

　寺内は、エルズモードをはじめから黒と決めつけているが、大須賀によれば、簡単に証拠が集まるとは思えないそうだ。

「エステに通いたくて言ってるんじゃないですよ。何というか、法律とか、こちらのやり方とかをよく知っている感じがするんです。腕のいい弁護士か社労士、もしかしたら、うちのOBが背後にいるのかも」

「それは厄介だな」

寺内が眉をくもらせた。退職したあと、一般企業に就職して、税務調査の手口を教えたり、あしらい方をアドバイスしたりする税務署出身者がいるのだ。国税専門官は一般の公務員よりは給与が高いが、出世の道が狭いうえにすぐに行き止まりになるので、天下りする者が少なくなかった。ただし、今は規制が厳しいので、天下りは減っている。

「いずれにせよ、まだ予算も時間も残っている。せいぜい綺麗になってくれ。留守はケンオウがまもるから、心配するな」

「だったら私も安心です。寺内さんに電話番なんかさせたら、苦情で仕事が増えるに決まってますから」

矢島は黙って肩をすくめていた。反対したところで、寺内は逃げるときは逃げるから、言うだけ無駄である。

その予想は見事に当たったわけだが、誇る気にはならなかった。

2

この日は厄日のようだった。取り残された矢島はため息をついていた。電話が途切れず、仕事が進まない。慣れてくれれば、応対しながらパソコンに向かうこともできそうだが、その前にエステの件が終わってほしいと思う。

また電話が鳴った。

「ああ、矢島君か。ちょうどよかった」

相手がそう言ったとき、嫌な予感がした。

「ひとつ頼みたい件があってね」

名乗りもしない相手は、中野税務署の副署長である。勤務する場所がちがうため、普段は意識しないが、職制上は矢島の直属の上司にあたる。だから、頼み、であっても、仕事であれば断ることはできない。

「どういうお話でしょうか」

「局のほうからまわってきた案件なんだけどね」

嫌な予感がますます強くなった。東京国税局から押しつけられた事件をさらに下に押しつけようというのだ。

「ハイランド商事は知っているね」

いちいちあいづちをもとめるような話し方は副署長の癖だ。現場に出ていたときは、そのねっとりとした口調を武器にして成果を積みあげていたという。しかし、部下にも同じように話すので、署内ではいたって評判が悪い。砧は「早く本題に入ってください」と言ったことがあるらしいが、矢島ははい、とうなずくだけである。

ハイランド商事は、中堅の商社だ。テレビ出演もこなす敏腕社長のキャラクターと、サバイバル面接と呼ばれるユニークな新卒採用で有名である。先日、横領事件で世間をにぎわせたが、社長は事件に動じず、相変わらず冗談を飛ばしていた。

「退職した社員から、不正の告発があったみたいなんだよ」

「その話を聞いてこいということですか」

つい先回りしてしまった。副署長は不満そうにつづけた。

「まあ、そう言ってしまえばそうなのだが、相手が相手なのでね。安心して任せられる人物が君しかおらんのだよ」

部下を動かす常套句(じょうとうく)だ。それに引っかかるほど甘くはない。

「事情を簡単に説明するとだね……」

長くなりそうだ。矢島は顔をしかめ、ミントの匂いをつけたハンカチを取りだした。鼻にあてようとしたとき、大須賀が帰ってきたのが目に入った。

「今から、そちらにうかがいます。そのほうが早いでしょう」

副署長のあいまいな返事を肯定と受けとって、矢島は電話を切った。

中野税務署は通りをはさんだ向かいにある。当初の計画では、労基署と同様、新築された区庁舎に入る予定だったのだが、予算の都合で断念し、まだ古い建物を使っている。

「わざわざ来てもらってすまないね」

大部屋にあるデスクの前で、副署長は矢島を立って迎えた。部下が相手でもすわって話さないのは、背が低くて頭頂部を気にしているからだという。偉ぶるのが嫌だから、という説が出てこないあたりが人望のなさをしめしていよう。とはいえ、署長は若い国税庁キャリアだから、中野税務署を実質的に指揮しているのはこの副署長である。まるっきりの無能ではない。

「砧君に資料を頼んでおいたんだがね」

副署長の呼び声にこたえて、女子署員がファイルを持ってきた。

「砧さんは資料室に行ってます」

「またかね。彼女は全然席にいないね」

副署長のデスクは個室と大部屋にひとつずつある。副署長が大部屋に来たとき、砧が席をはずすのは通例になっているのだが、当人が気づいているかどうかは定かではない。

矢島はさっとファイルをめくってうなずいた。砧が作ったものらしく、必要な情報はすべて網羅してありそうだ。

「これを読めば経緯はわかります。またわからないことがあったら訊きますから」

「報告は私に頼むよ。局のお声がかりだから、結論を出す前に必ず相談するように。わかったね」

「はい、承知しております。では、さっそく仕事にかかります」

ぐずぐずしていたら、また長い話がはじまってしまう。矢島は急いで税務署を出て、労基署にもどった。

「何だ、ケンオウ、おまえも逃げてたのか」

席についていた寺内が顔をあげる。ふと思いついて、矢島はにやりと笑った。

「寺内さん、ハイランド商事なんですけど、かわりに担当します？」

「お、有名じゃないか。いいね、それ」

思ったとおり、寺内は食いついてきた。だが、副署長に呼ばれたいきさつを話すと、大げさに手をふって否定する。

「そんなの押しつけるなよ。リベンジ告発に決まってるじゃないか」

「やはりそう思いますか」

「当たり前だ。信憑性があったら、局のほうで動くだろ。見込みがないから、下に送ったんだ」

寺内は残念だな、というように肩を叩いた。

「まじめに仕事しすぎるから、そんな貧乏くじを引くんだ。うまく手を抜かないとな」

「でも、ケンオウさんが手を抜いたら、寺内さんの仕事が増えますよ」

大須賀が突っこむと、寺内はのけぞった。

「前言撤回だ。ケンオウはもっとまじめに仕事しろ」

「そうすると、ますます成績に差がつきますが」

「かまわん。仕事は数字じゃない。やりがいなんだ」

笑いあうふたりを背に、矢島は自席についた。見込みがなくても、調査して報告しなければならない。さっさと片付けてしまうべきだ。

リベンジ告発というあやしげな用語は寺内の創作だが、そういう事例はたまにある。つまり、勤務態度や能力に問題があって解雇された社員が逆恨みして、労基法違反や時間外労働税法違反で古巣を告発するのである。残業税の導入以降、労働改革が進んで正社員の解雇が増えている。数が増えれば、よからぬ発想にいたる者も増える。たいていはとても罪には問えないささいなことであり、矢島たちにとっては手間がかかるだけなのだが、無視するわけにもいかない。

ハイランド商事は学歴よりも実践的なコミュニケーション能力と意欲を重視して、バイタリティにあふれた人材を集めている。いっぽうで、実績をあげられぬ社員には厳しいだろうことは、容易に想像できた。

　告発のメールを送ってきた元社員の名は武藤晋(むとうしん)、二十六歳。西川と同い年だ。総務部で働いていたが、この六月いっぱいで解雇されたという。本人は不正を追及したことによる不当解雇だと主張している。

　不正の内容は、タイムカード打刻後のサービス残業で、さらに上司からパワーハラスメントを受けていたそうだ。砧がまとめてくれた資料によると、前年の武藤の残業時間は百時間に満たない。月あたりが約八時間、時間外の手当を含めた時給が三千円で、その二割が残業税になる。労使折半だから、武藤の支払った残業税は年間三万円弱だ。ほかの社員と比べると、極端に少ない。

　部署がちがうので単純な比較はできないが、営業畑の社員には月八十時間の過労死レベルをはるかに超えて働いている者もいる。ちなみに、時給三千円で月百時間残業すると、労使あわせた残業税は月十二万円になる計算だ。ハイランド商事は働かせるときにはコストをかけてでも働かせる方針のようである。

　これを見ると、サービス残業があるとは考えにくい。最初に告発を受けた東京国税局もそう判断して、中野税務署に任せたのだろう。

　そもそも、いきなり東京国税局に告発するというのもおかしい。まずは所轄の税務署か労基署に相談するのが筋だ。有名企業に勤めていた、という虚栄心を読みとるのは、うがちすぎだろうか。

ちなみに、ハイランド商事の本社は中野にある。だから中野税務署が担当するのだが、その本社は小さなオフィスビルのワンフロアを占めるのみで、新宿にある東京支社のほうが何倍も大きい。初心を忘れないために、創業の地に本社を残し、総務部をおいているのだそうだ。

まずは武藤と会って話を聞き、次に臨検して不正の有無を確認、問題がなければ、そこで報告書を書いて終わり、というところだろうか。西川が帰社したら、スケジュールを打ちあわせよう。

矢島はハイランド商事のファイルを引き出しにしまって、次の案件にとりかかった。


元ハイランド商事の武藤が指定したのは、高級ホテルのティールームだった。労基署に呼んだところ、忙しいとか時間がないとか理由をつけられて、自宅に近い場所まで矢島たちが出向くことになったのだ。

「ちょっと感じが悪いですよね」

西川がぼやく。労働者の絶対的な味方である労働基準監督官からして、武藤に好意はいだいていない。

約束の時間の十二分後にあらわれた武藤は、ブランド物らしい上品なスーツを着込み、赤と水色のネクタイを締めていた。さわやかな笑顔と白い歯と口もとのほくろが印象的で、目鼻立ちのはっきりした、なかなかの美男子だ。外見で判断するならば、優秀な営業マンである。

「すみません、わざわざ来ていただきまして。仕事に追われていて、なかなか時間がとれないんですよ」

「すると、再就職されたんですね」

矢島は先入観をわきにおいて、穏やかに問いかけた。

「ちがいます。自分で事業をはじめるので、あいさつまわりをしているんです。前職の人脈を生かして、いろいろやってみようと思いまして」

「すばらしい。頑張ってたくさん税金を納めてください」

冗談めかして笑い、本題に入るよううながす。武藤は少し不満そうにくちびるをゆがめた。

「どんな事業か、興味はありませんか」

「あまりそういう話をうかがうわけにはいかないのですよ。税務署員というのは、いろいろと窮屈な身分でして」

矢島の言い訳を、武藤は信じたようだった。残念ですね、と応じると、運ばれてきた紅茶をカップに注ぎ、香りを楽しんでから口を開く。

「ハイランド商事という会社は外面(そとづら)はいいかもしれませんが、内情はひどいものでした。社員の競争をあおって、働かせるだけ働かせて、少し意見をしたら放り出すんですから」

そこから、武藤の独演会がはじまった。油を塗っているかのようによくまわる舌で、あいづちもうたせないで、一時間近く、一方的に話しまくったのだ。

内容はあまり多くない。事前のメールにあったとおり、タイムカードを押してから残業させられた、異議を唱えたら閑職にまわされ、最終的に解雇された、上司から給料泥棒と罵倒され、精神的苦痛を受けた、などという。その合間に、自分が学生時代からいかに優秀であったか、仕事でどんな活躍をしたか、上司がどれだけ性格が悪いか、という情報が入ってくるので、話がひたすら長くなる。

「一連の主張について、証拠はありますか」

矢島がようやく質問すると、武藤はポケットからＵＳＢメモリーを取りだした。

「これに上司の発言を録音したデータが入っています。コピーなので、どうぞお持ちください。残業の証拠はありませんが、以前の同僚に訊けばはっきりするはずです」

「パワハラなら、労基署のほうで持ち帰って調べます」

西川が縄張り意識を発揮した。パワーハラスメントは多くの場合、法律違反ではなく民事上の争いになるため、労基署が介入してやめさせることはできないが、労働者の相談には乗れる。西川が証拠の預かり証を書くあいだ、矢島はさらに問いを重ねた。

「あなたのほかに、サービス残業をしたり、パワハラをされたり、といった従業員はいましたか」

「いたと思いますが、残っているやつらは言わないかもしれません。彼らは会社に飼い慣らされた哀れな家畜のようなものですから」

「そうすると、あなたの残業についての証言も期待できませんね」

武藤が言葉につまったのは、一瞬だけだった。

「たしかにありえますね。ほかに証拠がないか捜してみます」

「どうしてあなたが一番のターゲットになったのでしょうか。ハイランド商事は人材を大切にする会社だというイメージがありますが……」

「ですから、それは表向きだけです。実際は、典型的な事なかれ主義の組織ですよ。おれは出る杭だから、打たれたんです」

「なるほど、才能がある人も大変ですね」

もっともらしくうなずいた矢島だが、やはり全面的に信じるのは難しいという気がしていた。武藤の自慢話から、客観的な情報だけを抜き出してみる。

武藤は東京生まれの東京育ちで、親はメーカー勤務のサラリーマンだ。有名私大を卒業後、ハイランド商事に入社して、二年間は営業一部でワインやチーズの輸入を担当する。その後、総務部に異動、一年二ヵ月後に退職。

「クビだと言われたので、辞表を叩きつけてやりました」と本人は語っているが、砧の調査では会社都合による解雇であった。

「あなたの主張によれば、今回の解雇は不当解雇です」

西川が大きすぎる声で告げたので、周りの客がぎょっとしてふりむいた。だが、西川も武藤も意に介さない。

「そうですね。もちろん、法的にも不当でしょうが、会社にとって損になるという意味でも不当だと思います」

「では、訴訟も考えますか。今の制度では、勝訴しても会社にもどれるとはかぎりませんが、解雇の妥当性について、司法の判断が得られます」

「いやあ、それはどうでしょう」

武藤は白い歯を見せた。

「たとえ復帰しても、おれにはメリットがありませんよね。独立したほうが稼げるし、おもしろい仕事ができるだろうし。結局、組織には向かない人間だったんです。それがわかっただけで意味がありました。ただ、残された人たちのことを考えると、残業代は払ってほしいし、パワハラはやめてほしいです」

その後も武藤の熱弁はつづきそうだったが、次の調査があると言って、矢島と西川は引きあげた。

八月の終わりの強烈な陽光が、ビルの影を際立たせている。矢島は地下街に足を向けながら、西川にたずねた。

「どう思いました？　小さな声で答えてください」

「パワハラを受けてたにしては、元気な人だったかな。帰って録音データを聞いてみればはっきりするでしょうが、どうも思いこみじゃないかという気がしてます」

嘘や虚言と言わないのが、西川のやさしさである。これまで、ハイランド商事からパワハラやセクハラなどの労働問題の相談がないことは、すでに確認している。

「そうですね。録音が偽造などでないことを願いましょう」

「偽造、ですか？」

若い西川が知らなくても不思議はないが、かつて、そういう事件もあったのだ。録音された数々の暴言を証拠に、調査と指導に行った労働基準監督官が、不思議そうな顔をして帰ってきた。暴言の声と一致する者が会社にはいなかったという。結局、親に頼んで捏造したものだったのだが、頼むほうも協力するほうも動機がまったくわからないと、関係者一同は首をひねった。そんなことをしても、すぐにばれるに決まっている。

「理不尽なパワハラを受けつづけてると、心を病んでしまうんですよね」

「いえ、そのときはパワハラなんてなかったのです。単に会議で提案が却下されたというだけで」

ああ、と西川はため息をついた。仕事がうまくいかないのを会社のせいにして労基署に訴える、そういう例はたまにある。武藤もその類かもしれない、と表情が語っている。

「自信をもつっていうのは、必要なんですけどね。スポーツではとくに。でも、うまくいかないことを他人のせいにしちゃ、ダメです。そういう選手は伸びない」

よくも悪くも、何でもスポーツにあてはめて考える西川である。興味のない矢島にはその当否が判断できない。野球もサッカーも、ルールすら知らないのだ。男の人なのに珍しい、と言われるが、観るのもするのも好きになれなかった。スポーツは正しいほうが勝つとはかぎらない。それが嫌なのだ。筋書きのないドラマに、魅力は感じない。

労基署にもどると、西川がさっそく録音データの確認にかかった。

一時間後、矢島さん、と大きな声がひびきわたる。西川が立ちあがって両手で×印をつくり、署内の注目を浴びていた。

矢島はあわてて作業を中断し、西川のもとへ急いだ。ほうっておけば、みなの仕事の邪魔になる。

「やはりパワハラではありませんか」

「はい。遅刻や無断欠勤、それに勤務態度を注意する内容です。上司は落ちついて話してて、怒鳴ったり、罵倒したりはしてません」

「では、解雇は武藤自身に問題があったということですね」

あとは会社側に裏をとればいい。意気ごんでいた副署長には気の毒だが、むなしい報告になるだろう。

「ハイランド商事にはアポをとってから行きますか」

矢島の提案に、西川が勢いよくうなずく。

「おれ、やっときますよ」

疑いが深ければ、予告なしの臨検になる。今回、その必要はないように思われた。

3

ハイランド商事本社の応接室で、矢島は担当者を待っていた。ソファの座り心地はよかったが、大柄な西川が隣に腰をうずめていると、いかにも窮屈である。

「応接室に通されるなんて、久しぶりだなあ」

西川は首を左右にまわして、部屋をながめている。正面には大きな書棚があって、社長の著書や経済誌がならべられていた。一部は書店のように、表紙を見せて陳列されている。社長の顔写真が載ったものが多い。書棚の左右には額に入った賞状がかけられているのだが、一見しただけでは数え切れないほどの量だ。内容までは読みとれないが、社長の自己顕示欲は充分にわかった。それでいて、会社経営はワンマンではなく、意欲ある社員に仕事を任せる方式なのがおもしろい。

ふたりの前には冷たいお茶の入ったグラスがおかれているが、手はつけられていなかった。調査先ではお茶一杯の饗応も受けないのが、慣習になっている。

「お待たせしました」

笑顔のなかに若干の不安をのぞかせて、四十過ぎの小柄な男が入ってきた。

「人事担当課長の角と申します」

自己紹介する声に聞きおぼえがあった。武藤を叱責していた上司である。録音データは矢島も確認したが、角から悪い印象は受けなかった。

名刺を交換して、西川が切りだした。

「今日、おうかがいしたのは、武藤晋氏の申し立てを受けまして、労働状況の調査をおこなうためです」

角がびくりとしたのは西川の声の大きさに対してだろう。内容については、事前に通告してあったので、おどろきはないはずだ。

表情を変えてしまったことをとりつくろうように、角は笑みを浮かべた。

「最近、招かれざる訪問者が多いので、すっかり慣れてしまいましたよ」

「もしかして、警察ですか。事件のことは新聞で読みました」

西川が応じた。その新聞は、矢島が読んでいたものである。

「私どもは質問に答えるだけだったのですが、経理が今は修羅場ですよ。それこそ、税務署に何度も相談に行っているはずです」

横領された金の会計処理については、もめることが多い。返ってくるはずもないのに、貸付金として処理しなければならないからで、企業にとっては踏んだり蹴ったりだ。そのあたりの愚痴を言われると面倒だな、と思ったが、幸いにして、角は雑談を長くつづけるタイプではなかった。さっそく、本題に入る。

「武藤は私の部下でした。彼がどう言っているのかわかりませんが、再三の注意にもかかわらず、遅刻や欠勤、職務放棄などをくりかえし、勤務態度が改まりませんでしたので、やむなく解雇しております。こちらに彼の勤怠記録と業績の査定表を用意いたしましたので、ご確認ください」

クリアファイルに入れられた書類が、矢島と西川それぞれの前におかれた。なるほど、二週間に一回は遅刻しており、欠勤も月に一回以上ある。査定では、協調性や目標達成度に最低ランクの評価がされていた。

西川が確認のために質問する。

「武藤さんは総務部への異動を左遷だと思ってたようですが、どのような業務をしてましたか。仕事を与えず、退職に向かわせるようなことはありませんでしたか」

まだ正社員が解雇しにくかった時代は、辞職に追いこむため、せまい部屋に閉じこめて仕事をさせなかったり、畑違いの仕事をさせたりといった嫌がらせがあった。今は解雇のハードルが低くなっているので、そのような例は少なくなっている。

「営業は相手があることなので、問題のある社員をおいておくと、他社さんに迷惑がかかります。その点、社内の仕事なら、失敗してもフォローがしやすいので、そちらで力を発揮してもらえれば、と考えていたのですが、本人には不満だったようですね」

ハイランド商事は、人材を重んじるがゆえに、専門の人事部はおいていないのだという。採用や人事配置は、社長を中心に会社全体で考えるべきなのだそうだ。角が担当しているのは人事関係の雑用で、武藤にはごく簡単な作業を手伝わせていた。

「ふりかえってみれば、私どもにも反省するべき点はありました」

角は率直に懺悔した。

「営業部にいたとき、彼は能力が足りないだけで……たとえば、得意なはずの英語がまったく話せないなどの問題はありましたが、意欲はあったと言えます。ところが、異動で完全にやる気をなくしてしまいました。もっと余裕のある会社だったら、育てられたかもしれません」

計算された発言である。武藤をかばって、心証をよくしようとしているのだろうが、すでにその必要はない。西川が話をまとめにかかる。

「わかりました。念のために聞きますが、サービス残業もありませんね」

「はい。弊社は法令遵守につとめております。残業は正確に記録して、きちんと税金を納めています」

西川がそれで納得してしまったので、矢島は横から口を出した。

「念のため、社員の方にもお話をうかがってよろしいでしょうか」

「はい、何人か呼んできましょう」

腰を浮かせかけた角より早く、矢島は立ちあがった。

「いいえ、こちらで指定させてもらいます。仕事の邪魔をしてしまいますが、ご容赦くださ
い」

「え、いや、ちょっと……」

「これも必要な手続きですので」

あわてていた角も、矢島の言葉に納得したようで、すんなりと大部屋まで案内してくれた。

武藤のデスクがあった場所を教えてもらい、近くの社員に証言をもとめる。

「武藤さん？　ひと言でいえば、口先だけの怠け者ですよ」

「あの人の仕事は、すべてダブルチェックが必要でしたからね。バイトの学生以下で、明ら
かにいないほうがはかどります」

ひどい言われようである。武藤が残業しているところを見た者はいなかった。これで、報
告書の材料がそろった。

しかし、あらためて思うが、人材を見きわめるというのは難しいものだ。ハイランド商事

の採用には成功例が多いはずだが、それでも武藤のような男も採ってしまう。あるいは、コネ採用などもあるのだろうか。そのあたりの経緯は興味深いが、詮索することではない。

「ああいう人を採用したことで、担当者が責任を問われたりしないんですか」

矢島がためらっていた質問を、西川がしてくれた。

「さすがにそれはありませんよ。嫌味のひとつくらいは言われるでしょうけどね」

角は苦笑混じりに答えたが、どうもその苦笑が引きつっているように思われた。もしかしたら、彼が担当だったのかもしれない。

「どうもお騒がせしました。またよろしくお願いします」

「二度と来ないでいただけるとありがたいですね」

「そうおっしゃらずに、定期の調査でお会いしましょう」

何度もくりかえしたやりとりをかわして、矢島はハイランド商事をあとにした。

西川が大げさに頭を下げてくる。

「すみませんでした。裏取りのこと、すっかり忘れてて」

矢島は苦笑で応じた。

「気にしないでください。こっちは副署長の案件ですから、丁寧にやらないと、ねちねちと責められるのです」

そうでなかったら、矢島も角の話だけで終わりにしていたかもしれない。いずれにしろ、ハイランド商事の疑惑は晴れたはずだった。


「矢島さん、ちょっといいですか」

大須賀の呼びかけは遠慮がちだったので、矢島は最初、気づかなかった。指がリズムよくキーを叩き、報告書の無味乾燥な文章をつづっている。

「矢島さん、ハイランド商事の件なんですが……」

無意識のうちに、ハイランド商事、と指が動いていた。はっとして顔をあげる。

「すみません。今、ちょうど報告書を書いていたのですが、何かありましたか」

大須賀の気の毒そうな表情が、背すじを刺激した。

「八割がたは書いたのですが、もしかして無駄になるとか……」

「かもしれません」

今度はにやりと笑う。メイクで大きくなった目が、あやしく光った。西川が駆けつけてきた。先ほどまで自分の席にいたはずなのに。

「どうかしたんですか」

「ちょうどよかった。西川さんにも関係する話です。さっき、ハイランド商事のアルバイトから、メールで問い合わせがあったんですよ。サービス残業をしているんだけど、法的な問題はないのか、という内容です。ふたり連名でした」

矢島と西川は顔を見あわせた。

急転直下とはこのことである。複数の証言があるとなると、サービス残業に信憑性が出てくる。調査のときは、まったく問題はないように感じられた。その印象は誤りだったのだろうか。それとも、部署がちがうのだろうか。

「どういう仕事をしてたんですか。勤務地は？」

西川が大声でたずねたので、大須賀はびくりとして後ずさった。

「うちに来たんだから、中野だと思いますが、くわしいことは書いてないのでちょっと……」

大須賀は女性にしても背が低いほうなので、クマにおびえるウサギのように見える。矢島はとりあえず立ちあがって言った。

「なるべく早く会ってみましょう。メールをこちらに転送してください」

「じゃあ、おふたりの担当ということで処理しておきますね」

席にもどる大須賀の背を、西川がぼうっと見送っている。矢島はその脇腹を肘でつついた。

「同僚をおびえさせないでください。気づいていないかもしれませんが、君に見下ろされるのは、けっこうプレッシャーになるのですよ」

「あ、すみません」

西川はあわてて膝を曲げたが、そういう問題ではない。

「とにかく、そのアルバイトと連絡をとりましょう」

矢島は転送されたメールを開いた。

差出人はハイランド商事に就職が内定している学生らしい。研修がわりに夏からアルバイトをしているのだが、条件以上に働かされて、残業代も出ていないという。このままでは学業に影響が出そうだが、就職後のことを考えると文句も言えずに悩んでいるそうだ。働いているのは、昨日行った中野の本社である。

「ひどいっすね」

後ろからのぞきこんでいた西川がうなった。

「まだ事実と決まったわけではありません」

矢島は自分に言い聞かせるようにつぶやいた。混乱して、頭の整理がつかない。内定切り以外の理由で、内定者が会社を告発した例があっただろうか。

メールに返信してから、矢島は公開情報を検索してみた。

ハイランド商事は内定者を入社前に鍛えあげる方針だという。応募要項には、内定後はアルバイトとして研修を受けてもらうので、大学の単位はそろえておくように、との注意書きがあった。

大学側としては文句もあろうが、それ自体は合法である。しかし、アルバイト扱いで給与を払っているなら、残業代も残業税も払わねばならない。

そこの筋を通さない企業だとは思わなかったのだが、相手が上手（うわて）だったのだろうか。しかし、内定者とはいえ、身分は学生アルバイトだ。重要な仕事を任せてはいないだろう。法的なリスクを負ってまで長時間働かせる意味があるとも思えない。

「矢島さん、お電話です」

大須賀に呼ばれて、矢島は顔をあげた。もう学生から反応があったのか、と喜んだのはつかのまだった。

「副署長からです。まわします」

いないと言ってほしいところだが、無情にも電子音が鳴りひびいた。あきらめて、受話器をとる。

「矢島君、例のハイランド商事の件はどうなっているのかね。まだ報告がないようだから、行きづまっているのかと心配しているんだがね」

「本人からの聞き取りと臨検が終わったところです」

「終わったのなら、すぐに報告してくれないと困るじゃないかね」

申し訳ございません、と謝りつつ、矢島はハンカチを鼻にあてた。何か急ぐ理由があるのか。

「そちらに新しい情報が入ったのですか？」

「そういうわけではないがね、逐次報告するよう言っておいただろう」

すべて終わってからの報告でいいと矢島はとらえていたが、どうやら認識がちがっていたようだ。

「ハイランド商事の規模からすると、本格的に調査をするなら人手と時間がいるだろう。臨検の前に報告や相談がなかったということは、不正はなかったと考えているのだね」

副署長の推察は正しい。一時間前なら、矢島はうなずいていただろう。だが、事情が変わった。具体的な内容を言う気にはなれなかった。

「まだ確認すべき点が残っていますので、何とも申しあげられません」

「申しあげられません、って君ねえ。上司に隠してどうする気だね。途中経過でかまわないから報告してくれ」

「承知しました」

早く電話を切りたくて、矢島は応じた。当否の判断をせずに、証言だけをまとめて送ればいいだろう。

「局から下りてきた案件だから、空振りになるにちがいない。君はそう思っているんだろう。だが、この件はそんな単純なものじゃないよ。君なら、ちゃんと調べてくれると思って任せているんだからね。しっかり頼むよ」

どうも引っかかる物言いだ。矢島は胸さわぎをおぼえた。相手の誘いに乗りたくはないが、訊くしかない。

「何かご存じなのでしょうか」

「さあ、君が知っている以上のことは知らんよ」

明らかにとぼけている。しかし、何のために？

単なる意趣返しか、それとも別の理由があるのか。融通の利かない性格が煙たがられることはあっても、敵をつくる矢島ではない。副署長に嫌われている自覚はなかった。そもそも副署長はこの件を解決するために、矢島を指名したはずだ。本来なら、邪魔する理由はない。

電話を切ってから、矢島はハンカチを鼻にあてたままで、しばらく考えこんでいた。集中が途切れたのは、メールの着信を知らせるメッセージがディスプレイにあらわれたときである。学生からの返信だ。

書いてあった携帯番号に電話をかけて、聞き取りの日程を決めた。三日後の夜である。彼らに会って話を聞くまでは、想像や推理をめぐらせても仕方がない。矢島は気を取り直して、別の案件にかかった。仕事はいくらでもある。ひとつの件や副署長の嫌味にかかずらっている暇はないのだった。

4

ふたりの学生は、体格こそ平均的でよく似ていたが、外見や話しぶりはおもしろいほどに対照的だった。

日焼けした顔に鮮やかな水色のシャツが似合う岩井は、大きな手ぶりをまじえて、よく話した。スーツにネクタイ姿の竹之下はときおり質問に答えるのみで、黙って場を観察している。ハイランド商事は意図してそういう組みあわせにしたのだろう。残業税調査官と労働基準監督官のコンビと似ているかもしれない。

学生たちからは労基署で話を聞いた。正面玄関は閉まっている時間だったので、通用口を開けてふたりを案内する。水色シャツの岩井はずっときょろきょろしていて、席につく前から口を動かしていた。

「まさか就職する前に、労基署に来るとは思いませんでしたよ」

相手をするのは、おもに西川である。

「労基署は労働者の味方だから、怖がることはないよ。警察署や裁判所は行かないほうがいいかもしれないけどね」

「あ、おれ、警察署は行ったことありますよ」

西川がおどろくと、岩井は人なつっこく笑った。

「自転車盗まれて、届けを出しに」

「こいつはそのうち裁判所も行くでしょう。離婚裁判とかで」

まじめそうな竹之下がぼそりと言うと、岩井はすかさず否定する。

「おれは結婚なんかしねえよ。世界中に女はたくさんいるのに、何だってひとりに決めないといけないんだ。ねえ」

同意をもとめられた西川は目を白黒させた。

「いや、どうだろう、決めるのが男とはかぎらないんじゃないかな」

「またまた、監督官さんはけっこうモテるでしょう」

ここで、スーツの竹之下が再び突っこんだ。

「おい、遊びに来ているんじゃないんだぞ」

「わかってるよ。おれは場を和(なご)ませようとしてるだけだ」

そんなふたりだから、聞き取りに苦労はなかった。たまに脱線はするが、必要な情報はほとんど質問する前に得られた。

業務時間の大部分は研修についやされる。ビジネスマナーからはじまって、実践的な英会話や、各国の商慣習のレクチャーを受けた。そのあとに、二、三人のグループに分かれて各部署にまわされ、仕事を手伝う。日常業務のなかで、各人の性格や適性をさぐっているのだろう。もしかしたら、解雇された武藤の例から学んだのかもしれない。

夏休み中は毎日、通っていたという。学生を拘束して、内定辞退を防ぐ意味もあると思われる。その間、二、三時間程度の残業をしていたが、タイムカードは十七時に打つよう指示されていた。残業代は払われるものだと思っていたが、明細を見ると出ていなかったので、心配になって相談したのだそうだ。試算によれば、ひとり八万円ほどだという。残業税は労使あわせて二割の一万六千円だ。

「アルバイトであっても、残業税は払わなければなりません。サービス残業は脱税にあたります。しかし、君たちのように、労働者がみずから不正を告発した場合、支払いは免除されます」

矢島はまず説明してから、詳細を確認した。

「サービス残業をしろ、という指示があったのですか」

ふたりの学生はちらりと視線をかわしあった。スーツの竹之下が答える。

「いえ、とくに説明や指示はありませんでした。タイムカードは打ちましたが、本当の退勤時間も社員さんが記録していましたから、普通に払われると思っていました」

月によって勤務時間に変動があるアルバイトの場合、多い月の残業代を少ない月にあわせて払う残業税逃れの手口がある。それを狙っていたのだろうか。だとしたら、説明がなかったのは、単純なミスだろう。

だが、どこか腑に落ちない。危ない橋を渡るにしては、メリットが少ないのだ。十人いるというすべての内定者の残業税をごまかしても、単純計算だと八万円が浮くだけである。毎月ならともかく、夏休みのあいだだけのことだ。正社員の残業税はかなり払っているハイランド商事が惜しむ金額ではない。

あるいは、ほかの社員も申告以上に残業しているのだろうか。それならありえる話だ。

「君たちの証言をもとにハイランド商事に調査に入って、処分を決めることになります。客観的な証拠はありますか」

ふたりはまた目で相談して、今度は岩井が答える。

「証拠はないです。それより、おれたちが言ったことは会社に伝わるんですか。内定取り消しとかになると困るんですけど」

岩井からはそれまでの調子の良さが消え、表情には不安があらわになっていた。視線が左右に泳いで定まらない。

「告発者の名前は伏せますが、知られずにはすまないと思います。ですが、内定者も社員と同様に保護されますから、内部告発を理由に内定を取り消すことは許されません」

「正確に言うと、この時期は企業側が採用意思を示しただけで、いわば内々定なんだけど、実質的には内定と変わらないからね。君らの事情だと、すでに企業に拘束されているので、法的に保護されるのは確実だと思う」

矢島と西川が説明すると、岩井はほっと力を抜いた。肩を下げ、深く息をつく動作が大げさでおもしろい。矢島はもうひとつたずねた。

「ほかの内定者の話も聞いてみたいので、もし連絡先を知っていたら、教えてもらえませんか」

岩井が眉をひそめて、竹之下を見やる。それを受けて、竹之下が口を開く。

「それはできかねます。入りたい会社を告発するというのは、やはり負担が大きいものですから、仲間を巻きこみたくはありません。また、私たちふたりは本社の配属ですが、ほかのみんなは新宿支社でアルバイトをしているので、同じような働き方をしているかどうかわかりません」

「そうですね。しかし、実態をつかむには多くの証言が必要になります。君たちが教えてくれなくても、別のルートで接触するかもしれませんよ」

「会社に行けば、内定者の名簿が手に入るでしょう。証言を集めるのは、調査に行ってからでいいのではありませんか」

矢島は眼鏡の奥から、ふたりの学生を観察した。岩井は少しおどおどとしているようだが、竹之下は平然として表情を変えていない。

雰囲気が悪くなったと察して、西川が割って入った。

「君らの事情もわかるけど、おれたちにはおれたちの調査のやり方があるんだよ。きちんと手順をふまないと、あくどい企業には逃げられてしまうかもしれないんだ」

「私たちにとって、労働環境や給与の問題と同じくらい、同期の信頼関係は重要です。配慮していただきたいと思います」

西川が巨軀(きょく)をちぢめるようにして、矢島を見た。ひと言で説得されてしまったのだ。矢島は小さくため息をついた。

「わかりました。では、調査を先にしましょう」

臨検はふたりがアルバイトに入っていない日のほうがやりやすいだろう。シフトを確認して、学生たちを帰した。

「仕事も大切だけど、無理はするなよ。若いときはよくても、あとでひびいてくるぞ」

西川が声をかけると、岩井が笑顔でふりかえって手をあげた。

後ろ姿がガラス戸の向こうに消えると、西川が心配そうに言った。

「妙、ですよね」

矢島はすぐには同意しなかった。たしかに妙ではある。学生たちの主張を鵜呑(うの)みにしていいものか、疑問を感じた。だが、学生たちが虚偽の告発をしたとは考えにくい。入社予定の会社をおとしめる動機はないからだ。内定がそもそも嘘という線もありえるが、それは調べればすぐにわかる。

竹之下が言うように、一部署だけが残業税をごまかしているなら、わからないでもない。管理職が自分の手柄にするために、人件費を抑制していた例は過去にもあった。

しかし、今回は武藤の件を忘れてはならない。これだけ短い期間につづいたのだから、つながりがあると考えたほうが自然だ。武藤と学生たちがグルになって、ハイランド商事を攻撃しているという説はどうだろうか。だが、その場合、学生たちにどういうメリットがあるのか。有名企業への就職と引き替えにするだけの条件を、武藤が呈示できるとは思えない。

「ハイランド商事に行ってみるまで、判断は保留にしましょう」

矢島がつぶやくと、西川は大きくうなずいた。

「今度は予告なしですか」

「そうなるでしょう。ただ、我々ふたりだけで行きます」

ハイランド商事ほどの規模の企業相手なら、本社と協力して、人数をそろえて臨検に行くのが普通だ。しかし、まだそこまで話を大きくするべきではない、と思った。

デスクに戻ると、メールがいくつか入っていた。一件の題名に目がとまる。

【ハイランド商事の不正について】

元はフリーメールのアドレスからで、大須賀が管理する代表のアドレスから転送されてきたものだ。情報提供だろうか。

本文は何もなく、圧縮されたファイルが添付されていた。ウイルスチェックをかけてから、ファイルの解凍を試みる。

パスワードを要求された。眉をひそめつつ、次のメールを確認する。

無題のメッセージ。差出人は同じフリーメールだ。本文は一行だけだった。

「総務の部屋に入ってすぐ右手にあるコピー機の型番」

何だ、これは。

矢島は茫然として、余白の多いメール画面を見つめた。

一週間と経たないうちに、ハイランド商事を再訪することになった。

「君はメールのことは気にせず、いつものように調査を進めてください」

矢島が念を押すと、西川は素直に返事をしたあとで首をひねった。

「でも、その変なパスワードには、どういう意味があるんでしょう。いつも使ってるパスワードなのかな。そういえば、コピー機の型番って、アルファベットと数字だし、忘れてもすぐに確認できるしで、パスワードにぴったりですね」

若い労働基準監督官の感想は、少々ずれていた。

「おそらく、実際に調査に行ったときに、ファイルを開かせたいのでしょう」

矢島は砧と話して、そういう結論に達したのだった。メールは砧に転送してあり、ハイランド商事でコピー機を確認してから連絡し、ファイルの内容を見てもらうことになっている。いかなる形式のファイルで、どんな内容であっても、砧ならうまく対処してくれるだろう。

「でも、行ってから開かせることに何の意味があるんです？　もったいぶってて、いい気はしないっすね」

その点については、推理はいくつか出たが、どれも決め手に欠けた。矢島は、内容を吟味されたくないのかもしれない、と考えている。砧は、調査に行かせること自体が目的なのではないか、という意見だ。もうひとつ、ドラマチックな展開を期待してるのだろう、とも言った。常識人の矢島にはとうてい思いつかない案だ。

理由がひとつとはかぎらない。だが、理由がわかれば、誰がメールを送ったかもわかるのではないか。それは矢島と砧の共通の見解だった。

「ですから、気にせずに調査に専念しましょう。情報が入ったら、すぐに知らせますから」

「はい、わかってます。でも、やりにくいなあ」

西川がぼやいているうちに、ハイランド商事のビルに着いた。街道沿いにあって、一階が衣料品店、二階からがオフィスで、ハイランド商事は五階に入っている。

エレベーターで五階にあがり、内線電話があるだけの受付を無視して、なかに踏み入る。

短い廊下の突き当たりが大部屋だ。

「中野労基署です。臨時の立ち入り調査にまいりました。作業の手をとめて、こちらに集まってください。責任者の方にお話をうかがいます」

社員たちがいっせいに西川に目を向けた。

「調査はこの前、終わったんじゃないの？」

「武藤の狂言だったんだろう」

そのような声があがっているあいだ、矢島はコピー機の型番を確認した。

「ＶＣ７７０９」

携帯電話のメールで、すぐに砧に送る。

人事担当課長の角が駆けよってきた。

「どういうことでしょうか。武藤の件はもう片付いたのではありませんか」

「別件で告発があったんです。社員の方は別室で待機していただきます。先日の応接室でいでしょう」

西川がきびきびと動いて、社員を誘導する。

「勝手なことをされては困ります。上司の指示を仰ぎますので、それからにしてください」

角が矢島に向かって抗議した。むろん、受けつけるわけにはいかない。

「あくまで形式的なものですから、ご容赦ください。労働時間や残業税についてのお話は、あなたでよろしいですか」

「ええと、部長は会議で新宿だから……」

角は助けをもとめるように視線を泳がせる。きちんと準備していた先日とは様子がちがった。逆境に弱いタイプかもしれない。

「社員の勤務時間や給与の記録をすぐに見られる役職の方がありがたいのですが」

「経理は新宿ですが、私もアクセスはできます。ほかにも、総務やシステム担当の課長がいるのですが……」

「アルバイトの管理をされていたのはどなたですか」

「……私です」

「では、あなたにうかがいます」

もどってきた西川とともに、矢島は角のデスクに向かった。がらんとした部屋に、パソコンの駆動音がひびいている。

「こちらでは、就職が内定した学生をアルバイトに使っていますね。その労働時間を確認させてください」

「ええ、はい。アルバイトといっても入社前の研修がメインなのですが、それもあわせて時給を払っています。問題はないはずですが……」

角は首をひねりながら、パソコンを操作した。画面にアルバイトの名前と日付、労働時間が記入された表があらわれる。一日の時間、月の合計時間ともに、残業をしている数字ではない。

「これは正しい数字ですか。実はアルバイトの学生から、サービス残業を強制されているという訴えがありまして」

「ええ!?」

角が発したおどろきの声は、西川より大きかった。

「そんなはずはありません。アルバイトの学生に残業が必要なほどの仕事はさせてませんよ。それに、うちはサービス残業はいっさいないですから」

角は一気に話すと、ふと気づいたように矢島を見た。

「ここに来たということは、そのアルバイトは岩井と竹之下ですか？」

「それは申しあげられません」

「とにかく、私から確認してみます」

携帯電話を取りだした角の手を、西川が押さえる。

「すみません、電話はあとにしてもらえますか」

「いや、だって、何かのまちがいに決まってますから」

角は取り乱しているようだが、その様子だけでは白か黒かの判断はできない。

矢島の携帯電話がふるえた。メールではなく、電話だ。出るとすぐに、聞きちがえようのない声が耳に流れこんできた。

「イントラネットにつないでいるパソコンを用意して、指示にしたがって」

角のパソコンは社内ネットにつながっているにちがいない。矢島は空いていたマウスに手を添えた。

「用意はできています」

「まず、隠しフォルダを表示させて、順番に開いて」

砧がフォルダ名を次々に読みあげる。最後に圧縮されたファイルがあらわれた。

「パスワードはＶＣ７７０９」

解凍された表計算ファイルが開く。先ほど角が見せてくれた表と似ているが、時間がちがう。一日あたり、十から十二時間、働いている。

「裏出勤簿だ」

西川がつぶやくと、角が机を大きく叩いた。

「そんなはずはありませんよ。誰がこんな真似をしたんだ」

「それを聞きたいのは我々です」

矢島は冷たく言ったが、違和感をおぼえてもいた。まだどこかおかしい。

角が必死の形相で訴える。

「悪質ないたずらです。考えてもみてください。アルバイトの残業税をごまかして、どんな意味があるんですか。私は残業してますよ。ちゃんと残業税を払ってます。時給の高い社員は申告して、低いアルバイトをごまかすなんて、おかしいでしょう」

「税金より、それだけ働かせていたことが問題です」

西川が指摘すると、角は激しくかぶりをふって反論した。

「だから、残業なんかさせてないんです。彼らは内定者ですが、まだ右も左もわからない学生ですよ。ソフトの使い方や社会人としてのマナーを教えている段階です。仕事なんか、無理につくった雑用なんです」

「じゃあ、このデータは何なんですか。明らかに裏出勤簿でしょ」

「いたずらだって、さっきから言っているでしょう。そうだ、武藤だ。あいつがやったにちがいない。辞めさせられた腹いせですよ」

角は顔を真っ赤にし、涙まで浮かべそうになっていた。西川は少々もてあましているようだが、追及の手はゆるめていない。

「でも、学生たち自身が、残業していたって主張してるんですよ」

「それなら、彼らと話をさせてくださいよ」

「ダメです。告発があった場合は、労使の直接のやりとりは避けてもらうことになっています」

「だったら、ほかの社員にも訊いてください。バイトが残業してないことはみんな知ってますから」

ふたりのやりとりを耳でとらえながら、矢島はまだ通話を切っていなかった。背後の声を聞いたらしい砧がたずねる。

「ケンオウはどう考えているの？」

「偽の証拠だと思いますが、そこまでする理由がわかりません」

矢島がパソコンを操作するあいだ、角は不審そうに見ているだけだった。少なくとも、彼は隠しファイルの存在を知らなかったと思われる。今の反応も本当に困っているようで、演技には見えない。

「理由を考える前に、真偽を確認してみたら？」

たしかにそうだ。まずはファイル情報からチェックしようか。

数秒で手がとまった。

「これはまた……」

思わずあきれ声がもれて、角と西川がこちらを向く。

「このファイルは一週間前に作られたものです。毎日、記録されていたものではありません。西川君、裏出勤簿は清書するものですか？」

「ありえなくはないですが……」

「だから、いたずらですって！」

一番早く真相をはっきりさせるにはどうしたらよいか。矢島は砧に断って電話を切り、別の番号にかけた。

数度の呼び出し音で、相手が出た。

「岩井君ですか。中野税務署の矢島です」

はい、という返事に不安のひびきがあった。単刀直入に問いただす。

「君は誰かに頼まれて、嘘をついたのですか」

息を飲む気配があって、一瞬のあとに、脳天気な声が携帯電話からあふれた。

「うーん、やっぱりばれちゃいましたか」

「どういうことだね、いったい」

角の声が聞こえたのか、岩井はあわてて言った。

「え、あれ？　訓練ですよね。税務署とは話がついているって、聞いたんですけど」

どんな訓練だ。矢島は内心でため息をつきながら質問をつづけた。

「誰に頼まれたんですか？」

「営業一部の山崎(やまざき)さんです」

はじめて聞く名だ。矢島がたずねると、角は首をかしげた。

「山崎という男はおりますが、今は育休をとっております」

矢島はもう一度、岩井に確認した。

「どんな人でしたか？」

「えっと、若くてけっこうイケメンで……あ、口の横にほくろがありました」

矢島がそれを伝えると、角は膝から崩れ落ちそうになって、机に手をついた。

「武藤だ……」

5

帽子のひさしをあげて、矢島は恨めしそうに太陽を見やった。残暑もさることながら、これだけ日差しが強いと日焼けが心配だ。西川のようなスポーツマンならともかく、矢島が日焼けしていては、職務に差しつかえる気がする。

だが、そんな懸念は楽しそうに駆けまわる娘を見ると、青空の彼方へ飛んでいってしまう。日曜の動物園は幸せそうな家族連れでいっぱいで、たとえ父ひとり娘ひとりであっても、そこに混じっていることが奇跡のように思える。

別れた妻からメールが入ったのは三日前の夜だ。

「日曜日は仕事あるの？」

「今のところはないよ」

「茜が動物園に行きたいって言うから、上野まで出ようと思うんだけど、あなたこの前、面会できなかったでしょう」

矢島は焦って二度ほど、入力に失敗した。

「行ってもいいの？」

「茜も会いたがってるから。じゃあ、上野駅公園口に十一時」

その時点では、日曜は曇りの予報だった。何とか晴れてくれるよう祈った。祈りすぎたのかもしれない。雲ひとつない青空を見て、そう思った。

約束の時間ちょうどにあらわれたかつての妻は、娘の手を放して言った。

「じゃあ、四時にここで」

矢島の笑みが引きつった。

「君は行かないの？」

「せっかく東京まで来たんだから、わたしは買い物でもするわ」

「でも……」

矢島は説得の言葉をさがして、娘を見やった。

「茜はそれでいいのかい？」

「いいよ。ママとはいつもいっしょだから。たまにはひとりにしてあげないとね」

小学二年生にしては、おとなびたセリフだ。矢島は複雑な気持ちになったが、かつての妻は屈託なく笑った。

「教育の成果ね。じゃあ、よろしく」

軽やかな歩調で去っていく後ろ姿を見つめていると、娘が服のすそを引っぱった。

「早く行こうよ」

矢島がふりかえると、茜は背伸びするようにして言った。

「あれ？　パパ、目が赤いよ」

「ああ、昨日はお仕事で夜が遅かったからね」

それは事実だ。別に泣いていたわけではなく、ほぼ徹夜で報告書を仕上げていたからである。せっかくの休日らしい休日の前に、仕事は片付けておきたかった。

ハイランド商事の一件は決着したが、納得のいく結末ではなかった。

アルバイトをしていた岩井と竹之下は、武藤にだまされて、嘘の告発をしたのだった。

「緊急時の対応力を養う社長発案の訓練」「税務署側のシミュレーションも兼ねている」「毎年、一部署がターゲットになって、様々な状況を想定した訓練をしている」「予告しては意味がないから、社内で他言してはならない」などと言われて信じたそうだ。武藤からメールで連絡を受けたときも、実際に会って話を聞いたときも、ふたりはまったく疑わなかった。同僚の名を騙った武藤は、以前の訓練の様子や社内の噂話をおもしろおかしく語ってくれたという。

だからといって、税務署と労基署を巻きこんだ狂言話を信じるなんて馬鹿げている、と矢島は思ったが、それは性格のせいかもしれない。

矢島よりはるかに頭のやわらかい寺内は、意見を訊かれて答えた。

「あの会社ならやりかねない。おれでもそう思うよ。もっとも、こっそり裏はとるけどな。知識と経験のない学生じゃ、そこまで頭はまわらない。基本的に、内定者は会社の言うことを疑わないだろう。悪質だよ」

労働者の味方たる西川は、本気で憤っていた。

「まだ社会に出てもいない学生をだますなんて、卑劣きわまりない！　だいたい、はじめて会ったときから、あいつは気にくわなかったんです。絶対に厳罰を与えないと」

だが、西川の怒りもむなしく、ハイランド商事は刑事でも民事でも、武藤を訴えることはしないという。学生たちの内定も取り消されはしない。

「彼らは会社の未来を担う人材ですから、つまらないことで傷をつけたくないんです。幸いにして実害はありませんし、武藤はもう弊社とは関係のない人間ですから、これで終わりにしたいと考えています」

武藤を呼びだして、散々にしぼったあとで、角はそう言った。社長の意思だという。学生たちを守るほかに、警察沙汰をくりかえしたくないという思惑もあるだろう。

武藤の行為は犯罪だが、被害者が不問にすると言っている以上、矢島らにはどうしようもない。厳密には、残業税脱税の虚偽告発は、税務署が被害者となって告訴することが可能だが、税務署が被害企業の意思に反して単独で動くことはない。不問にすると告げると、武藤は涙を流して感謝した。改心を信じるほかない。

わからないのは、武藤の動機である。

「会社と上司に復讐したいと思ったんです。馬鹿なことをしたと反省しています。申し訳ございませんでした」

最初に聴取にあたった矢島に対して、武藤は謝罪をくりかえした。すべて自分の計画だという。

「ハイランド商事に調査に行けば、遅くともその日のうちには、学生たちが芝居をしていることがわかったでしょう。証拠の作りこみも甘いと言わざるをえません。どうしてすぐにばれる嘘をついたのですか」

「破れかぶれになって、後先は考えていませんでした」

「妙な仕掛けのメールを送ったのはなぜですか」

「調査の場で証拠が見つかれば、言い逃れができなくて、おもしろくなるかと思ったのです」

「それだけのために、何人もの無関係な人を巻きこんで、危険な真似をしたのですか。ハイランド商事の出方しだいでは、あなたは前科者になるのですよ」

「はい。申し訳ございませんでした」

「あなたがひとりで考えたのですか」

「そうです。反省しています」

武藤はひたすら謝罪をつづけるだけである。誠意があるのかないのか、にわかには判断できない。

矢島は釈然としなかった。最初に感じた印象では、武藤は解雇に恨みをいだくようなタイプではなかった。むしろ、自分は本当に優秀なのに、嫌がらせで解雇されたのだと、信じこんでいるように見えた。このような、みずからもダメージを受けるような復讐を考えて実行するとは思えないのだ。

しかし、矢島は残業税調査官であって、警察官ではない。脱税のなかった案件を深く追及する権限も時間も与えられてはいなかった。

副署長の前に、砧に報告した。

「実績にならなくて残念ね。これに懲りたら、副署長の呼び出しには応じないことね」

「そんなことができるわけないでしょう」

「私はやってるわよ」

それは何の理由にもならない。矢島はため息をついて、副署長に連絡をとった。正式の報告は書面になるが、口頭でも事件の展開と結末を告げる。

副署長は機嫌がよさそうだった。

「うん、ご苦労だったね。さすがは矢島君だ。その武藤という男がおとがめなしなのは、私も正しいとは思わないが、ハイランド商事が表沙汰にしたくないのもわかるね。しかし、結局はよくある解雇の恨みだとはね」

「まだ裏があるかもしれないのですが……」

「いや、もう解決したことをほじくりかえす必要はあるまい。我々は警察ではないのだから、動機や背景など考えず、表面だけを見ていればいいのだよ。脱税がなければ、手も口も出さない。ちがうかね」

「……ちがいません」

「局には私から報告しておこう。早めに報告書を頼むよ。君の功績も上に伝えておくからね」

恩着せがましく告げて、副署長は電話を切った。

それが木曜のことで、矢島は土曜日を一日使って、報告書を仕上げたのである。一応の区切りはつけたつもりであった。

人混みをぬって歩きまわる娘を必死に追いながらも、矢島の頭には仕事がこびりついて離れない。因果な職業だと思う。いや、性格の問題か。

プレーリードッグの愛くるしい動きに夢中になっていた娘が、後ろから押されて群衆から抜け出してきた。

「そろそろお弁当にしようか」

「うん、あそこ空いてる」

茜はひらりと駆けて、木陰のベンチを確保した。途中から矢島が持っていたピンク色のリュックには、ふたり分の弁当が入っている。

「ママと茜のだと思ってたけど、パパのだったんだね」

「食べてもいいのかな」

「もちろん」

自信たっぷりに言う口調は、母にそっくりだ。

ならんですわっておにぎりを食べながら、話を聞いた。

「茜はどの動物が好きなの？」

「プレーリードッグとアルパカとバク！」

バク、と思わずくりかえしてしまった。どこがいいのだろう。

「バクは体の前が黒で、後ろが白になってて、パンダみたいでかわいいんだよ。でも、ここのバクは灰色だったけど」

「そうなんだ」

「パパ、知ってる？　バクは悪い夢を食べてくれるんだよ」

茜は目をきらきらさせて父を見あげた。

「悪い夢を食べて、いい夢を出すの。だから、いい夢はバクのうんちなの」

矢島はしばし言葉を失っていた。バクが夢を食べると言われているのは知っているが……。

「……本当にうんちなの？」

そうよ、と茜は力強くうなずいた。

「ママが言ってたもの」

矢島はがくりと頭を落とした。それなら仕方がないが、そんな妙なことを吹きこんで大丈夫だろうか。

「それ、学校でお友達に話した？」

「うん。みんな、すげーって」

「そうか」

何とあいづちをうっていいのかわからない。

「バクの話をしたら、やっぱりパンダも見たくなっちゃった。ならんでもいい？」

いいよ、と答え、弁当の包みを片付けて、矢島は席を立った。長い行列にならぶのも、楽しみのひとつだろう。

遅々として進まない列にならぶあいだ、茜はずっとしゃべっていた。学校のこと、友達のこと、習い事の話、夏休みの思い出、母の言動……。

「おじいちゃんがね、ピアノはやめろって言うの。ピアニストになれるわけじゃないから、無駄なんだって」

茜の祖父は、矢島の元の義父で、いわば離婚の原因となった人物である。矢島は少し慎重になって返した。

「そういう考え方もあるかもね。でも、茜が好きなら、つづけてもいいと思うよ」

「えっとね、好きなときと嫌いなときがある」

「どっちが多い？」

茜はうーん、と首をまわした。

「嫌いなときが多いけど、好きなときのほうが大きい」

正直で懸命な表現に、思わず頬がゆるむ。

「どちらにしても、茜がしたいようにするといいよ。自分で決めるのも勉強だ」

「わかった！」

三十分以上ならんで見たパンダは、ほとんど動かなかった。離れたところでぼうっとすわっているだけである。

「パパもバクのほうがいいな」

感想を述べると、茜はけらけらと笑った。

「今度、白黒のバクも見に行こうね」

あっというまに待ちあわせの時刻になった。少し遅れてあらわれたかつての妻は、ふたりを等分に見やって、審査結果を告げるように言った。

「充分に楽しんだようね」

じゃあ、と声をかけ、娘の手を引いて改札に消えていく。名残惜しいという気持ちはないのだろうか。いや、あるから素っ気ないのかもしれない。茜が一度ふりかえって、手をふってくれた。

ふたりの姿が見えなくなっても、矢島はしばしその場にたたずんでいた。娘とかわした他愛ない会話が、頭のなかでくりかえされている。疲労のたまった心がほぐれ、エネルギーが充塡されているのを感じた。写真もたくさん撮っているから、しばらくはストレスに打ち勝てるだろう。困難な仕事ものぞむところだ。

「よし」

天使の笑顔をまぶたに刻みこんで、矢島は残業税調査官の顔にもどった。

ここ数日、心の隅に引っかかっていたことがある。無視しても支障はない。こだわっても、誰も得をしないかもしれない。関係者のほとんどはもう終わったことだと考えている。それでも、追及したいとあらためて思った。疑問を放置せず、自分で納得がいくまで調べるべきだ。

日曜でもかまわない。決意のにぶらないうちに、一度電話しておこう。

矢島が連絡したのは、警視庁の捜査二課であった。

残業税調査官という職業は、脱税犯を書類送検するため、検察とは関わりがあるが、警察とはあまり縁がない。

矢島は刑事と名刺を交換するのははじめてだった。西川も同じようで、もらった名刺を興味深そうにひっくり返している。

その日、労基署にやってきた刑事は男女のふたり組だった。

男のほうは堅田雅司(かただまさし)という。年齢は四十歳くらいだろうか、髪は白髪(しらが)まじりで、顔は風雪に耐えてきた猟師のようにしわが多い。犯罪者相手ではないにもかかわらず、にこりともせず、鋭い視線を周囲に走らせている。この男とコンビを組む同僚は苦労するだろうな、と思わせた。

「日比野遥です。よろしくお願いします」

女性刑事はそう言って、勢いよく頭を下げた。まだ若く、西川と同年代であろう。女性にしてはかなり背が高く、身体が引きしまっていて、いかにも運動神経がよさそうだ。元気のいいあいさつからしても、西川と気があいそうである。

「実は、こちらのほうからも連絡しようと思っていたんですよ」

日比野が愛想よく笑う。

「容疑者がハイランド商事の脱税をほのめかしたんです。なので、最初は上を通じて税務署に協力を依頼していたんですけど、要領を得ないものですから、直接現場の方にお会いしたほうがいいと思って」

「やはりそうでしたか」

矢島は深くうなずいた。

何でも、彼女らの上司が中野税務署の署長と大学の同期だとかで、問い合わせておいてやる、と言われたらしい。おそらく、それが副署長にまわって、あの思わせぶりな態度につながったのだろう。現場にはまったく、届いていなかった。副署長の意図は定かではないが、どうせろくでもない署内政治の一環だ。

「久下沼容疑者はまだ起訴されていないのですか」

「ええ、そうなんですよ。詐欺に出資法違反にと、余罪がごろごろ出てきて、ふた月以上も勾留してます。嫌味ばかり言うやつなんで、いい加減に手を放してしまいたいんですけどね」

あっけらかんと話す日比野を堅田がにらんだが、にらまれたほうは気にしていない。

久下沼は元ハイランド商事の部長で、先日、横領の罪で逮捕された容疑者である。武藤の背後にこの久下沼がいるのではないか。矢島がそう考えたのは、論理的な推理の結果ではなく、ハイランド商事に恨みをもつ者をあげていった結果である。

保釈されていないことから、関与の可能性は高くないと思っていたが、久下沼は周到だった。会社が横領について調べはじめた段階で、武藤を使った復讐の準備をしていたのだ。復讐、という表現が適切かどうかは、矢島にはわからない。

内々の話ですが、と前置きして、日比野が語る。

「久下沼はあっさり認めました。武藤自身の訴えも、内定者を使った偽の告発も、彼が計画して実行させたものでした」

「でも、動機は何なのでしょう。横領がばれた逆恨みというほど、単純なものではないような気がします」

「角という人物に対しては個人的な怨恨があったようですね。でも、久下沼は犯罪の手段については得意げに語るんですが、動機については言葉をにごすんです。堅田はよくわかってるみたいなんですけど……」

話をふられた先輩刑事は、腕を組んで背もたれに深くよりかかった。

「動機はねじ曲がったプライドだよ」

不機嫌そうに、堅田は言った。

「久下沼は自分が一番、頭がいいと思っていた。実際、仕事はできた。ハイランド商事でも、自分で起こした事業でも、めざましい成果をあげていた。だが、だまされて多額の金を失ってしまう。損失よりも、自分がだまされたという事実が、久下沼は許せなかった。それで、次々と他人をだますようになったんだ」

飛躍があるように感じて、矢島は首をひねった。

「すぐには理解できない話ですね」

「犯罪者の考えることだからな。犯罪の動機は非合理なことも多い。で、この場合、ターゲットはハイランド商事や角というより、武藤だった。武藤を、そしてついでに学生たちをだましてあやつることが、久下沼の目的だったんだ」

武藤が久下沼の名前を出さなかったのは、餌（えさ）をぶらさげられていたからだった。この件をやり通して、黒幕の存在を明かさなかったら、つくった会社を任せてやる。どうせ自分はしばらく塀の中だから。久下沼はそういう条件を与えていた。武藤はそれを信じこんで、罪をかぶったのだ。

「武藤がターゲットになったのは、久下沼が面接で採った男だからでしょうか」

矢島がたずねると、堅田は細い目を見開いた。

「調べたのか」

「いえ、私は警察官ではありませんから。あてずっぽうです」

堅田は微妙に口をゆがめた。笑ったのだろうか。

「そう、久下沼は武藤を憎んでいた。武藤の存在はやつの経歴に傷をつけたからな」

「久下沼って、頭に自信をもっているみたいなんですけど、けっこうだまされやすいんですよね」

日比野が茶々を入れた。にらみつける堅田に笑みを返す。

「それから、この人、不機嫌そうにしてるけど、実は解説するのが好きなんですよ。何でも訊いてあげてください」

それまで神妙にしていた西川が、ぷっと吹きだした。堅田は本格的に腹を立てたのか、椅子を横にしてそっぽを向いてしまう。

「あとは知らん」

「……とまあ、こういう事情です。立件できないので、こうしてお話ししましたが、どうかお忘れになってください。また新しい展開があったら、今度は現場レベルで協力をお願いしますので」

「承知しました。そちらもお送りした報告書は処分してください」

儀礼的なやりとりが終わると、日比野は肩をおさえる仕草をした。

「労働基準法って、警察官にも適用されるんでしたっけ？　私たち、明らかに過剰労働だと思うんですよね」

たずねられた西川は、集中していなかったようで、何度か目をしばたたいた。

「えーと、おおむね適用外ですね。残業税も除外職です。つまり……」

日比野はため息をついた。

「市民の安全のために、死ぬまで働けってことですよね。わかってるんですよ。でもねえ、たまには長期休暇とかほしいです。電話の音におびえず、思いっきり朝寝がしたい」

「つまらないこと言ってないで、帰るぞ」

堅田が先に立ちあがり、日比野がしぶしぶといった調子であとにつづく。彼らもなかなかいいコンビであるように思われた。

刑事たちを見送った矢島は、軽く伸びをした。真相がわかってすっきりするかと思ったが、徒労感がつのるばかりだった。ふりまわされただけで、税はとれてないし、犯罪にもならなかった。誰かに話すわけにもいかない。砧になら、明かしてもいいだろうか。

副署長に文句を言ってやろうかとも考えたが、今後のために、情報源は隠しておいたほうがよさそうだ。警察とつながりができたのはせめてもの収穫である。

そして、残る問題は隣に立つ大男だ。

「いつまでぼうっとしているのですか」

背中を軽く叩くと、西川はびくりと身体をふるわせた。

「あの女性と知りあいなのですか？」

西川はずっと日比野のほうを見ていた。口数が少なかったのは、話の内容がわからなかったせいではないだろう。

「いや、あの、えっと」

西川は大きな身体をちぢめてしどろもどろになった。

「まあ、その、好みのタイプだったんで……すみません、仕事中なのに」

まったくだ。仕事中に何を考えているのだ。上司ではないが、怒るべきだろうか、そう思った矢島だったが、ふと疑問をおぼえた。

西川は大須賀をずっと目で追っていたはずではなかったか。日比野という女性刑事は、職業柄か化粧っ気がなく、顔立ちはわりとととのっていても、華やかさには欠けた。こちらのほうが西川とはお似合いに思えるが、変身後の大須賀とはまるでタイプが異なる。

一瞬のあいだ葛藤したあげく、矢島はらしくない問いを発していた。

「君は大須賀さんが気になっていたのではなかったのですか」

西川はえっ、とおどろきの声を発したが、質問の内容に対してか、それとも質問したことに対してだろうか。

「それはその……前のほうがよかったのに、どうして急に変わっちゃったのかなあ、と思って」

頭をかく西川である。その悪びれない態度にジェネレーションギャップを感じて、矢島はくらくらした。気が多いとか惚れっぽいとか、そういう話ではない。仕事に対する態度の問題だ。いや、西川ほど仕事熱心な労働基準監督官も珍しいのだが……。

考えるとおかしくなってきた。何事にもまっすぐで、ときに子供っぽいのが、西川らしさなのだろう。

「でも、大須賀さんは仕事の関係でああなったんですよね。それとも、彼氏ができたんでしょうか。矢島さん、何か知ってたら教えてください」

「そういう話は私ではなく、寺内さんとしてください」

突き放すように言って背を向けつつ、矢島はこみあげる笑いの衝動と戦っていた。

第四話　メテオの衝撃

1

残業税が導入される以前から、賃金の安い単純労働においては、労働力の不足が深刻になっていた。そういった分野では外国人労働者の活躍が見られたが、日本は就労目的の入国や移民を認めていない。そこで利用されたのが、外国人研修制度である。

これは本来、国際貢献を目的として、外国人研修生に技術を身につけさせるものだったが、やがて研修生は単なる労働力として用いられるようになった。低賃金や時間外労働の強要といった事例があり、性犯罪や殺人の原因にもなっていて、国際的に人身売買との批判が多かった制度だが、不備を改めつつ、拡充の方向に向かう。

残業税の導入後も、外国人研修制度は維持され、より利用しやすいかたちに変わった。研修生は、最低賃金の保証や残業税の納付義務など、労働者と同じ権利と義務を有するが、申請は簡易になり、受け入れ可能な業種も増えた。

政府としては、苦肉の策である。残業税でひとりあたりの労働時間を減らせば、労働力は足りなくなる。移民を迎え入れなければ経済がまわらないが、抵抗が大きい。そこで、別の

かたちで外国人労働者を迎え入れたのだ。

研修生を受け入れる企業や団体は二ヵ月間、日本語や社会常識、労働法などの講義を受けさせなければならない。しかし、試験があるわけではなく、これらは形骸化されているのが現状である。

人件費を抑えようとする企業が使っているだけに、外国人研修制度は残業税脱税の温床だという声は大きい。だが、それに対して、税務署は有効な手を打てていなかった。言葉や労働者の意識が壁になり、また人手不足の面もあって、どうしても後回しになってしまうのだ。日本人労働者の労働時間は削減しても、そのツケを外国人労働者にまわしていれば、また批判を受けてしまう。当局者はそういった懸念を抱えていたが、問題の解決策はまだ見えていなかった。


残業税調査官の矢島顕央と労働基準監督官の西川宗太郎は、いつものように連れだって中野の雑踏を歩いていた。西日を受けたビルの影が長く伸びている。影に入ると、手に持っていた背広を着込む人が目につく。十月も半ばを過ぎて、朝晩はかなり涼しくなっていた。

その日の調査は、不正を暴くのではなく、現状を確認する趣旨のものだったので、心身の負担は少なかった。ただ、西川の機嫌は悪い。

働きたいし、働かねばならない。なのに、人件費を考えると働かせられない。残業税に寄

せられる批判のひとつだ。納期前のソフトウェア開発や締切前の雑誌編集者、暮れの運送業など、一時期に集中して働く必要が出てくる職種は少なくない。高コストを承知で働かせるか、仕事の質が落ちるのを覚悟して派遣社員を雇うか、対処法は企業それぞれだが、小所帯らしい柔軟さで、それを回避した企業があった。

社員十人ほどのデザイン事務所なのだが、全員が役員として経営に参加するかたちをとっているのだ。役員は労働者ではないため、労働基準法は適用されず、どれほど働いても残業代も残業税も払う必要はない。

当然ながら、デメリットはある。懸命に働いた結果、業績があがっても、社員のようにその年度のボーナスに反映させることはできない。正確には、ボーナスを出すことはできるが、役員へのボーナスは損金扱いされないため、払った分も会社の利益とみなされて、よけいに税金を納めねばならなくなるのだ。

さらに、役員は会社や第三者に対する責任が生じる。社員であれば、会社に損害を与えたり、会社が不法行為を働いたりしても、法的な責任は問われないが、役員は責任を負わなければならない。

「そうした不利益は承知のうえです。私たちはみな、働くべきときに自由に働くことをのぞんでいるんです」

事務所の代表者は誇らしげに語っていた。どんな仕事も断らず、妥協なく仕上げるのが社

是だという。

「私は一日十五時間は仕事をしています。好きな仕事を選んだのですから、当然だと思います」

「ほかの社員……」

言いかけて、西川は訂正した。

「役員のみなさんも納得しているのですか。十人全員が経営にくわわるのは不自然です。無理にそういうかたちで働かされているのではありませんか。事務仕事だけをしてるなら、役員の身分は不利になるだけですよ」

西川はひとりひとりに話を聞いたが、十人とも目を輝かせて、会社の方針を支持した。全員がデザイナーであり、責任をもって自分の仕事をこなしているのだそうだ。

「みんなが個人事業主みたいなものです。働きに応じて、翌年度の報酬が決まりますから、仕事にも身が入ります」

それなら会社組織にしなくてもよさそうなものだが、集まることのメリットもあるのだろう。

「しかし、過剰な労働は心身を消耗させます。残業代がないからといって、長時間働くのはよくありません」

「個人で気をつけているので、心配はいりません。それに、同じ時間働いても、命令されてやる仕事と、自分が好きでやる仕事では、疲れ方が全然ちがいますよ」

西川は不満そうだったが、矢島は帳簿に問題のないことを確認して引きあげた。本人たちが納得して働いているなら、言うべきことはない。

一時間ほどの調査で事務所を出てからも、西川はおさまりがつかないようだった。西日に目を細めながら、文句を口にしていた。

「ああいうやり方は好きになれないっす。表面上、形式をととのえて、法の網をくぐってるだけじゃないすか」

「形式がととのっていれば、私たちはどうこうできません。彼らもリスクをとってのことですから、認めてもいいのではありませんか」

その反応は西川にとって意外だったらしい。

「矢島さんはわかってくれると思ったのに」

大男が子供のように口をとがらせる。

「私たちのよりどころは法です。感情を優先させてはなりません。法の枠内で解決策をさがした彼らを、私は評価していますよ」

うーん、とうなったきり、西川は黙りこんだ。

西川は自他ともに認める労働者の味方だが、この場合、寄りそうべき労働者がいない。ゆえに、こぶしをふりあげようとしてもふりあげられないのだ。

矢島としては先ほどの言葉が本心である。脱税は憎むべきだが、節税を憎んではならない。取りしまるのは法に反する事例だけだ。法に反していれば、どんな事情があろうとも、追及の手をゆるめはしない。

区庁のビルが見えてきたとき、西川がポケットから携帯電話を取りだした。着信があったようだ。相手の名を確認して、顔がほころぶ。

「西川です。どうしました?」

すれちがった人が例外なくふりむくほどの声である。相手も声が大きいようで、会話がそのまま聞こえてくる。

「警視庁の日比野です。先日はお世話になりました。ちょっとよろしいですか」

はい、と西川が応じたところで、向こうの声が聞こえなくなった。西川も声をひそめるが、こちらは楽に聞きとれる。

「もちろん、お安い御用です。何だって承りますよ。……えっ、はい。……わかりました。とりあえずお会いしてお話を……」

日比野というのは、ひと月ほど前に、ハイランド商事の事件で会った警視庁捜査二課の刑事である。西川好みの健康的な女性だ。そのとき、これから現場同士で協力していこうと約束したが、さっそく要請があったのだろうか。

電話を終えた西川がぼうっとたたずんで、通行を妨害している。矢島はふりかえって呼びかけた。

「どうしたのですか。足がとまっていますよ」

「ああ、すみません。このまえ会った日比野さんからの電話でして……」

西川が大股で距離をつめてくる。矢島は機先を制して言った。

「エルズモードの件がありますから、私は協力できるかどうかわかりませんよ」

西川が日比野を気に入っているのは知っている。気を利かせたのではなく、その逆だった。仕事に私情をからめてはならない。

「はい、そう思って、とりあえずおれだけで対応することにしました」

西川は十分前とはまるでちがう表情をしていた。つまり、満面の笑みである。まったく屈託のない様子を見ていると、公私の別など考えるのがばからしくなってくる。

「どういう話だったのですか」

「ちょっと複雑みたいです。くわしくは会って説明を聞きますが、詐欺の容疑者が会社を経営してるので、脱税か労基法違反で逮捕して締めあげたいっていうことみたいです」

また乱暴な話を、というのが率直な印象だった。脱税の容疑者は通常、税務署から検察に書類が送られて検察が逮捕する、地検の特捜部が捜査して逮捕する、あるいは送検ののちに在宅のまま起訴する、などの流れになり、警察が関与することは少ない。また、労基法違反は労働基準監督官が逮捕できることが知られているが、そうした事例は実際にはほとんどない。

逆に、詐欺で逮捕された容疑者が脱税の罪にも問われる、というケースはよくある。詐欺で稼いだ金をまともに申告する者はあまりいない。

「その脱税と労基法違反は証拠があるのですか」

「さあ、聞いてみないとわかりませんが、少なくとも詐欺よりは立件しやすいんでしょう」

「それならいいですが、こっちが手をつけてしまうと、警察はおそらく首を突っこめなくなりますよ。詐欺のほうは検察の仕事になるでしょう」

「おれもそう思います。だから、まずはおれが話を聞こうかと」

話を聞いて、そこに搾取されている労働者がいれば、西川は突っ走るだろう。警察としては、情報提供しただけになる。矢島はもちろんそれでかまわないが、あの厳しそうな日比野の先輩刑事などは承知しているのだろうか。

矢島は一抹（いちまつ）の不安をおぼえつつ、浮かれている西川の横顔を見あげた。ふと気づいてたずねる。

「日比野さんとは、あれ以来ですか？」

仕事で一回会ったきりにしては、会話がスムーズだった。西川が頭をかいて答える。

「電話ははじめてですけど、メールのやりとりはけっこうしてました。公務員同士、話があうんですよ」

正直な返答に、矢島は困惑した。冷やかす柄ではないし、助言などできるはずもない。まじめに仕事をしろとも言いたくない。黙って歩を進めるしかなかった。

西川はまったく気にせず、下手な口笛を吹きながら、ずんずんと先を歩いていく。矢島はあわてて足を速めた。先ほど感じた不安はいつのまにか消え去っていた。

2

「偵察は終わりだ。そろそろ戦闘開始だな」

同僚の寺内稔が物騒な表現で、矢島をおどろかせた。

「エルズモードの件ですね」

確認すると、寺内はうなずいてこぶしを突きあげた。

「突撃だ。中央突破で、敵を粉砕するのだ」

啞然とする矢島に、にやりと笑ってみせる。

「最近、息子と戦争シミュレーションにはまっていてな。それはともかく、これ以上、時間をかけても、経費がかさむばかりで情報は増えないだろう。直接、従業員に話を聞くしかない」

エルズモードは残業税脱税の嫌疑がかかるエステサロンである。首都圏で約二十店舗のサロンを開いているほか、エステティシャン養成学校の経営や化粧品の販売をおこなっている。経営者は元女優の雨海光里で、芸能界だけでなく、政界にもパイプをもっているとの噂だ。広告展開も派手であり、テレビや雑誌、インターネットで幅広く宣伝している。

順調にビジネスを拡大させているエルズモードだが、残業税はほとんど払っていない。中野税務署では、寺内の指揮のもと、事務官の大須賀幸美を潜入させて調査をおこなっていた。客に扮して情報を集めるので、通常のエステ代がかかるのだが、費用に見あった成果は出ていないのが現状である。

「大丈夫ですかね。従業員に接触すれば、こちらが動いていることがばれてしまいます」

矢島の懸念を、寺内は笑いとばした。

「どうせ、やつらはもう知ってるよ」

こういった調査では、退職した元従業員から聴取するのが常道だが、エルズモードはそれほど離職率が高くない。自社で養成したエステティシャンが多いのと、同業他社より報酬がいいのが理由だと、エルズモードは宣伝しているが、それだけではなさそうだ。簡単に辞めることはできず、辞めてからも束縛があるという口コミが、エステティシャンのあいだでは広まっていた。それでも、寺内は退職者を捜して接触を試みたが、ひとりも成功していない。よほど強い圧力がかかっていると思われた。エルズモードは税務署と労基署の調査を想定して、対策を練っているのである。

「エルズモードの手口は、業務請負契約を利用した古典的なものだ。要はエステなんちゃらとかいう従業員の働き方が……」

「エステティシャンですね」

大須賀が話に入ってきた。寺内は何度かその単語を発音しようとしたが、あきらめてつづけた。

「そう、脱税かどうかは、そいつらが労働者とみなされるかどうかにかかっている。敵は当然、労働者ではないという認識だし、おれたちはその逆だ。こっちが調査に入っても、敵はやり方を変えることはないだろう。ばれても大きな問題にはならない」

「でも、資料の隠蔽はありえるでしょう」

矢島が慎重になっているのは、生来の性格にくわえて、ロールプレイの一環でもある。反対意見を出しておかないと、組織が寺内につられて暴走してしまいかねない。

「そうはいっても、このままでは埒があかん」

「私も動くべきだと思いますよ」

寺内と大須賀が同時に腕を組んだ。大須賀がメイクで強調した目をくりくりと動かして主張する。

「このまま調査をつづけても、証拠が出てくるとは思えません。シフトの入り方とか労働時間とか、雑談にかまけて訊いても、うまくはぐらかされるんです。そういう教育を受けているんですよ」

「でも、それなら直接聴取しても同じなのではありませんか」

矢島が冷静に指摘すると、寺内と大須賀は顔を見あわせて黙った。寺内が先に態勢をととのえて反論する。

「いや、ちがうぞ。公的な聴取なら観念して白状するかもしれんし、証言しても不利益にならないと説明すれば、正直に話してくれるかもしれん」

「どうですかね」

矢島は懐疑的ではあったが、最後には折れた。分が悪いようには思うが、行動を起こさなければ、事態が好転する可能性はほぼない。

「では、寺内さんの作戦でいくとして、どこまで話を広げますか？　いっせいに調査に入るなら、ほかの署の協力が必要になります。もしかしたら、国税局の管轄になるかもしれません」

「いや、うちだけでやる」

寺内はさっそうと宣言した。

「勝算がないと上は動かないからな。よそも簡単に協力はしてくれんだろう。おれたちだけで片付けてやる」

そこで終われば格好良いのだが、いらぬ言葉をつけくわえるのが寺内である。

「そして、手柄を独り占めするんだ」

大須賀が冷たい視線を送り、矢島は咳払いした。

「せいぜい頑張りましょう」

「よし、分担を決めるぞ。おれは本丸に突撃するから、ケンオウは搦め手から支援を……」

「待ってください。本社への臨検はさすがに早すぎます。まずは手分けして従業員から聴取しましょう」

寺内がわざとらしくため息をついた。

「常識論ばかり言って楽しいか？」

「寺内さんに常識があれば、ケンオウさんも当たり前のことばかりは言わないと思います」

大須賀は楽しそうである。ため息をつきたいのは矢島のほうだった。

エルズモードの本店は中野区内にあって、それが中野税務署が担当している理由なのだが、社長のお膝元だけに、本店の従業員は口が堅いだろう。ターゲットは大須賀が通っていた東中野店に定められた。

方針が決まってから、矢島は西川と日程を調整した。労働基準監督官も最初から打ちあわせにくわえればいいのだが、省庁の別と慣習の壁がそれをはばんでいる。マルザが手をつけた案件はマルザ主導でおこなわれ、労働基準監督官は追随するだけだ。その逆もしかりで、西川が警視庁と組んだ案件に矢島が協力するのは、おそらく最後の段階になる。

矢島が聴取するのは、橋本美羽(はしもとみう)という二十二歳のエステティシャンだ。「今どきの美人ですよ」と大須賀が評していた。エルズモード東中野店は、店長のほかに、五、六人のエステティシャンと、事務のアルバイトが一人働いているという。エステティシャンは交替制だが、橋本は常勤で、ほぼ毎日出勤している。

アポイントメントをとるための電話では、橋本は不機嫌そうであった。税務署と名乗ったとたんに声のトーンが落ちるのは珍しいことではないが、橋本の場合は警戒心が含まれていたように感じられた。

「税務署？　何の用？　あたし、申告はちゃんとしてるし」

「はい、書類は提出していただいているのですが、くわしくうかがいたいことが出てきまして」

「それって何？　あたしが脱税でもしてるって言うの？」

「今の段階では、イエスともノーとも申しあげられません。お話をうかがってから判断したいと思います」

矢島はあえてぼかした言いまわしで、相手を不安にさせ、税務署まで出向かせた。あまり褒められた手法ではないが、そこまでしないと話してくれないだろう。情報提供に対価を払えれば仕事が楽なのに、とよく思う。

もっとも、残業税が労使折半で課されているのは、脱税の罪を労働者にも負わせて告発をうながすため、という理由が大きい。いわば、罪をかぶるのが嫌なら証言せよ、と法が命じているのだ。

　この点を非難する識者も多いが、矢島は気にしたことはなかった。もし、労使折半の規定がなければ、残業税は有名無実のものになっただろう。企業の自主性や倫理観に任せた税制度など成立しえない。そう肌身で感じているのだった。


　橋本美羽の聴取は、エルズモードの定休日である木曜日におこなわれた。寺内も同じ日に別の従業員を呼んでいる。口裏あわせや予習をさせないためだ。

　橋本はたしかに美人であった。二重の目がぱっちりとしていて、鼻筋は通っており、唇は薄くて口角があがっている。茶色い髪は豊かに波うちながら、肩まで伸びている。化粧は肌の質感を隠すほどに濃いが、厚化粧という印象までは与えない。

ただ、香水の匂いがきついうえに、態度が悪かった。背もたれによりかかってすわり、色とりどりのつけ爪を検分している。矢島と西川の自己紹介に対しては、あごでうなずいただけだ。

　矢島が咳払いして話をはじめようとすると、橋本は顔に似合わぬ低い声で言った。

「あたし、疲れてるんだよね。悪いけど、お客様相手みたいにできないから」

　とたんに、西川が同情の色を見せる。

「仕事の時間が長いの？」

「めちゃくちゃ長いってほどでもないけど、肉体労働だもん。休みも少ないし。だから、こんなとこ、来たくなかったわけ」

「そんなに手間はとらせないから、ちょっと聞かせてよ」

若い労働基準監督官が言うと、橋本は眉根をひらいて表情をやわらげた。西川は矢島とちがって、相手にあわせた話し方ができる。矢島は若手の力量を認めて、聴取を任せることにした。

「毎日どれくらい働いてる？」

「九時半から夜まで。お客様しだいで、八時にあがることもあるけど、だいたいは十時になる感じ。うちの店は十時消灯厳守だから、それ以上はないけど」

妙に語尾をあげた話し方で、橋本は説明する。矢島にとっては耳障りというより、質問されているみたいでとまどいがあるが、西川は意に介していないようだ。

「休憩は？」

「それも日による。休みなしのときもあれば、ひましてる日もある。そんなときはスマホしたり、自分のネイルする」

「休みは木曜だけ？」

「だいたいね。旅行いくときは休むけど、店長がめっちゃ嫌な顔する」

「働きすぎなんじゃない？」

西川が問いかけると、橋本は軽く肩をすくめた。

「お金ほしいし。服買ったり、遊んだり」

何か言おうとした西川だったが、寸前で言葉を飲みこんだ。つい説教しそうになったのかもしれない。首をかしげる橋本に、別の質問を投げかける。

「自分が社員じゃないってことは知ってるかな」

「知ってるよ。業務請負契約。ちゃんと習ったし、確定申告もしてる」

橋本はエルズモード直営の専門学校で技術を身につけ、エステティシャンとして働いているという。契約や確定申告については、学校でも習うし、店でもうるさく言われるのだそうだ。エルズモードのエステティシャンは、社員でもアルバイトでもなくて、個人事業主である。偽装請負を判定する基準のひとつに、本人が請負契約だと自覚しているかどうかという点があるから、その教育は重要だ。逆に、それだけで、エルズモードが一筋縄ではいかないことがわかる。

「給料は歩合（ぶあい）？」

「給料じゃなくて報酬」

教育の成果か、橋本は律儀に訂正した。

「いろいろあるって。施術の歩合に、販売の歩合に、独占契約金に、皆勤手当。いくらもらってつかは、あんたたちのほうがくわしいでしょ。うちは稼げるから、エステの友達はみんなうらやましいって。でも、今は専門卒しか採んないから」

独占契約金は名目上、ほかの店で働かせないためのものだが、これが基本給の役割をはたしているらしい。施術の歩合は指名客かどうかで倍はちがう。化粧品や美容グッズの販売奨励金が一番高いそうだ。橋本の年収は額面で五百万円を超えており、平均給与があがっている昨今でも、同世代の専門学校卒としては高いほうだろう。もっとも、それは労働時間が長く、休日が少ないからで、時給に換算すれば、とても労働に見合わないと思われた。若いときしかできない働き方だ。

「あと、混むのは夜だから、昼間は別の仕事してて、夜だけの子もいる。そういう子は歩合も安いんだけど、バイト感覚だからいいって」

「シフトは店長が決めるの？」

「いや、自分らで相談して」

「仕事のやり方について、店長はうるさくない？」

「別に。何も言われない」

西川が店長の役割にこだわるのは、請負契約では、業務を指揮監督してはならないからである。エルズモードはやはり、そのあたりをわきまえているようだ。

「仕事に関して、むかつくこととかない？」

「契約書」

橋本は即答した。

「販売は月一回だけど、施術はお客様ごとに書けって。意味わかんないけど、書かないとお金もらえないから書いてる」

西川が眉をひそめて腕を組んだ。エルズモードは偽装請負とみなされないよう、念入りに形式をととのえている。実態は社員と変わらないにしても、外形的には業務請負契約が成立していた。これでは、労働基準法の適用はなく、残業税もとれない。

「それで、何であたしが呼ばれたわけ？　よけいに税金とられたりすんの？」

「いや、大丈夫だよ。でも、君の労働時間は、サラリーマンだと過労死レベルっていわれる時間を超えてるからね。身体に気をつけて」

過労死と聞いて、橋本はひるんだ。視線を西川から自分の爪に落とす。つけ爪をとると、短く切りそろえられたきれいな爪があらわれた。

「別に、あたしはつらくないし、この仕事好きだし」

「でも、疲れてるって、最初に」

「そりゃ、働いてれば疲れるし」

橋本がむきになったので、西川はあわててなだめた。

「辞めろって言ってるわけじゃないから。ただ……」

西川は口ごもって、矢島に助けをもとめた。

「矢島さんは何かありませんか」

西川の気持ちを代弁することはできないが、質問はあった。

「店長はどんな人ですか」

橋本は長いまつげを上下させた。

「どんなって、普通よ。あたしらの先輩。二十七、八かな」

「どういう仕事をしているのですか」

「うーん、パソコン使ったり、契約書集めたり？　人が足りないときは施術もする。たいてい人は足りないけど」

「いつも忙しいのですね」

「クーポン出したときはとくに。あたしは忙しいの、けっこう好きだけど」

矢島の意図を察して、西川も質問にくわわる。

「店長は社員なの？」

「知らないよ。仲良くないし」

「店長になるには、試験とかあるの？」

「いや、優秀な人に声かけるって聞いた。そろそろあたしの番かも」

笑った橋本が、ふいに西川をにらんだ。

「もういいかげんにしてくんないかな。あたし、お腹すいちゃった」

それはもしかしたら、飯でも食わせろという要求だったのかもしれない。だが、西川と矢島は目配せで意思を通じあわせ、橋本を帰すことに決めた。必要な情報はおおむね聞きだせていた。

「結局、何のために呼んだの」

橋本はぷりぷりと怒りながら、去っていった。後ろ姿がドアの向こうに消えたのを確認してから、大須賀が顔を出した。今日は化粧らしい化粧もせず、縁の厚い眼鏡をかけた地味な出で立ちである。橋本らに顔を見られたくないからだ。

「どうでした？」

「エルズモードは周到ですね。大須賀さんの言ったとおり、くわしい人間がアドバイスしているのでしょう。あれを偽装請負だと主張するのは無理があります」

「会社に拘束されているんだから、実態は社員といっしょですけどね」

矢島が冷静に説明する横で、西川が悔しそうにつぶやいた。大須賀はあごをひいて、かすかに目を伏せた。

「彼女、かなりストレスを抱えているみたいなんですよね。お酒が趣味って言ってたし、肌が荒れてるし、体調もよくないいんじゃないかしら」

大須賀によれば、橋本にかぎらず、エルズモードの接客は丁寧で礼儀正しく、エステの腕も上々だという。先ほどの話し方が本来のもので、職場では敬語を使っているとしたら、それだけでストレスだろう。

矢島の観察では、橋本は何度か肋骨(ろっこつ)の下あたりを押さえるような仕草を見せていた。胃を痛めているのかもしれない。

「エルズモードが労働者を搾取して荒稼ぎしてるのはまちがいない。だいたい、自分で学校つくって人材を養成ってのもうさんくさいじゃないですか。卒業したら、そこで働くしかないんだから。どうせ、学費を安くして若者をだましてるんだ」

西川がいつものように義憤に燃えている。偏見に満ちた見解だが、真実から遠く離れてはいないだろう。病院がお金を出して看護師を養成するのとはちがう。どこでも通用する資格がとれるわけではないのだ。

それにしても、西川はよく自分を抑えて、必要以上の説教をしなかったものだと思う。幾度か言いかけたが、ぎりぎりで飲みこんでいた。あの場で何を言っても、橋本は反抗するだけだっただろう。彼女は自分で選んだ仕事に誇りをもっている。会社にも愛着がある。それを否定したところで、彼女は救えない。

矢島の立場からすれば、合法的な働き方をして、納税義務を果たしている以上、口は出せない。好きで働いているのだから、とやかく言うことはない。矢島自身だって明らかに過剰労働なのだ。……となるところなのだが、最近は少し西川に感化されてきた。もし、強いられているなら、それが無意識下で強制されているものであっても、逃げ道をつくってあげるべきなのかもしれない。

今回、突破口が開ける可能性はあった。

「店長についてくわしく調べてみましょう。勤務形態や納税状況の調査は本社にお願いするとして、大須賀さん、東中野店の店長はどんな印象でしたか」

矢島の問いに、大須賀は額に手をあてて考えた。

「三十前くらいの女性でした。制服がちがうし、店長と呼ばれているのでわかりますが、じかに話したことはないです。お客をさばいたり、事務仕事をしたりと、かなり忙しそうでしたね。会計や予約の処理をするのはたぶんバイトの子ですが、ずっといるわけではないみたいで」

「なるほど、ありがとうございます」

業務請負契約のエステティシャンに契約外の雑用はさせられない。契約を守るなら、アルバイトがいない時間帯は代金の授受からデータ入力まで店長がこなすしかない。管理職とみなせるだけの権限があるのか、否なら残業税を支払っているのか、が問題になってくる。後者については、本社の砧美知香に頼めば、たちどころに調べてくれる。

矢島がパソコンに向かってメールを書いていると、別のエステティシャンの聴取を終えた寺内がもどってきた。

「どうでした？」

礼儀としてたずねてみたが、その必要はなかったかもしれない。寺内は矢島を見るなり、両手をあげて近づいてきたのである。白いハンカチでも持っていたらかかげていたにちがいない。のぞんだ結果は得られなかったのだろうし、訊かれなくてもしゃべるつもりだ。

「強敵なんてもんじゃないだろ、あれ」

あげた両手を思いきりおろして、寺内は毒づいた。

「こっちが突っこむところ、あらかじめ想定して全部ふさいでたぞ。しかも、経営者や弁護士が言うんじゃなくて、従業員が説明するんだからな。計画的犯行！　いや、犯罪じゃないんだよな。うちのロウカンも珍しく怒ってたぞ」

ロウカンというのは労働基準監督官のことだが、その略語を使うのは寺内だけだ。略するなら労基官が一般的である。

それはともかく、寺内の相棒は物静かで、あまり喜怒哀楽を表現しない人だ。それが怒るとはよほどのことだが、納得もできた。敵にしてやられて平然としているなら、こういう仕事は向いていない。

「だけど、攻め手も見つからないんだよな。ケンオウの相手はどうだった？」

「似たような感じですが、次は店長にあたってみようと思います。残業税を払っているのか、問い合わせているところです」

「店長？」

寺内はしばらく茫然としていたが、やがて首肯した。なお、口のなかで店長、店長とつぶやいてから、矢島の肩に手をおく。

「よく気づいたな。じゃあ、おれは社長の首をとる」

はあ、と思わず声が出た。その反応に寺内はなぜか気をよくしたようだ。

「別に刺しちがえようってわけじゃない。社長をついたら、黒幕が出てくるだろ。どういうやつかわかれば、対抗手段も見つかるさ」

論理に飛躍がありすぎる。矢島はため息をついた。

「黒幕というか、知恵をつけているのが誰かは、砧さんに訊けばきっと調べてくれます。この前も言いましたけど、本社へ突撃するのは、証拠が充分に集まってからです」

寺内がにやにや笑っているので、矢島はつられて突撃などと口走ってしまったことに気づいた。顔を赤くしつつ説得する。

「ほかにも店長はいるんですから、越境にはなりますけど、接触してみればどうですか。寺内さんが東中野店をやって、私がほかの店をあたってもかまいません」

「気が進まない。店長はおまえに任せる」

まさか、矢島が先に気づいたからではあるまい。理由をただすと、寺内は両手の指を開いたり閉じたりして見せた。どういう意味だろうか。

「店長は二十人しかいないんだ」

そう言われてもぴんとこない。釈然としないでいると、寺内は今度は指を一本立てて、ちっちと振った。

「少ないんだよ。百人から働いているのに、対象が多くて二十人じゃ物足りない。おれには役不足だ。本来の意味でだぞ。だから任せる。会社全体を相手にするなら、また呼んでくれ」

相手にするのが面倒になったので、矢島は素直に引き受けた。寺内が興味を失った案件を矢島にまわすのはいつものことだ。

しかし、思い返してみると、寺内に押しつけられた案件で、空振りに終わった経験はない。先日、まわされた開田ホームも簡単な尋問で脱税を認めて、矢島の実績になった。ということは、店長をつつけばエルズモードを追いつめられる。それが寺内の判断なのかもしれない。

寺内はしゅるっとネクタイをはずして、自分のデスクへもどった。着席しているときはネクタイをしないのが、この男の流儀なのだった。

3

砧からは、その日のうちにメールで回答があった。

「東中野店の店長は新田みずき二十八歳。エルズモードの社員で、月あたりの残業は約五十時間。きっちり一日二・五時間の計算。残業税は納めている。ほかの店長もほぼ同じ。この申告が正しいかどうか調べるのはそっちの仕事。アドバイザーについては調査中」

矢島は無意識に眼鏡の位置を直していた。よし、と自分に気合いを入れる。

予想どおりである。管理職扱いして残業税を払わない、という選択肢もあるが、税務署の店長職に対する目は厳しい。税務調査で管理職ではないとみなされて、残業税を追徴される例は毎年のようにあるのだ。それなら、あらかじめ最低限の残業税を払っておいたほうがいいと考えたのだろう。

橋本は「十時消灯厳守」と語っていた。それは店長に店内で残業させないためではないか。法的には、自宅での仕事も残業にあたるため、多くの企業は仕事の持ち帰りを禁じている。機密情報が含まれていればなおさらだ。しかし、エルズモードの店長が抱えている仕事が営業時間内に終わるものとは思えなかった。ほかの企業なら、ふたりかそれ以上で分担するような質と量である。

勤務が九時半から十時までで二・五時間の残業なら、休憩を二時間とっていることになるが、それは事実だろうか。月あたりの残業が五十時間ということは、週休二日の計算だが、休みはとれているのだろうか。店長が休みの日の営業は、誰がカバーしているのだろう。エステティシャンにやらせれば違法になるから、何らかの策を立てていると思われるが、どういうものか。違法性はないのか。

調べるべきことをメモしながら、矢島は行動予定を組みあげた。

店長に話を聞く前に、ある程度の証拠をつかんでおきたい。自宅での行動を監視するのは無理だから、休日の過ごし方を調べることになる。張りこみと尾行だ。ただ、個人を対象とする内偵には行動規範があって、単独での内偵は禁じられている。一歩まちがえればストーカーだから、注意しなければならない。

店長の出勤予定は、大須賀に客をよそおって電話で訊いてもらえばよいが、内偵は誰と行くか。第一候補はもちろん西川だが、最近はやけに忙しそうだ。例の警視庁がらみの仕事で駆けまわっているらしい。

顔をあげると、ちょうど西川と目があった。外出から帰ってきたところだ。足どりが軽いのは、いい知らせがあったからか。

「西川君、少しいいですか。スケジュールの調整をしたいので」

「おれのほうも報告があります。あ、でも、機密なので別の部屋に行きましょう」

大声で言って、西川は空いている会議室を押さえに走った。くすくすという笑い声が背中を叩いている。あれで本当に機密が守れるのだろうか。

疑問を感じながら、会議室に移り、まずは西川の報告を聞いた。

「ターゲットは、メテオ企画というアニメ制作会社です」

「アニメですか。最近は珍しいですね」

矢島が知っているアニメは、娘といっしょに観ていたものだけだが、業界についての知識は深い。

残業税導入以前、アニメ業界は過酷な労働環境で有名だった。若いアニメーターを薄給でこき使ってなお採算がとれず、人件費の安い海外に発注する会社も多かった。現場に金が落ちない構造と称され、業界全体で資金の配分が不透明なところがあった。

その構造を強制的に変えたのが残業税であり、当初は不正が多かったが、否応なしに人件費は増大した。制作会社の淘汰が進み、低予算のアニメはつくられなくなる。近年、放映されるアニメの数は最盛期の三分の一とも四分の一とも言われるが、そのぶん質はあがり、市場規模も大きくなっていると評価されていた。

しかし、極端な変化には必ず揺りもどしがあるものだ。メテオ企画は早く安くを売りにして業績を伸ばしている制作会社だという。

「やつら、外国人研修制度を悪用してるんです」

西川が憎々しげに言った。歯ぎしりの音が聞こえてきそうだ。

「それは厄介ですね」

外国人研修生を酷使して、残業代も残業税も払わない。そういう悪徳業者がいるのは知っているが、いわゆる田舎や郊外が舞台になることがほとんどで、矢島はまだ扱った経験がなかった。

　おもに東南アジアや中南米からやってくる外国人研修生は、最低賃金で働いたとしても母国の何倍何十倍も稼げるため、調査に協力的ではない。その場を追い出されたら母国に帰るしかないこともあって、仕事とお金を与えてくれる雇い主を守ろうとする傾向が強いのだ。おまけに言葉が通じなかったり、通じないふりをされたりするケースも多くて、なかなか適正な課税にいたらない。

　アニメ制作はおそらく、制度の本来の趣旨からすれば向いている分野だろう。日本の進んだ技術を習得すれば、母国でも活躍できる。だが、不正があるなら、そういう問題ではなくなる。見過ごすことはできない。

「警察の意図は具体的に聞いていますか。誰にどういう嫌疑がかかっているのでしょう」

「実質的経営者の石田宙（いしだひろし）という男です。あちこちで詐欺を働いてるみたいですが、捜査してるのは投資詐欺だとか。お金を集めてアニメをつくって配当するとかで、充分な配当をしなかったり、集めるだけ集めて会社つぶして逃げたりしてたらしいです」

「札（ふだ）つきの男が会社を経営しているのですか」

「そうなんです。犯罪すれすれの事業をかなりやってるみたいですが、なかなか表に出ないし、証拠もないみたいで、警察も苦労してるんだとか」

「それでも、普通は順番が逆だと思うのですが」

別件逮捕にしても、組織の枠を越えて税務署や労基署の力を借りるなど、警察らしくない。指摘すると、西川は首をかしげた。

「そんなに変ですかね。不正があれば、摘発するのがおれたちの仕事でしょ。その後、労基法違反と脱税以外の犯罪は警察に任せていいわけで」

「もちろんです。悪質な業者を野放しにしておくわけにはいきません。必ず報いを受けてもらいます」

その点については、矢島に異存はないのだ。

「そういえば、あの堅田という刑事は変わり種だそうです。頭のいい人だけど性格が悪いから、警察内部でも孤立してるって日比野さんが言ってました」

嫌な予感がして、矢島はポケットのハンカチに手を伸ばした。どこの組織にもそういう人物はいるだろうが、関わりあいにはなりたくない。

「実は、労働の実態については警察のほうでも調べてくれてて、おれも何日か張りこんだので、証拠は集まってるんですよ。矢島さんにも確認してもらえば、すぐに臨検にもっていけると思うんですが、このあと、行ってみませんか」

そんなにうまくいくだろうか。警察の追及をかわすくらいの悪党なら、税務署対策もしているのではなかろうか。エルズモードのように。

そう思ったが、まずは自分の目でたしかめてみることだ。張りこみしながら、エルズモードの件を打ちあわせてもいい。矢島はうなずいて席を立った。

これほど張りこみに向いた場所も珍しい。

メテオ企画は西武新宿線の鷺ノ宮(さぎのみや)駅から十五分ほど歩いた街道沿いに、本社をかまえていた。四階建てのビルを一棟借りしており、三階と四階が作業スペースになっている。片側二車線の街道の反対側に、ファミリーレストランが三軒、洋食、和食、中華とならんでいた。その日の気分で食事を選べて、窓ぎわの席から監視できる。監視対象の社員が来るかもしれないから、言動には注意が必要だが、暖かくて飲み物も食べ物もそろった場所で張りこみできるなど、これ以上の環境はない。それで、警察も熱心に調べてくれたのか。

寒がりの矢島は決死の覚悟で来たのだが、どの店にするかと訊かれて拍子抜けした。とりあえず洋食を選んだが、窓ぎわが埋まっていたので、中華に切りかえて席を確保した。

矢島がいつものくせで店内の人員配置を観察していると、西川が大量の注文をはじめた。油淋鶏(ユーリンチー)に酢豚に担々麺(タンタンメン)に炒飯(チャーハン)に……ひとりで食べるのだろうか。

「以上でよろしいでしょうか」

店員が確認すると、西川はいや、と否定して矢島のほうを指し示した。やはりひとり分だったのだ。矢島はいちおう、日替わりの定食を頼んだが、見ているだけでお腹がいっぱいになるかもしれない。

その時点で二十一時だった。

「裏手に寮があって、外国人研修生はそこに住んでいるんですが、十二時より前に帰ることはまずないですね。だいたい一時くらいから、ぞろぞろと人が出てきます」

外国人研修生は二十人を数える。ベトナム人とミャンマー人が多数だという。

「寮というと、食事もそこで出ているのですか」

「出ているというか、研修生が自主的に当番を決めて作っているみたいです。警察情報ですが」

外国人研修生が集団で脱走したり、途中で帰国したりする例は今でもあるが、原因の大半は食事だという。相場以上の寮費をとることより、食事がまずいことのほうが問題なのだそうだ。日本の食事が口にあわない外国人も当然いるだろうから、任せてしまうのもひとつの手である。

元アマ野球の星は酢豚を三口で食べ終えた。油淋鶏は二個ずつ頬張っている。矢島の視線に気づいて、口のはしをぬぐう。

「最近は食べる量がずいぶん減ったんすよ。学生の頃は、三、四人前は平気で食べてましたからね」

「食費が大変だったでしょう」

「そうですね。寮の飯はもともと超大盛りなんでよかったんですが、外で食べるときはいつも食べ放題の店でした。部単位で出入り禁止になったこともありますよ」

食べるものの話をしているときの西川は、いつにもまして生き生きとしている。もっとも、味のほうにはあまり関心がないようで、化学調味料たっぷりの炒飯をおいしそうに食べていた。何でもおいしく食べられるのが一番だとは思うが、矢島は受けつけない味である。定食の回鍋肉(ホイコーロー)は味が濃すぎるうえに、油が多くて舌と胃にやさしくない。

それでもきれいに食べ終えて、矢島は箸(はし)をおいた。ちょうど、メテオ企画からふたりの男が出てきた。車通りの少なくない街道を強引に渡って、こちらに近づいてくる。西川がさすがに小声で説明した。

「日本人の社員ですね。飯を食いに来たのかも」

街道のこちら側にはファミリーレストランのほかにコンビニエンスストアもある。男たちは矢島たちのいる店を素通りして、コンビニに入った。

「彼らがきちんと申告しているか、調べておかないといけませんね」

つぶやくと、西川が腹をさすりながら言った。

「調べましたよ。砧さんによれば、正社員は月七十時間平均で申告しているそうです。業界の標準より、やや少ない程度です」

「本社に問い合わせるときは私を通せと……」

矢島は注意しようとして思いとどまった。協力して仕事をするのだから、所属のちがいにこだわるのはよくないのかもしれない。少なくとも、砧は気にしていないようだ。

「正社員は朝からの勤務と、昼からの勤務があるようです。それで残業時間を抑えているんで、そこだけ見ればきちんと労務管理できてるんですがね」

裏では外国人研修生に奴隷のような労働を強いている、と。そう考えると怒りをおぼえるが、いっぽうで、研修生のほうは納得しているのではないか、という懸念もある。日本の基準でいえば過酷で低賃金であっても、母国と比べれば天国かもしれない。食事に満足しているとなると、さらに居心地がよくなる。

「研修生にアプローチするより、会社を直接つついたほうが早いかもしれませんね」

「矢島さんもそう思いますか。警察も同じ考えなんです」

警察は別件逮捕が目的なのだから、当然だろう。極端な話、脱税は無罪になってもかまわないのだ。税務署はそれでは困るが、この場合、研修生から聴取して、有用な証言が出る可能性は低かった。会社側の記録と内偵の結果を突きあわせ、労働時間を推定したほうがいい。あるいは、日本人の社員を締めあげるか。

「君はちがう意見なのですか」

たずねると、西川はすぐには答えず、大口を開けて烏龍茶(ウーロンちゃ)を飲んだ。ビールがわりなのであろう。

「ちょっと迷ってます」

言葉とは裏腹に、西川の口調は力強い。

「過剰労働の労働者を救いたい気持ちは、対象が日本人だろうが外国人だろうが変わりません。でも、もしメテオ企画を摘発したら、働いている研修生は行き場を失って帰国するしかなくなりますよね。そうしたら、今よりいい職場が見つかるかどうか……。経営者を逮捕するのが、本当に彼らのためになるのか、わからないんです」

どんなときでも自分の優先順位を変えないのは西川らしい。だが、その見方は一面的にすぎる。

「同情すべき事情はあっても、不正は不正です。正さねばなりません。それに今回の経営者は、外国人の貧困につけこんで、私腹を肥やしているのですよ」

「それはそうだけど……」

「意欲と実力があれば、次の職を見つけることができるでしょう。君の論法だと、麻薬をつくるのも立派な職業、なんてことになりかねません」

うーん、とうなって、西川は考えこんでいる。

ドリンクバーでコーヒーをとってきてから、矢島は話題を変えた。エルズモードの件である。予想できたことだが、西川の食いつきはよかった。

「それは一刻を争いますね。その店長の働き方は、ひと昔前のブラック企業そのものじゃないですか。身体も心も心配です」

「あせらないでください。まだ推測の段階ですから。仕事を持ち帰って休みなしに働いていると、決まったわけではありません」

「だからそれを調べるんでしょ。こっちの臨検は月が変わらないとできないんで、エルズモードも並行して内偵しましょう」

西川は小さな手帳を取りだして、スケジュールの確認をはじめた。矢島も同様だが、中野労基署にはアナログ派が多く、スマートフォンやタブレット端末で予定を管理している者はほとんどいない。

平日の夜の予定が内偵で埋まっていく。土日にもいくつか面談の予定が入っている。残業税調査官も労働基準監督官も、過労死レベルの時間外労働が常態になっていた。今の矢島は仕事に打ちこむだけの存在だからかまわないが、もしまだ家庭をもっていたら、どういう働き方をしていただろうか。考えてもむなしいだけだから、浮かんだ瞬間に疑問をふりはらうのが癖になっている。

「君は身体は大丈夫ですか。連日、深夜までの内偵で疲れがたまっていませんか」

気遣うと、西川は自慢げに力こぶをつくった。

「これくらい、現役時代に比べたら、たいしたことありません。救うべき労働者がいれば、おれは倒れるまで働きますよ」

自己矛盾を吹き飛ばすように、西川は笑う。屈託のない笑顔には、年長者ぶった忠告をはねのけるだけの芯の強さがあった。

やがて、メテオ企画の灯りが消えはじめた。時計は深夜一時半をまわっている。

「行きましょう」

矢島は伝票をつかんで席を立った。

「どこに行くんですか。研修生には接触しないんじゃ……」

西川がとまどいながらあとを追ってくる。

「顔だけでも見たいのです」

クレジットカードで会計をすませて、矢島は店を出た。国道はトラックがスピードを出して往来している。急ぎ足で歩道橋を渡った。メテオ企画のビルから、研修生らしき人影が出てくるのが見える。早くしないとまにあわない。

「寮へ向かう波とすれちがうように歩きたいのですが」

「じゃあ、こっちです」

西川が巨体をひるがえして側道へ駆けこんだ。いちおう、矢島を気にしてゆっくりと走っているようだが、歩幅がちがうせいか、はたまた根本的な運動能力の差か、背中が遠ざかっていく。矢島は懸命に走った。

寮がある角の手前で、西川が立ちどまった。追いついた矢島は膝に手をあてて、息をととのえた。このまま出て行ったら、あまりにあやしい。

がやがやした話し声が近づいてきた。何語かはわからないが、声高に話し、笑いあっている。

矢島と西川は角を曲がって歩きだした。道の半分に広がって歩く外国人たちとすれちがう。こちらに関心をしめす者はいない。矢島は不自然にならない程度に様子をうかがった。楽しそうな顔と声が印象に残った。確認しておかねばならないと思って走ったが、必要はなかったのかもしれない。

再び国道に出るまで、ふたりは無言だった。先に口を開いたのは、わずかに前を歩いていた労働基準監督官である。

「彼ら、朝九時から働いているんすよ。どうしてあんなに元気なんですかね」

いくつもの答えが矢島の脳裏に浮かんだ。単純に賃金が高いし、仲間といっしょだし、絵が好きなら魅力的な仕事だ。疲れを忘れるために空元気を出しているのかもしれない。しかし、矢島は別のことを言った。

「つらそうな人もいました。環境があわない人は、途中で帰るのでしょうね」

西川がふりかえった。

「大丈夫です。おれは手を抜いたりしませんよ。警察に恩を売っておくのも悪くないですしね」

らしくないセリフはトラックの走行音にまぎれて消えた。身を切る風が勢いを増す。

タクシーを拾って、区庁舎に戻った。自転車通勤の西川と別れて、矢島は駅前に足を向ける。カプセルホテルか漫画喫茶で仮眠するのだ。誰も待っていない部屋に帰るのは、金と時間の無駄だった。

4

女性を尾行するのは、実ははじめてではない。新人の頃に配属された都下の税務署で、文字どおり脱税の鍵を握っていたバーのホステスを探ったことがある。本来、担当すべき女性の同僚が急病で倒れたため、代打を命じられたのだ。幸い、職務質問はされず、無事に任務をまっとうしたのだが、あまりいい記憶ではなかった。調査の対象は監視されていることに気づいていて、わざと話しかけてきたり、デパートの下着売り場をまわったりして、嫌がらせをしてきた。若かった矢島は赤面の連続だった。思い出すだけで、ぎゅっと目をつぶりたくなる。

今回の対象者は、監視者の存在にまったく気づいていないようだった。エルズモード東中野店店長の新田は、ウェブサイトに載っている写真では、モデル風の派手な美人である。しかし、休日に外出する服装は地味な灰色のスーツにひっつめ髪で、メイクも華やかさに欠けていた。歩く姿にも覇気(はき)がなく、ときおりよろめいたり、信号が変わってもぼうっと立っていたりする。人にぶつかったことも一度や二度ではない。

「寝不足ですね、それも、かなりひどい」

西川が断言した。思わず手を差し伸べそうになって、あわてて知らぬふりをする。

エルズモード東中野店は、受付が二十一時までで、営業は二十二時までだ。十七時以降、仕事帰りの女性客で混んでいるが、二十二時にはすべての灯りが消える。何度か確認したところ、新田は毎日、大きな鞄を肩からかけて店を出ていた。ノートパソコンや書類を持ち帰っているとみても不思議ではない。

この日、全店が休日の木曜日、新田は朝九時に自宅を出た。自宅は東中野駅から十分ほど歩いた住宅街に建つワンルームマンションだ。部屋は外から灯りが確認できない位置にあるので、何時まで起きていたのかはわからない。

早朝の住宅街の張りこみには車を使う。社用車を矢島が運転し、西川が助手席にすわっていた。セダンタイプの車なのに、西川が乗っていると軽自動車のような圧迫感をおぼえる。監視は西川に任せ、矢島は後部座席に移って、スケジュールの確認をしていた。税務署では当然ながら、データの持ち出しは厳しく禁じられているので、社外で仕事をするのは難しい。できるのは手帳の読み直しくらいだ。

新田が出てくると、西川が歩いてあとを追い、矢島はいったん車をコインパーキングに駐めてから合流した。新田は東中野駅から総武線に乗りこんだ。通勤ラッシュとは逆方向なので、座席こそ埋まっているものの、車内は混んでいない。矢島は少し迷ったが、同じ車両に乗った。西川は目立つので、隣の車両だ。

　ドアにもたれかかるようにして立っていた新田は、隣の中野駅で降りた。サラリーマンや学生でごった返す改札を抜け、北口に出る。よく知っている街なので、尾行は容易だった。

「デートじゃないっすよね」

「ええ、仕事に見えます。行き先は本店か、専門学校でしょう」

　矢島の予想どおり、新田はエルズモードの本店へと入っていった。ただ、正面の入り口からではなく、脇の階段をのぼっていく。本店はビルの一階から三階を占めており、店舗は一階だけである。

「休日に店長を集めて会議ってとこでしょう」

　西川の口調はすでに怒りを帯びている。会議ならすぐには終わらないだろう。矢島と西川は交替で会社にもどりながら、監視をつづけた。

　動きがあったのは、二時間後である。階段を下りてきた新田は同僚らしき女性たちとしばらく話をしていたが、やがてひとりで駅とは反対方向に歩きだした。セルフサービスのカフエに入って、紅茶とサンドウィッチを注文する。

「おれたちも飯にしましょう」

　言うなり、西川はカウンターに駆けよった。ホットドッグやサンドウィッチを山ほどトレイに載せている。矢島はコーヒーだけにしておいた。すぐに席を立てるようにだ。

新田は席につくと、食事そっちのけでノートパソコンを開いた。一心不乱にキーボードを叩いている。目を見開いているのが少々不気味だ。

三十分ほど経つと、新田はノートパソコンを閉じて鞄にしまった。そこではじめて、手つかずのサンドウィッチに気づき、あわてて口に押しこみ、ぬるくなった紅茶で流しこむように平らげる。

「食べているうちはぎりぎり大丈夫かな」

西川がつぶやいている。ただ、矢島の目には、新田はそうとう危うい状態に見えた。心身のバランスが崩れているのではないか。

カフェを出た新田は急ぎ足で歩いた。相変わらず人の流れが読めず、肩が当たっては謝っている。そういえば、すれちがう人は誰も、新田に注意を払わない。本来は美人でスタイルもいいのだから、ふりかえる男性がいてもおかしくないのだが、今の新田はそういう魅力を発していないのだ。

次の目的地は、エルズモードが経営する専門学校だった。ガラス張りの瀟洒(しょうしゃ)なビルである。「キレイをトータルプロデュース」というコピーがきらきらした文字で書かれた看板には、美容マッサージにネイルアート、アートメイク、ヘアデザインなどの講義内容がならんでいる。

「講義か実技指導か、はたまた研修か……いずれにしても、労働以外の何物でもないっすよ。ひどいもんだ」

門の前でこぶしを固める西川を、通りがかった中年女性が不審げに見あげた。矢島はあわてて呼びかけた。

「西川君、行きますよ」

「でも、出てくるところを確認しないと」

たしかに、会社を追及するなら、休日にどれだけの時間働いているか、はっきりさせねばならない。しかし、エルズモードの場合はメテオ企画とちがって、本人から話を聞ける。今は周りが見えていなくて会社にしたがっている状態だが、説得いかんで蒙(もう)をひらくのは可能だろう。現時点で必要なのは、本人に突きつけるべきこと、休日も働いているという事実だ。内容や時間はあとでいい。

手早く説明すると、西川は反論した。

「話を聞くなら早いほうがいい。出てきたところで声をかけるのはどうでしょう」

「落ちついてください。路上で声をかけたりしたら、警戒されるに決まっています。次の休日も行動をたしかめて、それから電話でアポをとりましょう」

「悠長なことを。それまでに彼女が倒れたらどうするんですか」

西川の大声に、道行く人がふりかえる。ここで話すのはまずい。矢島は服をつかんで強引に歩きだした。

「労働者を救うには、まず信頼してもらわないといけないでしょう。そのためには、遠回りでも順を追うことです」

西川は急に立ちどまった。真摯な視線を矢島に向けて、頭を下げる。

「おっしゃるとおりです。おれがまちがってました。ありがとうございます」

「いや、そんなに大げさにとらえなくてもいいですから」

矢島はぶつぶつと口のなかでつぶやいて、再び歩きはじめた。着信があったのは、そのときである。

相手が砧であることを確認して、矢島は電話に出た。この時間に直接、電話してくるということは、重要な情報が手に入ったのだろう。

「おもしろいことがわかったわ」

いつものように、唐突な話しぶりだ。

「電話で大丈夫ですか。近くにいるのでうかがいましょうか」

その必要はないと告げて、砧は人名をひとつあげた。

沼袋大輔（ぬまぶくろだいすけ）。

聞いたことはない名前だ。沼袋は区内にある西武新宿線の駅名だが、関係はあるまい。

「元国税専門官。現在は税務コンサルタント。エルズモードを担当している」

矢島は納得した。

「その人が知恵をつけているのですか」

「そう。ちなみに、沼袋は今どきウェブサイトもつくっていない。事務所はワンルームマンションで、言い訳程度の看板を出しているだけ」

「おおっぴらに宣伝できない仕事をしているわけですか」

さすがに話が早い、と砧は満足げだ。

「そしてもうひとつ、メテオ企画も沼袋の顧客よ」

矢島は絶句した。喉の奥から、ひゅっと息がもれる。まったく予想していなかったつながりだ。

「それで、何か問題があるでしょうか。その沼袋さんに、こちらに圧力をかけるだけの人脈があるとか」

「さあ、そこまではわからない」

美妙な声が笑いをふくんだ。

「経歴を見ただけでは、それほど怖くはないわ。辞めたのが四年前、五十一歳のときで、最後は立川(たちかわ)の副署長」

ならば、意識せずにこちらのやるべきことをやるだけだ。しかし、砧はどういうルートで調べたのだろう。

「沼袋は税理士の仕事もやってるから、名前が出てるのよ。そのあたりのツメの甘さをみると、あまり有能ではないね」

　感想を述べて、砧はつけくわえた。

「もし、性格や評判が知りたかったら、自分で聞きこみをしてちょうだい。私はそういうの嫌いだから」

　なるほど、税務署時代の同僚に話を聞くような仕事は砧にはふさわしくないが、苦手と言わずに嫌いと言うのがこの人らしい。

　通話を終えて、西川に内容を説明した。

「そいつが悪徳税理士なんですね」

　まっすぐな反応が、矢島にはありがたい。それを受けて、思考を深めることができる。

「節税と脱税は紙一重ですが、こちらのやり方を知っていて、追及されないようにしているところが、悪質に思えます。メテオ企画の件では、外国人研修生には積極的に関わろうとしない税務署の姿勢を利用しているのでしょう。エルズモードではより念を入れて、摘発されないようにつとめています」

　考えながら話していると、西川が端折(はしょ)るように問うた。

「でも、矢島さんは相手が先輩だからといって、容赦はしないでしょ」

「もちろんです」

矢島は反射的に答えた。相手が誰でも、どのような事情があっても、法を厳格に適用するだけだ。

「じゃあ、気にせずに前に進みましょうよ」

「私は最初からそのつもりです」

「あ、すみません」

西川は頭をかいたが、矢島のほうが神経質になっていたのかもしれない。

「とにかく、新田さんの次の休みは週明けです。その日の行動を確認してから、話を聞きましょう」

「はい、信頼されるよう頑張ります」

西川は力強く宣言すると、疲れを感じさせない歩調で足を進めていった。

週が明けた月曜日も、同様に新田みずきの行動を監視した。

新田は前回とちがって着飾って自宅を出たが、行ったのはやはりエルズモードの関係先だった。午前中は高円寺店、午後は吉祥寺店と三鷹店。どこも二時間ほど過ごして出てくる。打ちあわせか技術指導か接客のチェックか、いずれにしても仕事の一部であることは疑いない。

「つまり、休みなしってわけか」

西川の日に灼けた額に、青筋が浮いていた。

「たまたまかもしれません。本当はもう少し内偵をつづけたいところですが、かなり疲れている様子ですから、早めに一度、接触してみましょう」

新田を、というより、西川を気遣って、矢島は決断した。

翌日、エルズモードに電話をかけて新田を呼び出した。エステティシャンの橋本から話を聞いて、覚悟していたのだろう。新田の応対は硬かったが、おどろいた様子はなかった。

「……店にいらっしゃるのではなくて、私が税務署にうかがえばいいのですね。ええ、そのほうがありがたいです」

金曜日の午前なら、店を抜けてこられるという。定休日でもかまわないと告げると、新田は言葉をにごした。

「その日ははずせない予定があるので……」

また本社で会議なのだろうか。その場では追及せず、金曜日に予定を決めて、矢島は電話を切った。

三日後の金曜日、約束の五分前に、新田はあらわれた。ピンクを基調としたエルズモードの制服の上に、コートを羽織った姿である。妙な格好だったが、それ以上に表情が暗いのが目立った。メイクは厚いが、隠し切れていない。それでも店では、笑みを浮かべて接客しているのだろうか。

簡単なあいさつを終えると、こちらが事情説明をはじめる前に、新田が口火を切った。

「話はうちのエステティシャンから聞いてます。契約や税務申告の内容に問題はなかったはずですが」

　呼び出した理由を誤解しているのだが、それは矢島がそう仕向けたからだ。新田自身の問題なら、来てくれない可能性があった。

「はい。今日いらしていただいたのは、あなたの働き方についてお話をうかがいたかったからです」

「私の？」

　新田はくっきりと描いた眉をひそめた。かすかに身を引いた様子に、警戒と猜疑があらわれている。

　矢島はあえて大上段から斬りこんだ。

「あなたは終業後に自宅で仕事をしているし、休日も働いていますね」

　新田はうつむいて、長いまつげをしばたたいた。返事はない。

「こちらで調べさせてもらったので、わかっているのです。残業税の過少申告は、労働者のほうも罪になります」

　これははったりの域に達する発言だ。すでに申告されている年度について、証拠を握っているわけではない。しかし、新田は言い逃れしようとせず、唇をかみしめて、ただ沈黙を保っている。

「この面談は税務調査および労働基準監督署の臨検と同じ効力のものと考えてください。あなたには質問に正直に答える義務があります。まず、どれくらい働いているのか、教えてください。毎日、食事などで二時間は休憩している計算になっていますが、これはしっかり休めていますか。また、寝不足がひどいようですが、昨夜は何時まで仕事をしていましたか」

なおも口を開かない新田を見つめて、西川がさとす。

「おれたちはあなたを責めているのではありません。心配しているんです。あなたはとてもつらそうに見える。いい仕事をするには休養が必要です。その休養がちゃんととれていますか」

西川なりにやさしく言おうとしているのだが、猫なで声にはならない。それでも、誠意が伝わったのか、新田は一瞬だけ、顔をあげた。

「会社に迷惑がかからないでしょうか。先日の件も上には報告していないんですが」

矢島は深くうなずいた。

「大丈夫、それはあなたしだいです」

どういう意味にもとれる言葉だが、新田は矢島の計算どおりに解釈したようだ。ため息をついて、話しはじめた。

「忙しいときは休憩がとれないこともあります。それから、店は十時に絶対閉めないといけないので、事務仕事はどうしても自宅でやることになります。だいたい、二時から三時くらいまでかかります」

「定休日のほかにもう一日、休みになっていますが、店には出ていないのですか」

　新田は間を おいてゆっくりと話す。

「その日は本社から代理が来ますから」

「でも、あなたはその日も定休日も、店に出ないだけで実際には働いていますよね」

「ええ、店長会議がありますし、学校で実技指導もやってます。あとは他店の視察とか、学生の試験とかでだいたいつぶれます。でも、それは店長として当然の仕事ですから。店にいるあいだは一社員なので、残業代は出てますし、残業税も払ってます。ですけど、それ以外は管理職の仕事なので、残業にはなりません」

「そんな規定はないですよ」

　西川が叫んだ。あまりの剣幕に、新田はびくりとして腰を浮かせた。

「経営に参画しているなどの特別な権限がなければ、店長も労働者です。日によって身分が変わるなんてことはありません。あなたはだまされて、違法に働かされているんです」

　もっと慎重に、と矢島は目で訴えたが、西川には通じない。

「このままでは過労死まで一直線ですよ。違法なサービス残業や休日出勤はやめて、もっと自分を大切にしてください」

「そんなこと言われても困ります。私、鈍いから時間をかけてやるしかないんです。私が仕事を終わらせないと、店が開けられません。そうなったら、従業員は働くところがなくなるし、お客様はサービスが受けられないし、みんな困ります」

「あなたは鈍くなんかない。会社が無理な仕事を押しつけているだけだ」

「ちがいます。社長はとっても尊敬できる人です。成績がよかったら褒めてくれるし、ボーナスも出てます。そりゃあ、ノルマをこなせなかったら怒られるけど、それは当たり前のことでしょう。私は東中野店を任されているんです。労働者じゃないから、法律なんか関係ないんです」

新田の目には涙のつぶが盛りあがっている。西川はややひるんだ。泣くほど責めたとも思えないし、演技にも見えないが、精神的に疲れていると涙もろくなると聞いたことがある。

矢島はなるべく穏やかな声で割って入った。

「ではうかがいますが、あなたにアルバイトを増やす権限はありますか？　あなたの判断で広告を打ったり、新しいサービスを導入したり、休日を決めたりすることはできますか？　店長会議では経営に関する事柄は議題にあがりますか？　本社の財務諸表を見たことがありますか」

「全部あります」

新田はきっと顔をあげて断言した。隣で西川が目をみはっているが、矢島はおどろきを表情に出さないよう努めてたずねた。

「事務のアルバイトをもうひとり増やせば、あなたも楽になるのではありませんか」

「そんな簡単にはいきません。社長が……」

言いかけて、新田は口をつぐんだ。

「権限があるというのは、形式だけのことでしょう。あなたのサインが必要だけど、決めるのは本社。会議では説明を受けるだけで発言はしない。ちがいますか」

「それは私が頭が悪くて、難しいことは考えられないから……」

「ほかの店長も同じですか」

新田は答えない。沈黙は雄弁である。涙がひと筋こぼれて、テーブルに落ちた。

エルズモードは彼女ら店長の献身的な労働で成り立っている。まじめで自己評価が高くない女性を店長に抜擢し、まちがった法知識とともに膨大な量の仕事を与える。店長たちは周囲に迷惑をかけることを怖れ、身を粉にして必死に働く。仕事がまわらないのは自分のせいだと考えるので、会社は楽だ。もちろん餌も与える。店長たちを競わせて、高い成績をあげた者に報奨金を出すのだ。上位の者は相対的に高い評価に満足し、下位の者は自分の責任だとあきらめる。毎日忙しければ、外の情報は入らず、仕事を客観視できなくなる。自分たちが不当な給料で酷使されていることに気づかないのだ。

残業税の導入以前はよく見られた手法である。撲滅されたと思っていただけに、怒りをおぼえる。矢島は眼鏡の位置を直して告げた。

「あなたは労働者です。労働基準法の適用を受けます。ここにいる労働基準監督官が守る対象なのです」

新田はかすかに身じろぎした。

「……放っておいてください。私がどういうふうに働こうと私の自由じゃないですか」

「ですが、あなたの身体と精神はもう限界です。おれは労働基準監督官として、見過ごすことはできません」

「心配していただかなくてもけっこうです」

かたくなに言い張る新田の瞳からは、涙がとめどなく流れ落ちている。涙といっしょに彼女を縛っているものが流れてくれればいいのだが。

しかし、涙のわりにはメイクが落ちないな、と矢島は場ちがいな感想をいだいた。それもエルズモードの技術なのか。ハンカチを差しだしたいところだが、矢島のハンカチは人に貸せるものではない。

いったん休憩をはさむべきか、それとも日をあらためるか。このまま帰すのは彼女の心にとって危険ではないだろうか。

「私、帰ります」

席を立とうとする新田を、西川が引きとめた。

「もう一度、考えてみてください。あなただけの問題ではありません。エルズモードで働くすべての人に関係するんです」

「だったらなおさらです」

新田はこぶしを机に叩きつけ、西川をにらみつけた。

「私は会社を守らないといけないんです。うちの学校を出た生徒は、うちで働くしかないんです。私が辞めでもしたら、みんな路頭に迷うんです」

「それは思いこみではありませんか。しっかりした技術のある人は、どこでも稼げると思います」

指摘したのは矢島である。西川は眉間にしわをよせて思案げであったが、ふいにたずねた。

「あなたは九州の出身ですか？」

新田がふっと肩の力を抜き、怪訝そうに問い返す。

「そうですけど、どうして？」

「何となく、イントネーションからそっちのほうかと思ったんです」

西川は得意げに笑ったあと、表情をあらためた。

「故郷には帰っていますか？　家族とは会っていますか？　友達と遊んでいますか？　恋人は？」

危険な賭けだ。両親が亡くなったりしていたら、二度と心を開いてもらえなくなる。矢島は思わず目をつぶりそうになった。

「失礼です」

ぴしゃりと言って、新田はまなじりをつりあげた。

「そんな暇があるわけないじゃないですか。仕事仕事で誘いを断っていたら、友達も彼も、みんな離れちゃったの。親からの電話に出ることもできない。みんな辞めろって言うし。他人事だからって、簡単に言わないでよ。無視してたら、いつのまにか誰もいなくなっちゃった。私だって遊びたいわよ。でももう遅いでしょ。友達もいない。彼にはふられた。もうひとりよ。このままずっとひとりだわ。どうしたらよかったのよ」

まくしたてると、新田は机に突っ伏した。顔をうずめた細い腕のあいだから、嗚咽(おえつ)がもれてくる。今度は、哀しみが痛いほどに伝わってきて、矢島は目を伏せた。

「じゃあ、考え直してみましょうよ」

西川が語りかける。

「みんなが言うなら、それがきっと正しいんだ。定時まで仕事をして、あとの時間は自分のために使う。友達とおしゃべりする。ショッピングに出かける。おしゃれをしてデートする。それが普通なんです。たまには故郷に帰って、昔の友達に会ってみたり、親に元気な顔を見せたりしましょうよ。仕事に追われて、しかも充分な給料ももらえなくて、ただ必死に働いているだけで、人生で一番輝ける時期を失っていいんですか。あなたはもっと幸せになれる。

そんなにきれいで、そんなに頭がいいんだから、もっと楽しいことがたくさんあるはずなんだ」

自分も目をうるませて、労働基準監督官は必死に訴える。

「会社があなたに何をしてくれますか。落ちこんだときになぐさめてくれますか。疲れたときにいたわってくれますか。泣いているときに抱きしめてくれますか。それは人間にしかできません。今、あなたの周りには人間がいない。でも、まだまにあうんです。人間のいる世界にもどりましょうよ」

新田の肩がふるえている。嗚咽はとまっている。西川は両のこぶしを握りしめて熱弁をふるう。

「そうすれば、仕事はきっと楽しくなる。今の仕事、楽しいですか？　人をきれいにしよう、喜んでもらおうと思って選んだ仕事でしょう。あなた自身は喜びを感じていますか？」

「もういいですよ」

新田が突っ伏したままで叫んだ。西川は世にも情けない顔を矢島に向けた。本気で怒らせてしまったのか。

「すみません。でも……」

西川はさらにつづけようとする。矢島はその太い腕をつかんで黙らせた。西川の言葉が心にしみこむ時間を与えたい。

新田はしばらく動かなかった。ときおり、大きく呼吸する音が聞こえなかったら、無事かどうか心配になっただろう。

西川が真剣な表情で、守るべき対象を見つめている。矢島はじっと待った。

どれくらい経っただろう。十分か二十分か。時間が蛇行しながら流れるように感じられた。

新田がゆっくりと顔をあげる。黒い瞳は、涙に濡れながらも、先ほどとは異なる輝きを放っていた。

「少し、考えてみます」

「考えてみるって？」

「これからのことです」

西川は目を見開き、ついで大きくうなずいた。

「そう、それがいい。方針が決まったら、連絡をくれるかな。その前に相談してくれるのもうれしい」

新田は素直にうなずいた。多少、強がっているようにも見えるが、笑みも浮かんでいる。なくしていたものを、少し取りもどしたようだった。

「はい、そうさせてください」

矢島は胸の底が温かくなってくるのを感じていた。西川の説得がうまかったとは思わない。ただ、真心はたしかに伝わっていた。西川の熱い気持ちが、ものを考えないように固められていた新田の心をとかしたのだ。

「私、ひどい顔になってますよね。カフェにでも寄って直さないと店にもどれない」

新田は鞄から鏡を取りだしてメイクをたしかめ、ため息をついた。さすがに目の周りの化粧がぼやけてきている。それでも、来たときよりも数倍美しく、彼女の目覚めが演技でないことがわかる。

「では、今日のところは終わりにします。ありがとうございました」

穏やかに礼を言ってから、矢島は少し厳しい口調に変えて注意をうながした。

「くれぐれも、ひとりで会社に対して行動しないように。西川でもいいですし、独立系の労働組合でも、弁護士でもかまいません。必ず、誰かの力を借りてください」

わかりました、と答えて、新田は席を立った。

新田の証言が得られれば、さらにほかの店長も巻きこんで、エルズモードの罪を暴ける。寺内がさぞ喜ぶだろう。矢島はその姿を想像して苦笑しつつ、新田を見送った。この先にもまだ山はあるだろうが、最大のものは越えた。そう考えていた。

5

週が明けてすぐ、新田は西川に電話してきたという。

「あんな会社、辞めてやります」

高らかに宣言したのだそうだ。あの日、涙のあとを消すために少し時間をおいて店にもどったが、後でひどく怒られた。店長会議のあと、残されて夜まで入れかわり立ちかわり叱責され、罵倒された。

「ボーナスなしは確定らしいです。私はかなり貢献してると思うんですけど」

身体を心配せず、事情も聞かず、ただただ責められて、完全に心が離れた。西川はまだ辞表は書かないように、と伝えたという。エルズモードの離職者は多くない。居心地がいいからではなく、簡単に辞めさせないからだ。新田によれば、結婚や妊娠でも辞めさせてくれないそうだ。仕事を放り出して逃げた社員に高額の賠償金を払わせた、辞めたらなぜか不幸になる、などと脅される。

新田は感情を抑えて、淡々と説明しているらしい。

「マタハラもあると思うので、いずれはそっちも追及したいですね」

報告する西川は、完全に自分の案件だとみなしているようだ。税務署が先鞭（せんべん）をつけた話なのだが、この展開であれば、労働者保護を第一に考えるべきだろう。

「新田さんの救出、つまり退職を優先させてもいいでしょうか」

西川にしては遠慮がちにたずねてきた。残業税の課税を優先すべき矢島の立場に気を遣っているのだ。

「私もそれがいいと思います」

自分でもおどろくほどあっさり、矢島はみとめていた。西川に影響されているのかもしれない。

「退職と同時に未払いの残業代を請求し、臨検する流れで行きましょうか。本当は先にほかの店長からも聴取したいところですが、新田さんを放っておくわけにはいきません。寺内さんには私のほうで伝えておきます」

だが、エルズモードに突撃するにあたって、武器が新田の証言だけでは少し弱い。ほかの店長も内偵し、あるいは本社の会議のスケジュールか何かを調べて、なるべく多くの客観的材料をそろえたい。

そう言うと、西川は胸を張った。スーツが張り裂けそうな胸板だ。

「それなら、いいものがあります。新田さんは勤務内容や時間などを記録した日誌をつけているんです。母親から、それだけはやっておけと言われたそうで」

矢島は感嘆の息をもらした。

「すばらしいお母さんですね。日誌があれば、残業代もしっかりとれるでしょう」

エルズモードについては目処（めど）がついた。まだ何度か新田と会って、作戦の細部をつめる必要があるが、そのあいだにメテオ企画を片付けてしまいたい。

「そろそろ、警察のほうから早くしろと言ってくる頃でしょう」

「そうなんですよ。日比野さんからプレッシャーをかけられてまして」

西川が頭をかいた。

「こっちの事情を説明しても、よくわかってもらえないんですよ」

内偵してすぐに臨検をやっても意味がない。最低でも、その月の労働時間を確定させて給与が決まってからでないと、不正があったと主張できなくなってしまう。残業税については本当は年末調整が終わってからがいいのだが、過剰労働を追及するついでならば、何とかなる。過剰労働の常態化を会社に認めさせたうえで、研修生から聴取し、労働時間を確定して課税すればいい。

メテオ企画の給与の締め日は、すでに過ぎている。臨検に行こうと思えば行ける状態だ。

「あまり荒っぽいやり方は好きではないのですが、警察を待たせて被害者が増えるのも寝覚めがよくありません。臨検に行きましょう」

「はい。追及が不十分に終わっても、今後の不正を防ぐ効果はありますからね」

西川は応じたが、いつもの雄牛のような勢いはない。やはり、労働者を救うという意味あいが薄いのがモチベーションを下げているのだろう。救うべき労働者が目の前にいるエルズモードとはちがう。それでもやるのは、日比野の依頼だという理由がひとつ、あとは、いかなる不正も許してはならないと、矢島が主張しつづけているからか。

「応援は呼びますか。労基署から二、三人出してもらえると、臨検がスムーズに行くと思いますが」

矢島がたずねると、西川は眉をよせて困った顔をつくった。

「それなんですが、警察からは、あまり話を大きくしないでくれ、と言われてるんです。途中で事件を引きとりたいからですよね、きっと」

「やはり嫌な感じですね」

思わず本音をもらしてしまった。警察に恩を売っておきたいのは山々だが、この案件は危険ではないか、という予感がしている。とはいえ、不正がそこにある以上、見て見ぬふりをするという選択肢は、矢島にはない。

怖いのは、失敗したときに梯子(はしご)をはずされることだ。

「警察の要請での行動だと、上に報告してから動きましょうか」

「でも、それだと絶対、待ったがかかりますよ。上同士の話しあいになって、交換条件がどうこう言って……」

「ええ、ですから、私たちが臨検に行ってから届くようにはからいます」

「あ、なるほど」

西川は言ってから、にやりと笑った。

「矢島さんもけっこう策士ですね」

「つまらないことを言ってないで、日取りを決めましょう」

矢島は手帳を開いて顔を隠した。自分がどういう表情をしているか、わからなかったからである。

臨検は木曜日の朝十時に開始予定である。

矢島と西川はきっちりしたスーツに身を固め、磨きあげた黒い革靴を履いて、メテオ企画におもむいた。

「石田がいればいいんですけどね」

西川は少し緊張しているようだ。矢島は軽く手を叩いて、相棒の気を引いた。

「私たちの目的は彼ではありません。あまり気にしすぎないようにしましょう」

石田というのは、メテオ企画の実質的経営者で、警察がマークしている人物だ。役職としては平の取締役で、社長は別にいるが、実権は石田が握っているという。警察からの情報で、石田は木曜日には会社にいることが多いというので、この日を選んだ。

四階建てのビルを見あげて、会社が動いていることをたしかめる。ガラス張りの窓は太陽を反射して光っているが、歩いている人影も判別できた。一階は展示や打ちあわせのスペースで、二階がオフィス、三、四階が作業場だ。玄関から入って、階段で二階にあがる。ガラス扉の前で立ちどまり、目をあわせてうなずきあってから開ける。

西川が宣告した。

「中野労基署です。労働基準法違反の疑いで臨時の立ち入り調査をおこないます。作業の手をとめて、こちらに集まってください。社長さんはいらっしゃいますか」

驚愕と狼狽の声があがった。どこかに連絡しようと受話器をあげた男に向かって、西川が鋭い叱咤を浴びせる。

「手をおいてください。不要不急の動きは、証拠湮滅の意思ありとみなします」

三十代前半の男は西川の迫力に圧倒されて受話器を取り落とした。一同の視線が集まると、ふてくされたように言う。

「社長を呼ぶだけだよ」

「社内にいるなら、この場に呼んでください」

矢島が指示を出した。西川は五人ほどいる社員をオフィスの入り口のスペースに集めている。スチールラックとパーティションで区切られた大部屋は、二十人くらいは仕事ができそうだが、机の数に比べて、人が少ない。

「ほかに社員さんはいませんか」

矢島はパーティションの陰をのぞいてまわった。

「今日は午後出の人が多いから、これだけですよ」

指摘があったが、念のためにすべて確認した。五人の社員は二十代から三十代で、すべて男性だ。

「経理担当の方はいますか」

西川が低い声でたずねると、気弱そうな男がおずおずと手をあげた。

「先月の給与明細を全員分プリントしてください」

経理の男がパソコンに向かい、西川の指示にしたがって操作する。五人のなかで一番年長らしい社員が抗議した。

「こんなやり方は横暴じゃありませんか。誰かが密告したんですか」

無言のうちに役割を分担して、矢島が応対する。

「申し訳ありませんが、そのような質問にはお答えできないんですよ」

あえて下手（したて）に出て、相手を油断させることにした。矢島の風貌も、こういうときは役に立つ。案の定、社員は調子に乗ってしゃべりはじめた。

「私たちはそれほど多くの残業はしてませんし、残業税はちゃんと払ってます。問題はありませんよ」

「アニメーターの人たちはどうですか」

「ああ、彼らは社員じゃないし。個人事業主と外国人研修生だから」

「研修生も労働者です」

西川が怒ったように言ったので、社員は口をつぐんでしまった。矢島としてはもう少ししゃべらせたかったのだが、仕方ない。

プリンターが音をたてて、細かい数字が書かれた紙を吐きだす。西川が一枚目を手にとったとき、階段のほうから押しの強い声がかかった。

「何の騒ぎだね」

命令することに慣れた声だな、と思った。

あらわれた男は白いシャツの上に革のジャケットをはおっていた。年齢は五十歳くらいだろうか、半白の髪を整髪料で固めて後ろに流している。中肉中背だが、姿勢がよいので背が高く見えた。目つきは鋭く、やくざと言われても納得できるだけの迫力がある。

西川が進み出た。

「中野労基署の西川と申します。立ち入り調査にまいりました。社長さんですか」

「社長に用があるなら、あとで労基署に出頭させよう」

「では、あなたが石田さんでしょうか」

革ジャケットの男は、かすかに目をみはった。身にまとう雰囲気が剣呑(けんのん)さを増す。猛禽(もうきん)が戦闘態勢に入ったようだった。

「誰がその名前を出したのかな？」

矢島は天を仰ぎたい気分だった。相手によけいな情報を与えてしまった。

西川がちらりと矢島を見やった。ミスを自覚して助言をもとめている。矢島はわざとつっかえながら答えた。

「会社の情報は確認してから来ておりますので」

男は舌打ちの音をひびかせた。

「まあいい。おまえも労基署の人間か。まさか警察じゃないだろうな」

「時間外労働税調査官です」

「マルザだな」

男は薄い唇をゆがめて笑うと、ふたりを交互ににらみつつたずねた。

「今日はどういう用件で、招かれざる客となったのかな」

西川が声を張って答える。

「労働基準法違反の疑いによる立ち入り調査です」

「明確な根拠があるのか」

「一般に、根拠がなければ臨検はしません」

「従業員の証言は得たのかね。彼らはみな、違反などないと言うだろう」

「証言内容について、今の段階で使用者に明かすことはできません」

西川が相手のペースにはまりそうなので、矢島は横から指摘した。

「質問するのはこちらで、あなたは答える側です」

「ほう、見かけによらず、度胸があるな。では、私の部屋で話をしよう」

男は社員に手で合図を送った。矢島はそれをさえぎって言う。

「いえ、ここでうかがいます。社員の方は動かないで、一ヵ所に集まっていてください。あちらのソファのところにお願いします」

しかし、社員たちは矢島を無視して、男の指示を待っている。

「とりあえずはしたがっておこうか」

男が告げたときである。

ジリリリリ、と非常ベルの音が鳴りひびいた。

「火事だ！」

誰かが叫んだ。

「落ちついてください」

矢島は言いながら、周囲を見回した。突然、鼻のあたりにがつんと衝撃があった。目が焼けるように痛い。スプレーを吹きつけられたようだ。

「何をするのですか」

叫んだつもりだが、声にならなかった。かわりに、西川のうなり声が聞こえた。

閉じた目から涙があふれてくる。息が苦しい。頭ががんがんする。矢島はかがみこんで、頭を防御する姿勢をとった。再び刺激臭が鼻を襲った。背中を蹴られた。

痛みが薄れ、意識が遠のいていく。

殺される。元の妻と娘の顔が脳裏をよぎった。一瞬のうちに恐怖が高まって、弾(はじ)けた。

全身の痛みで目を覚ました。

息ができない。状況を認識するより先に恐怖がよみがえってきて、矢島はもがいた。痛みが強くなって悲鳴をあげそうになるが、声は出ない。

口を粘着テープでふさがれている。手は後ろに回された状態で動かない。こちらもテープでぐるぐる巻きにされているのだろう。足はご丁寧に足首と膝の二ヵ所を固定されていた。白い強力そうなテープが何重にも巻かれている。

「冷静に状況を確認しましょう」

矢島は思考を脳裏で読みあげた。ミントの香りを想像して、頭をはっきりさせる。目をふさがれていないのは幸いだった。

冷たいタイルの床から首だけをあげて、周囲を見回す。最初に目に入ったのは、西川の巨体だった。同じように手足を縛られて転がされている。背を向けているので、顔は見えないが、まだ気を失っているようだ。縛られているのだから、生きてはいるだろう。

西川の向こうには段ボール箱が乱雑に積まれていた。壁に沿っておかれた本棚には、本やマンガがごちゃ混ぜに収められている。丸められた紙の束や、パソコンソフトらしい箱も見える。部屋の隅には埃(ほこり)が積もっているが、目の前の床はそれほどでもない。日常的に使われている倉庫だ。

照明は消されているが、ブラインドの閉じられた窓から陽光がもれていて、ほんのりと明るい。まだ夕方にもなっていないようだ。

西川を起こそうかと思ったが、やめておいた。まずはひとりで考えたい。

臨検の最中に襲われたのははじめてだ。税務署員たる者、いつもその覚悟をもっている……わけではない。恫喝（どうかつ）や脅迫を受けたことは何度もあるが、どこか一線は越えるまいという油断があった。暴力団のフロント企業に出向いた際も、表向きの応対は紳士的だったのだ。

ただ、恐怖はすでに過ぎ去っていた。今、生きているということは、相手はこちらを殺すつもりはなかったということだ。目的は時間稼ぎか証拠湮滅か。しかし、労基法違反や脱税より、傷害や監禁の罪のほうが重いに決まっている。割にあうとは思えない。

「でも、そういえば……」

頭に浮かんだ疑問符をたどって、矢島は思い出した。あの革ジャケットの男は、自分が石田だとは言わなかった。詐欺をくりかえしつつ、手広く事業を手がけている人物なら、もっと人当たりがいいのではないか。あの男は石田の部下で、このメテオ企画を仕切っているのではなかろうか。

それなら、強引な手段に出た理由も見当がつく。もともと石田は下っ端に罪を着せて、自分は逃げおおせるつもりだった。部下の男はそれを知っていて、自分も逃げだそうとしたのではないか。もしかしたら、罪を逃れるというより、物理的に逃げるつもりかもしれない。

金とコネを持っている容疑者が海外に逃げれば、簡単にはつかまらない。

そこまで推理を進めたら、やるべきことは明確になる。なるべく早く、外部に知らせなくてはならない。

西川がいびきのような音を発した。そろそろ意識を取りもどしそうだ。矢島は身体をよじって近づき、縛られた足を振って蹴ろうとした。膝が曲がらないので、なかなか思うようにいかない。負荷のかかる太ももと腹筋が悲鳴をあげている。だが、西川を起こせば、肉体労働は彼に任せられるのだ。歯を食いしばって足を振り、大きなお尻に命中させた。

西川がびくりと震えて、寝返りを打とうとする。足が巻きこまれそうになって、矢島はあわてて身体を回転させた。

顔の向きをもどして、はっとなった。西川の右目のあたりが青黒く腫(は)れあがっていた。額からは血が流れて、髪が赤く染まっている。鼻血も出ていて固まっており、呼吸がつらそうだ。抵抗してしたたかに殴られたのだろう。

なおさら、早く脱出しなければならない。矢島はもう一度、足を振ろうとして、動きをとめた。頭(ず)つきのほうが簡単で調整が利きそうだ。

もう少し近づこうとしたとき、西川がぱっと目を開いた。まばたきがくりかえされ、おさまったと思ったら、鯉(こい)のように激しく巨体がはねた。二度三度と、全身を床に打ちつける。手足が動かなくて混乱しているのだ。

矢島は目をあわせて、小刻みにうなずいてみせた。

「大丈夫、大丈夫ですから」

声は出せないが、必死に訴える。

無言の説得が効いて、ようやく西川が静まった。無傷の左目をせわしなく動かして、状況を把握しようとしている。

それが終わると、西川は矢島に背を向けるかたちで近づいてきた。手は背中で固定されているが、指は比較的よく動く。その指で弾くような動きをしながら、矢島の顔に寄ってくる。

意図を察して、矢島は口を西川の手に近づけた。まずは一番はがしやすいテープからやっつけようというのだ。しかし、西川にはこちらが見えないので、なかなかうまくはがれない。

無骨（ぶこつ）な指であごをまさぐられるのが不快だ。テープの先端のわずかにめくれたところに指がかかった。一気にはがす。

「うがっ」

最初に発したのは、ひどく格好悪いうめきだった。唇がひりひりして痛い。それでも声を出してみる。

「ありがとうございます。次は私がやります」

矢島が体勢を変えようとすると、西川がうめいた。こちらを向き、眉をひそめて何度も首をふる。

「はずさなくていいのですか?」

今度はうなずく。

どうして、とたずねようとして、矢島は気づいた。自分の力では無理なのだ。それに、下手に傷にふれて、悪化させたら困る。

矢島は手短に、現在の状況と自身の推理を話した。西川はうなずきながら聞いていた。ときおり顔をしかめるのは、傷が痛むのだろう。

「そういうわけですので、何とかして脱出しましょう。まずはテープをはがして手足を自由にすることが先決です。私はおかげで口が使えますから、うまくすれば……」

矢島が言い終わらないうちに、西川は行動を起こした。反動をつけて両足を前後にゆすり、テープを引きちぎろうとする。そんな無茶な、と思ったが、西川の動きはダイナミックで力強い。服の上からでも、腹や太ももの筋肉が盛りあがっているのがわかる。

ビリビリと音がして、膝のテープが裂けた。西川はさらに激しく足を動かし、膝を完全に自由にする。次は足首だ。足の可動域は広がっているが、こちらのほうが厳重にとめてあるようで、ゆるみはしても、なかなかはずれない。

「手伝います」

申し出ると、西川は素直に足を近づけてきた。テープの端がめくれているところを、矢島は口にくわえた。西川がゆっくりと足を動かす。予想以上の力が歯にかかってきたが、矢島は懸命に耐えた。テープがはがれていくにしたがって、抵抗が弱くなってくる。

西川は腹筋で足を持ちあげながら円を描くように動かし、テープを取り終えた。矢島はテープを吐きだし、大きく息をついた。

「これで動けますね」

西川があごを前後にゆすっているのは、礼のつもりにちがいない。

立ちあがれれば、行動の幅は大きく広がる。西川はまずドアに近づいて、施錠されていることを確認した。ドアに耳をくっつけて、外の音を確認し、矢島に向かって首を横にふる。何も聞こえないようだ。

つづいて、西川は後ろを向いて、手首のあたりをドアノブでさぐりはじめた。テープを引っかけて弱めようというのだろう。しばらくもぞもぞしていたかと思うと、その場を離れて本棚にこすりつける。その合間に、手を動かして強引に抜こうとする。

やがて、努力は正しく報われた。西川は残る口のテープをはぎとって床に叩きつけると、大きく伸びをして、こわばっていた身体をほぐした。

「手のほうからはがしますね」

西川が矢島のわきにかがみこむ。

「待ってください」

矢島がとめたのは、人の走る足音が聞こえたからだ。ひとり……いや複数だ。

　無言で立ちあがった西川が、忍び足でドアに近づく。

「西川さーん、矢島さーん、どこにいますかー？」

　女性の声の呼びかけが、ふたりの耳にとどいた。どことなく、緊迫感に欠ける印象だ。西川が首をかしげた。

「あの声は……」

　だが、記憶をさぐるのはあとだ。つまみをひねってドアの鍵は開けたが、さらに外から鍵がかかっているらしく、押しても引いても開かない。西川はこぶしを握って激しく叩いた。それに応えて、足音と声が接近してくる。

「警察です。西川さん、そこにいるんですか？　無事ですか？」

「ここです。怪我をしていますが、たいしたことはありません。矢島さんもいます」

　ドアをへだてて、安堵のため息が聞こえてきた。次いで、ドアノブをがちゃがちゃと回す音がした。

「鍵が必要みたいなので、手に入れてきます」

　足音が遠ざかるあいだに、矢島はテープをはずしてもらって立ちあがろうとした。膝ががくがくして、うまく立てない。転びそうになって手をついたが、腕に力が入らなくて、結局倒れこんでしまった。我ながら情けない。

　手を差し伸べようか迷っている様子の西川をふりかえって、矢島はすわりこんだままたずねた。

「先ほどの声はもしかして、日比野さんですか」

「はい、たぶん……」

照れもせずに西川が答えた。矢島は今度はうまく立って、膝を屈伸させた。足に正常な血流がもどると、頭も回転をはじめる。

「だとすると、早すぎませんか」

「え？」

西川は怪訝そうに首をかしげている。とりあえず助かりそうだから、今は事情を詮索しなくてもいいのではないか。心の声が聞こえてくる。

「異変が外にもれて、一一〇番通報があったなら、駆けつけてくるのは地元の警官です」

「臨検の予定は伝えていたので、見張っていたのかもしれません」

説得力のありそうな推測だが、それでは足りない。臨検がいつまでつづくかはわからないはずだ。途中で突入しては、別件逮捕を狙った意味がなくなる。

「私たちは囮(おとり)にされたのではないでしょうか」

矢島が言ったとき、鍵の音がして、ドアが開いた。

背の高い女性刑事、日比野が顔を出す。西川の顔を見て、はっと口に手をあて、そして釘でも打ちそうな勢いで頭を下げる。

「すみませんでした！」

ぽかんとしている西川を横目に見て、矢島は怒りにかられたが、爆発はしなかった。日比野が本当に申し訳なさそうに、くりかえし謝っていた。

6

「おかげで助かった。ありがとう」

堅田刑事はぶっきらぼうに告げると、反応を待たずに席を立って出て行ってしまった。

「ご迷惑をおかけしまして、本当に申し訳ございません。あそこまでやるとは思ってなかったんです」

かわりに謝る日比野を見ていると、かわいそうになってくるが、それがあちらの狙いかもしれない。矢島は懐疑的だが、西川はもう怒っていないようだ。

「まあ、無事だったんだし、容疑者も逮捕できたみたいでよかったよ」

笑った拍子に傷が開いたようで、顔をしかめる。病院に行ってきたばかりの西川の顔は、包帯でふくれあがっている。とても無事とは言えない。

矢島は冷たく言った。

「後始末はそちらでやってください。話が食いちがうとまずいでしょうから、私たちは結果が出てから報告することにします」

「ええ、そりゃあもう、もちろん、こちらで……私がやります」

日比野は肩を落とした。

「事件は解決しそうなんだから、そんなにしょげないで。失敗したわけじゃないから、それほど問題にはならないよ」

西川に励まされて、日比野は少し笑った。

「そうですね。今日の件については実行者を逮捕してるんで、石田も犯罪の教唆で立件にもちこめると思います。あとはどこまで追いつめられるかですけど、ああいうやつはひとつ罪を確定させれば、残りもべらべらしゃべるもんだって、堅田は言ってました」

「頭はいいけど性格の悪い人、か」

西川がつぶやいた。

矢島の推測は正しかった。石田に関しても、警察に関しても、である。堅田は労基法違反などの別件逮捕というより、公権力を前にしたときの石田のリアクションに期待して、西川を動かしたらしい。そこで犯罪行為に出れば、警察が逮捕できる。逃亡も予想して張りこんでいたが、これほどの実力行使に出るとは考えていなかった。

充分な情報をもらっていれば、こちらはもっとうまく立ちまわれた。警察が石田の顔写真すら見せていなかったのは、ミスと断言してもいい。

……いや、本当にそうだろうか。双方が混乱することを狙って、警察はわざと情報を伝えなかったのかもしれない。あの堅田という男なら、それくらいはたくらみそうだ。

堅田の真意はともかくとして、矢島らの監禁を主導した石田の部下は、いったんは警察を撒(ま)いたらしいが、羽田(はねだ)空港から出国の寸前に逮捕された。その証言によって、石田も逮捕されたという。あまり忠誠心の高くない男だったのは、警察にとっては幸い、石田にとっては不幸だった。

日比野が心から謝罪していて、さらに堅田に対する憤りを隠さなかったので、矢島は許す気になった。ここは若いふたりを残して席をはずすべきだろう。

「君は怪我をしているのだから、今日は直帰したほうがいいですよ。上には私から伝えておきますから」

「いや、自分で連絡しますよ」

携帯電話をとろうとした西川の手がとまった。所持品は監禁されたときに奪われていて、携帯電話と財布は見つからなかった。社用の携帯電話はロックしてあるから、簡単には情報はもれないが、しばらく不便だろう。私用のほうがダメージは大きい。

「現金がなければ、警察で都合できますが」

日比野が申し出たが、矢島は丁重に辞退した。無事だった定期入れに、千円札が二枚入っている。

「君は私の分まで迷惑料をふんだくってください」
言いおいて、矢島は警察署を出た。

それから数日は、ほかの仕事が手につかなかった。後始末は警察に任せるとはいっても、書くべき書類は膨大な量だったし、上司への説明に追われ、また警察の事情聴取もあって、めまぐるしい日々だった。

結局、メテオ企画の件は、労基署と税務署の手を離れそうだ。外国人研修生たちは帰国させられる可能性が高いが、他社で働けるように動いている人がいるようで、どうなるかはわからない。

「その、研修生のために動いているっていうのが、どうも堅田さんらしいんですよ。変な人ですね」

西川は他人事のように言った。囮にされた恨みはもうないのだろう。そのさっぱりした性格が、矢島にはくすぐったいように思われる。

幸いにして、携帯電話は社用も私用も無傷で見つかった。監禁の実行犯が所持しており、証拠品であるはずなのだが、五日後には手元にもどってきた。警察も責任を感じて融通を利かせてくれたのだろうか。

私用のほうには、メールと着信が十件以上たまっていた。かつての妻には、事件の翌日に連絡している。扱いは大きくないが新聞やテレビで報道されたので、心配をかけているかもしれないと思ったからだ。

簡単に事情を説明すると、かつての妻は少し遠い声で言った。

「あ、そう、よかった。携帯がもどってきても、送ったメールは読まずに消しといて。周りがうるさいから切るわ」

そう言われるとよけいに読みたくなるが、了解と答えた以上、言うとおりにするのが矢島である。気持ちはわかったので充分だ。

社用の携帯電話に最初にかけてきたのは、砧であった。

「悪い知らせよ」

例の税務コンサルタントの件だろうか。矢島は電話を持つ手に力をこめた。心の準備をしながら問う。

「何でしょうか」

「新田みずきが死んだわ」

矢島は息を飲んだ。

想像もしない凶報だった。様々な疑問が渦を巻いて襲いかかってくる。

どうして？　たしかに過労死もありえる状態だったが、あの面談で食いとめられたと思っていた。まにあわなかったのだろうか。西川がさぞ落胆するだろう。メテオ企画にかまけて数日連絡をとっていないはずだ。こまめに様子を訊いていれば、防げる死だったかもしれない。

矢島はかすれた声でたずねた。

「死因はわかりますか？」

砧がいっそう声をひそめる。

「自殺」

衝撃で世界が灰色になったように感じられた。携帯電話を放り投げたい衝動にかられた。それですべてがなかったことになる、そんな錯覚がしたのだ。

しかし、現実には矢島は呆けた顔で、電話を握りしめていた。

「まさか、まさか……」

くりかえす自分の声は聞こえていなかった。

第五話　逆襲のクリスマス・イブ

――〇日午前十一時ごろ、中野区東中野の集合住宅で、この部屋に住む会社員の女性（二八）が倒れているのを、訪ねてきた同僚が発見し、一一九番通報した。女性はまもなく死亡が確認された。室内からは遺書が見つかっており、自殺と見られる――

1

第一報は朝刊の小さな記事だった。この時点では、矢島顕央と西川宗太郎は悲嘆にくれつつも、前向きに決意を固めていた。

もっとも、前夜、矢島から訃報を聞いた西川は荒れた。狼の遠吠えのように、何度もうなり声をあげていた。自分への怒号だったのだろう。

「おれ、相談者が亡くなるの、はじめてなんです。過労死もあつかったことがなくて」

若い労働基準監督官は目を真っ赤にしていた。

「根拠もなく、自信をもってたんです。みんな、おれが守ってやる、助けてやるって、簡単にそう思ってたんです。でも、そんなに甘くなかった。助けられたはずなのに、手は届いていたのに、救えなかった。おれが殺したようなものです」

　矢島はしばらく、声をかけなかった。西川が自分を責める気持ちは痛いほどにわかる。矢島自身も、すぐには割り切れそうになかった。

　ただ、いつまでも哀しみや自責にひたっているわけにはいかない。故人のためにも、やるべきことがある。矢島はそれを、西川の口から聞きたかった。自分の足で、立ちあがってほしかった。

　矢島さん、と、西川が涙のにじんだ声で呼びかける。

「エルズモードの不正を暴いたら、彼女の無念は晴らせますかね」

「ええ、そして何より、次の犠牲者を出さずにすむでしょう」

「そうですよね」

　西川は立ちあがって、バットを振るような構えを見せた。眼光するどく、虚空をにらみつける。

「新田さんの死を無駄にしないためにも、おれが頑張らないといけない」

「そのとおりです。私も力を尽くします」

　うなずいた矢島に目をやって、西川はかすかに口もとをゆるめたが、瞳にもどった光は消えていた。

「すみません。ひと晩だけ、時間をください。必ず、気持ちの整理をつけますから」

西川は約束を守った。

そして、この朝、ふたりは確認しあったのだ。新田みずきの自殺を労災と認定し、エルズモードの責任を追及して、ほかの店長たちを救うのが使命だ。

労働基準監督官たる西川は労働者を違法な過剰労働から解放しようとしている。残業税調査官たる矢島の目的は、エルズモードに残業税を支払わせることである。めざすところはちがっても、手段は共通していた。まずはエルズモードの悪事を明らかにするのだ。

「遺書は見せてもらえますかね」

西川の発言に、矢島は首をひねった。

「どうでしょうか。私たちは今のところ部外者ですから、厳しいと思います」

「でも、そこに会社に対する恨みなんかが書いてあるはずですよね」

「警察が確認してるでしょうから、問い合わせてみたらどうですか。記者に話す程度の内容なら、教えてもらえるでしょう」

矢島は正規のルートを想定していたのだが、西川はさっそく日比野遥にメールで訊いたという。日比野の所属は警視庁の捜査二課だ。自殺を処理するのは所轄の警察署だろうから、管轄がまったくちがうのではなかろうか。

しばらくして、西川は広い肩を大きく落として報告に来た。

「調べられないことはないけど、時間がかかるそうです」

「仕方ないですよ。内容によっては、遺族の方が動くでしょうし、報道もされるでしょう。案外早く、わかるかもしれません」

逆に言えば、遺書が仕事にふれていなければ、被害者が不在のため、労基署が介入するのは難しくなる。ほかの店長に話を聞いて、あらためて調査をはじめなければならない。せめて、新田の日誌を見せてもらっていれば、と思うと悔しい。

矢島が気になっていることはもうひとつあった。

朝刊の新聞記事やインターネットの情報ではまだ新田の名前は出ておらず、自殺者の特定はできない。昨日、砧美知香はどこから正確な情報を得たのだろうか。

メールで訊くと、一時間後に返答があった。

「情報提供があった。提供者は不明。警戒されたし」

矢島は眼鏡をはずして、眉間のしわをもみほぐした。たしかに警戒が必要だ。どういう目的があって、税務署に知らせてきたのか、提供者の意図がわからない。労働問題が関係しているなら、まずは労基署だろう。それとも、矢島が知らされていないだけで、労基署にも来ているのだろうか。

だが、考えている暇はなかった。

「おい、ケンオウ。これはいったいどういうことだ」

まるめた新聞紙をふりまわしながら、同僚の寺内稔が駆けよってきた。

「夕刊ですか」

たずねると、寺内は新聞を開いて乱暴に指さした。

「自殺は税務署のせいだって書いてあるぞ」

「どういうことですか」

矢島はあわてて新聞をのぞきこんだ。

小さな見出しと記事の一部が、赤いマーカーでも塗ってあるかのように、目に飛びこんでくる。

「過酷な税務調査、若者の命奪う」

――自殺したのは、エステサロンの店長を務めていた新田みずきさん（二八）。警察関係者によれば、新田さんの遺書には、時間外労働税に関する税務署と労働基準監督署の調査を受けて悩んでいたことが記されているという――

矢島は茫然として新聞をながめていた。目は記事に向けられているが、もう読んではいなかった。頭のなかに疑問符が渦を巻いている。

そんなはずはない。新田が悩んでいたのは自身の働き方だ。西川の説得が効いて、目を覚ましたのではなかったか。

「おまえの報告とずいぶんちがうよな」

寺内が新聞を取り返して確認する。はい、と答える矢島の声はかすれて、我ながら聞き取りづらかった。

「この遺書の内容は、はっきり言って信じられません」

「おまえたちが会う前に書かれた可能性はあるだろう」

思いがけない指摘だった。矢島と西川が新田に会う前、エステティシャンから聴取していた時期なら、調査について悩んでいてもおかしくない。しかし、これは遺言ではなく遺書である。遺書は自殺する直前に書くのが普通ではないか。

矢島の反論に、寺内はちっちっちっと指をふった。

「自殺未遂をくりかえす病気もあるだろ。遺書が事前にあっても不思議はない。いいか、おれはその店長がおまえたちのせいで自殺したとは思ってないんだ。誰かにおとしいれられているんじゃないか？」

寺内の言いたいことはよくわかった。死体の発見者はエルズモードの同僚だと記事にはあった。

「つまり、エルズモードが自分たちに都合のよい遺書を警察に提出したということですか」

「ありえる話だろ」

矢島が沈黙したのは、潔白を証明する困難さに思いいたったからである。気を静めるためにミントの匂いがするハンカチを取りだすと、寺内が鼻を近づけて顔をしかめた。矢島がむっとしていると、寺内はばつが悪そうに笑った。

「聴取は録音しただろう」

「しましたが、裁判にでもならないかぎり、公開はできませんよ」

「じゃあ、裁判にすればいい」

矢島は無言で背を向けた。言うまでもなく、こちらから訴えられるはずはない。遺族から訴えられれば、あらゆる手段で潔白を主張しなければならないが、そのような展開になってほしくはなかった。

「まあ、世間はすぐに忘れるさ」

寺内は慰めるつもりだったのだろうが、矢島の心は癒されなかった。それでは困る。自殺の原因ははっきりさせたい。その先に、エルズモードの告発がある。

ふと気づいて、声をかけた。

「寺内さん、この件、西川君にはまだ伝えないでください」

情報は日々更新される。明日になれば、もっとくわしい内容が公開されるかもしれない。この段階の不確かな情報を、あの熱い男に知らせて、エネルギーを無駄遣いさせたくなかった。

寺内は一瞬、きょとんとしたが、すぐに飲みこんでうなずいた。

「ああ、でも、おれが言わなくても、おせっかいなやつが知らせるかもしれんぞ」

「明日の報道を確認してから、私が話します」

メテオ企画の件は一段落したが、矢島と西川はほかにも案件を抱えている。頭を切りかえてかからないと、仕事がたまっていく一方だ。

「少し代わってやろうか」

珍しく条件をつけずに、寺内が言った。つまり、それほど矢島はつらそうに見えるのだった。


矢島の予測は半分だけ当たった。

翌日の新聞は各紙とも新田の記事を載せており、一紙は特集面で大きくあつかっていた。ただし、いずれも新田の自殺は税務署の調査が原因だと断定している。

「厳しい追及、問われる税務署の姿勢」

「残業税の矛盾、若い命奪う」

目に入る見出しが、頭をくらくらさせる。矢島はデスクに手をついて、身体を支えなければならなかった。

インターネット上のメディアはさらに辛辣だった。論評でも分析でもなく、非難と罵倒の嵐が、税務署を襲っている。それに匿名の一般人が同調し、根拠のない持論を展開している。

「血も涙もない酷税。死ぬなら税金払ってからにしろとか言いそう」

「残業税はぼったくり。働きたくないのに働いて、さらに税金払うなんてばかげてる」

「管轄の税務署と仲良くしとけばいくらでもまけてもらえるぞ。そうしないとその店長みたいにいじめられる」

矢島は中腰のまま、マウスを強く握りしめていた。まともに反応するのもばからしい暴論の数々だ。しかし、だからこそ、むき出しの悪意が突き刺さってくる。胃がきりきりと痛んだ。

悪意には慣れているはずだった。胸ぐらをつかまれたことも、塩をまかれたこともある。つい先日は縛られて転がされた。しかし、それらは税金を滞納したりごまかそうとしたりしている輩からされたことだ。今回はちがう。世間が悪意を向けてくる。

税がなければ、公共サービスは提供できず、社会は維持できない。公正な税の賦課は、普通の人が普通に生活を送るために不可欠である。なのになぜ、きちんと税を払い、税の恩恵を受けている人たちからも攻撃されなければならないのだろう。

いつのまにか、寺内が背後に忍び寄ってきていた。

「まずはすわれよ」

肩に手をおかれ、強引に椅子にしずめられる。

「最初から仕組まれてたみたいだな」

「どういうことですか」

矢島は首を曲げて寺内を見あげた。

「これだけ早く記事が出るのはおかしい。税務署叩きの予定があったんじゃないか。そこに自殺がはまった。いや、もしかしたら、自殺じゃないのかもしれんぞ」

「考えすぎでしょう」

矢島は陰謀論を一蹴した。遺書のすりかえは大いにありえるが、殺人まで疑うのはミステリーの読みすぎと言われても仕方がない。それとも、「自殺に追いこむ」だったら現実的だろうか。

「まあ、他殺だったとしても、おれたちにはどうしようもないからな。できる範囲のことを考えるべきか」

寺内は口調をあらためて、矢島の肩をもんだ。

「とにかく、気にしないことだな。一ヵ月も息をひそめていれば、みんな忘れる。世間はそういうものだ。しばらく仕事はやりにくくなるが、それは耐えるしかない」

「気にしないわけにはいきません」

矢島は生真面目に応じた。

「叩かれやすい職業であることは自覚してます。でも、事実無根の誹謗中傷は受け入れられません。故人のためにも、エルズモードと対決して、死の真相と違法な労働状況を告発するべきです」

でもなあ、と言いながら、寺内は今度は矢島の頭のつぼを刺激しはじめた。意外に心得があるようで、身体の奥にひびいてくる。

「今、おまえが対決するのは、たぶん副署長だぞ」

矢島は思わず目を閉じていた。谷底に落とされたと思ったら、まだ下があった。ねっとりした話し方を想像するだけで暗澹たる気持ちになる。

「言い訳を考えておくんだな」

「事実を説明するだけです」

言いあっていると、電話番の大須賀幸美が眉をへの字にして呼びかけてきた。

「ケンオウさん、副署長がすぐに来いって」

寺内が片手で顔をおおう。矢島はため息をついて、立ちあがった。

重い足どりで廊下を歩いていると、前方から西川が地ひびきをたてて駆けてきた。矢島を見て急停止し、いきなりまくしたてる。

「あ、矢島さん、読みましたか。おれ、さっき聞いたところで。絶対に許せません。何とか反撃の手段を考えないと……」

「すみません、副署長に呼ばれているので、もどってから打ちあわせましょう」

西川を振りきって、矢島は向かいの税務署に移動した。

玄関の自動ドアが開いた瞬間から、雰囲気がおかしかった。すれちがう同僚がみな、目をそらせる。あいさつをしても、軽い会釈が返ってくるだけだ。舌打ちする者がいる。悪口が聞こえるような気がする。

　副署長はデスクにいなかった。であれば、と砧の姿をさがしたが、見つからなかった。砧が警戒しろ、と言ったのは報道のことだったのだな、と今さらながら気づいた。もっとも、早く気づいてもどうしようもなかっただろう。

　副署長の個室をノックする。返事と同時に入室した。

「遅かったね」

　矢島は一瞬だけ、返事に困った。電話があってからすぐに来たので、待たせてはいないはずだ。言いがかりをつけられていることを理解して、とりあえず頭を下げる。

「こういう場合、朝一番で謝りに来るのが当然ではないのかね」

「誤解をとくために、報告にうかがおうと考えておりました」

「誤解？」

　副署長はわざとらしくくりかえした。

「すると君は、これらの記事を書いた記者も、発表した警察も、それどころか亡くなった方も誤解していた、というのかね。遺族に対して、あなたの娘さんは誤解して自殺した、と言えるのかね」

　矢島は目を伏せた。もし、新田が本当に税務署の追及に悩んで自殺したのなら、こういう言い方をされても仕方ない。罪を認めようとしない往生際の悪いやつ、と思われ、さらに非難されるだろう。だが、身内ならまずは信用してほしい。

「亡くなった新田さんを呼んで事情を聞いたのは事実です。しかし、私たちは彼女を責めてはいません。むしろ、過剰労働の被害者として救済しようとしていました。彼女は最初は労働者であることを否定していましたが、最後は説得に応じてくれました。後日、会社を辞めると労働基準監督官に言っています」

副署長は矢島の発言を反芻するかのように、たっぷりと間をとってから口を開いた。

「どういうことだね」

理解しているのに聞き直すのが、副署長の嫌らしいところだ。矢島は忍耐力を発揮して、簡潔に伝えた。

「新田さんの自殺が、私たちのせいだとは思えません」

「しかし、遺書があるのだろう。偽物だとでも言うのかね」

「どういう事情かは私にはわかりかねます」

実際には、偽物である可能性は高いと思っている。たとえば、新田と連絡がつかなくなったときに、あらかじめ用意した遺書を持って様子を見に行くとか、社用のパソコンに偽のファイルを置いておくとか、第一発見者がエルズモードの関係者なのだから、方法はいくらでもある。

副署長は苛立たしげに首をふった。

「君がいくら自分のせいではないと言ったところで、世間の認識は変わらんよ。君がひとり非難されるならいい。だが、現実にはすべての職員が文句を言われ、後ろ指をさされ、調査がやりにくくなる。どうやって責任をとるつもりだね」

矢島は黙ってうなだれていた。すぐには返事ができない。

「身内だからわかってくれるはず、と思っているんだろう。だが、君が誤解をとくべきなのは私ではない。亡くなった女性のご遺族だよ。私が信じたって、何の意味もないんだよ。君ならわかるはずだがね」

なお無言でいる矢島に、副署長が針のごとき視線を向ける。

「わかっているんだろうね」

矢島は唇をふるわせてうなずいた。

言い方はともかく、副署長の言っている内容はまちがってはいない。矢島ははじめて、自分のおかれた状況を客観的に把握した。先日、メテオ企画で味わったのと同じような、いや、それ以上の衝撃で頭がおしつぶされそうだった。遺族を納得させることも、世間の認識をあらためることも、簡単にできるとは思えない。

迫りくる絶望が視界をせまくする。八方ふさがりとはこのことではないか。

「聴取は当然、録音してるだろうが、ほかに証拠はないのかね」

副署長は少し語調をやわらげた。むろん、矢島を助けようというのではなかろう。矢島の失敗は、上司である副署長の責任にもなる。みずからの保身を考えているのだ。

「日誌をつけていたそうですが、まだ見せてもらっていませんでした」

喜びかけた副署長が渋面にもどる。

「会社に奪われたのかね」

「わかりません。毎日の労働時間を記入していたようなのですが……」

「それが目的だったのかもしれんな」

副署長がつぶやいた。心の声がもれてしまったように思えた。

「とにかく、通夜でも葬儀でも行って謝ってきなさい。それから謹慎だ。もちろん、日時や場所は知っているんだろうね」

知らなかったが、矢島はうなずいた。黙礼して部屋を出る。ドアを閉めたあと、椅子を蹴るような音が聞こえてきた。

2

矢島は放心の態（てい）で、労基署のデスクにもどった。話しかけてくる者はいない。気を遣っているのか、それとも関わりあいになりたくないのか。

砧からメールが届いていた。新田の告別式の詳細を知らせるものだ。どこで調べたのかわからないが、ありがたい。日付は三日後、場所は佐賀県である。矢島はのろのろとパソコンを操作して、飛行機のチケットを予約した。つづいて、出張申請書の様式を開いて空欄を埋めていく。

頭はまったく働いていなかった。ただ、脳の一部が勝手に動いて、ロボットのように物事を処理していく。

キーボードに影が落ちて気づいた。背後に、西川がぼうっと立っていた。ふりかえって、目でたずねる。

「謹慎しろって命令されました」

覇気のない声だが、周囲には充分聞こえただろう。寺内がこちらに耳を向けている。

「非難されているのは税務署です。君たちは関係ないのではありませんか」

「でも、結びつけられるのは時間の問題だって」

「すみません」

つい謝ると、西川が怒りを爆発させた。

「矢島さんが悪いわけないじゃないですか！」

みながいっせいに顔をあげた。蛍光灯がふるえて、落ちてきそうだった。

矢島はあわてて西川を連れて廊下に出た。落ちつくように言い聞かせてからたずねる。

「謹慎は正式な処分ですか」

「ちがいます。説明したらわかってはくれたんですが、何も悪くないではすまされないから、まずは謝ってこいと。それが終わったらしばらく休めと言われました」

矢島と同じような内容だ。上が相談した結果かもしれない。

告別式が佐賀で営まれることを告げると、西川は即座に同行を申し出た。

「日誌をつけるよう勧めたのは彼女の母親だったはずです。もしかしたら、話が通じるかもしれません」

その点は矢島も考えたが、過度な期待は禁物である。

「塩をまかれる覚悟で行きましょう」

三日後、矢島と西川は佐賀県におもむいた。飛行機のなかでは、新聞を開いた西川が終始、歯を食いしばっていた。全国紙の一紙が特集を組んで、残業税を批判している。働く自由をそこなうとか、税の趣旨を逸脱しているとか、労働者から徴収するのはおかしいとか、導入時から指摘されている議論の焼き直しだ。さすがに新聞だけあって、逆に労働時間が増えたとか、生産性が減った、など事実と異なる主張はない。

「十年も批判の内容が変わらないのは、うまくいっている証拠です」

矢島は西川をなだめつつ、別のことを考えていた。

今回の件は、エルズモードが手をまわして、非難の矛先を税務署に向けさせている。それはまちがいない。過剰な労働による心身の損耗（そんもう）が自殺の原因であれば、エルズモードが非難されるからだ。その場合、新田と同じような若い女性を顧客とする事業の損害は大きいだろう。

では、なぜ失恋などのありふれた理由にせず、わざわざ敵をつくったのか。大々的に報道されれば、詳細に調べられるリスクがあるにもかかわらず、である。そこに個人的な感情を読みとるのはうがちすぎだろうか。メテオ企画も担当していた男だ。エルズモードの背後には税務コンサルタントの沼袋大輔がいた。メテオ企画は母体と名前を変えて事業をつづけるそうだが、沼袋はもう関われまい。税務署と労基署に対する恨みは容易に想像できた。税務署に新田が自殺したと伝えたのは沼袋かもしれない。

相手の考え方がわかれば、事態を打開するヒントが生まれる。そう信じて、矢島は思考をめぐらせていた。もっとも、目の前の難事から逃げたい気持ちも否定はできない。

飛行機は定刻通りに到着した。恨めしいほどの冬晴れだった。鞄の奥の折りたたみ傘は無駄になりそうだ。

矢島と西川は言葉少なに歩を進める。

告別式の会場は、佐賀市内の斎場だった。死因が死因だから、規模は大きくない。案内もなく、部屋も一番小さいようだ。線香のにおいとすすり泣きに迎えられて、受付へと進む。飾りきれない供花が廊下にあふれていて、故人や家族の人徳がしのばれた。

受付で香典を渡してから、芳名帳にどう書くか迷った。個人名を書けば、少なくとも式はとどこおりなく進むだろう。ここでいらぬ摩擦を引き起こすのは故人のためにもならない。そう西川と話して、ふたりとも納得したはずだった。

しかし、筆ペンを持ったとき、手がとまってしまった。逃げてはならない。正々堂々と所属を書くことが、潔白の主張につながるのではないか。横目で隣をうかがうと、西川も腰を曲げた姿勢で硬直していた。

後ろには列ができている。ためらっている時間はない。

ふたりはほぼ同時に、手を動かしはじめた。住所を書くと、あとは意識せずともペンが進んだ。

「中野税務署　矢島……」

そこまで書いたとき、奇声があがった。

「お、おまえ、税務署の人間か」

受付をしていた中年の男が、目を見開いて矢島を指さしている。人差し指がぶるぶるとふるえるうちに、顔が憤怒で真っ赤に染まっていく。

「出てけ！　今すぐ出てけ！」

あまりの剣幕におどろいた参列者が集まってきたが、受付の男をとめようとする者はいない。矢島を取り囲んで、口々に言いつのる。

「こいつがみずきちゃんを殺したと？」

「よくもまあ、顔を出せたもんたい」

「泥棒だけじゃ飽きたらず、人殺しまでするとか」

どの目も血走り、口が大きく開いて、つばが激しく飛んでいる。見知らぬ顔ばかりだ。矢島は肉体的にも精神的にもよろめいた。黒い服の怪物に包囲されているような気がした。悪意のかたまりが襲ってくる。逃れる場所はない。

「無実の罪で責められて、さぞ無念だったろうな」

「東京に出て好きな仕事について幸せだったのに、あんたがすべて奪ったんだ。この人でなしが」

ちがう。私じゃない。悪いのはエルズモードだ。

矢島は叫びだしたくなるのをこらえて、懸命に背筋を伸ばした。西川が後ろに立ってくれているのが心強い。

「みなさんは誤解しておられます。税務署は新田さんを追及してはいませんでした」

「言い訳するな。遺書があったんだろ、遺書が！」

受付の男が胸ぐらをつかんできた。

「やめてください」

矢島がとめたのは、割って入ろうとする西川である。仲裁であっても誤って怪我をさせてしまったら大変だ。

「きさまは人を殺しておいて、自分のせいじゃないと言うんか！」

胸ぐらをつかまれたまま、前後にゆすられる。痛みはほとんどないが、屈辱で目をつぶりたくなる。

ふいに人の輪がくずれて、胸に名札をつけた男が近づいてきた。

「どうかこの場はお引き取りください」

係員らしき男が、矢島に向かって言った。トラブルには慣れているようで、表情も声も冷静そのものだ。その態度に感化されたか、集まってきた人たちが一歩しりぞいた。受付の男もしぶしぶ、矢島をつかんでいた手を放す。

「ご迷惑をおかけしました」

矢島は服の乱れを直して、踵（きびす）を返した。西川とともに、斎場から引きあげる。入り口のところでふりかえったが、追ってくる者はいない。手をあわせ、深く礼をした。

「すみません。矢島さんばかり攻撃されて」

西川が大きな身体をちぢめて謝った。

「君が謝ることではありません」

矢島はハンカチを鼻にあて、うつむきかげんで歩いていた。

これが現実なのだ。覚悟はしていたが、ろくに話も聞いてもらえない。泥棒と言われたことは何度もあるが、人殺しははじめてである。予想以上に堪（こた）えた。どういうわけか娘の顔が頭に浮かんできて、涙がこぼれそうになる。

「おれ、どこかで新田さんに腹を立てていたと思うんです」

西川がふいに言った。

「せっかく助けてやろうとしてたのに、自殺なんかしてって。でも、そんな気持ちはなくなりました。悲しむ人を見て、新田さんが亡くなったこと……ちがうな、生きていたことを実感できたような気がしました」

西川が言いたいことは理解できた。矢島も似たようなことを考えていたからだ。そして、率直に言葉にできる西川がまぶしかった。

「ねえ、矢島さん」

いつにもまして大きな声で呼びかけられたように思ったが、すれちがう人は誰もふりむかなかった。

「おれが未熟だから、助けられなかったんですよね。十年後なら助けられるでしょうか」

矢島は立ちどまって、若い真摯な瞳を見つめた。靴の下で、砂利が音をたてた。

いい経験になったのはたしかだ。だが、個々の相談者は練習台ではない。亡くなった新田はもどってこない。失敗は取り返せないのだ。西川はそれを理解したうえで、たずねている。たずねているというより、誓っている。

しかし、西川の熱意がなければ、新田を目覚めさせることもできなかっただろう。

「まずは、次の犠牲者を出さないことです。やるべきことをひとつずつやっていきましょう」

自分に言い聞かせるように、矢島は告げた。


矢島は西川と別れ、セルフサービスのカフェで軽い夕食をとった。

出張は二泊三日で申請してある。告別式に参列するだけでなく、新田の遺族に面会するのが目的だった。

警視庁の日比野によれば、新田の自殺は事件性のないものとして処理されたという。遺体も遺品もそのまま遺族に引き渡されている。ニュースになったのは、税務署を責める遺書のせいだ。

「公務員が関係すると、小さな事件でもけっこうな確率で記事になるんですよ。気をつけてくださいね」

日比野はそう言っていたらしいが、実際に巻きこまれている者にかける言葉ではない。そのあたりのデリカシーのなさは、西川と共通している。

ともかく、住居の整理などはこれからだろうが、遺書などは遺族の手にある現状なのだ。

税務署への恨みをつづった遺書が公開されていないということは、今のところ、遺族が敵ではない証拠と言えるかもしれない。だが、今後、エルズモードとの対決を考えるなら、遺族は何としても味方につけなければならない。

　急に訪ねても逆効果になるのではないか。そういう懸念はあったが、何もせずに帰るのは、西川のみならず矢島の性にもあわなかった。まずは、新田みずきがどういう生活をしていて、何に悩んでいたのか、事実を知ってもらいたい。そのためには、何度断られても、粘り強く訪問するべきだ。遺族への謝罪は上からの命令だったが、そうでなくても、ふたりは逃げなかっただろう。

　もっとも、理性によって行動の必要をみとめても、動作はにぶかった。頭が命じても、心が動かない。高熱から解放された直後のように、精神と肉体が一致しない。矢島はホテルのベッドに身体を横たえて、眠れぬ夜を過ごした。

　翌日の朝、ふたりはホテルのロビーに集合した。西川は目の下にくまをつくっていた。普段、ろくに寝ていなくても元気だけはある男が憔悴（しょうすい）している。自分は確実にそれよりひどい顔をしているだろう。心労はいくら顔を洗っても、ひげをそっても、歯磨きをしても、とれないものだ。

　砧に調べてもらった住所まで、電車と徒歩で向かう。瀟洒なつくりの五階建てのマンションだった。外観より古いようで、オートロックではない。二階の部屋の前まであがって、インターホンで呼び出す。

　ややあって、男性の声で応答があった。

「中野税務署の矢島と申します。お悔やみを申しあげたいと思いまして……」

無機質な灰色のインターホンはしばらく沈黙していた。矢島は少し気持ちが楽になった。昨日のように、いきなり罵声(ばせい)を浴びせられることに比べれば、考えたり相談したりしているのはかなりの進展だ。

長くは待たされなかった。

「すみませんが、今日は勘弁してください」

矢島は一礼して引き返そうとしたが、西川が食い下がった。

「せめてごあいさつだけでもさせてください。私は労働基準監督官の西川と言います。みずきさんを救えなかったのは痛恨ですが、ほかにも被害者がいるんです」

今この場で言うのはまずい。矢島は西川のすそを引っぱったが、勢いのついた労働基準監督官はとまらない。

「もしかして、みずきさんの日誌をお持ちではないですか？　それがあれば、会社に相応の責任をとらせられます。みずきさんが亡くなった原因は過剰な労働なんです。遺書は偽物です。確認すればわかるはずです。だから……」

「帰ってください！」

怒りと哀しみの混ざった声が、西川の口を閉じさせた。

「理不尽に娘を失って、気持ちを整理する時間も与えてくれないんですか。娘はそんなに悪いことをしたんですか！」

「申し訳ございません」

西川が跳びはねるようにして頭を下げた。相手が見ているかどうかはわからないが、矢島も深々と礼をした。

「二度と来ないでください」

ぶつりと音がして、インターホンが切れた。そう言われるのも仕方がない。青くなった西川を連れて、矢島はマンションをあとにした。

「君の気持ちはわかりますから、謝らなくてもいいですよ」

先回りしてなぐさめたが、西川は気の毒なくらいしょげていた。

「あのまま帰れば印象も悪くなかったのに、おれが台無しにしてしまいました。あせっちゃダメだってわかってても、つい熱くなっちゃって……」

よくも悪くもそれが西川である。理解しているから、矢島は責めなかった。

しかし、話を聞いてもらうのが難しくなったことはまちがいない。いったん東京にもどって、後日出直さなければならないだろう。

西川がくりかえし謝るので、矢島は話題を変えた。

「その日誌はどこにあると思いますか。ご遺族の手に渡っているなら、こちらの主張をわかっていただけるはずです。そうでないということは、やはりエルズモードに奪われたのでしようか」

「いや、そうとはかぎらないです。実は一度、冗談めかして忠告したんです。日誌は盗まれるかもしれないから、信頼できる人にあずけたほうがいいって。そうしたら、じゃあお母さんかな、と言ってたので、実家に送るものだと思っていたんですが」

西川としては、自分にあずけてほしかったのだろう。だが、信頼関係を築くだけの時間は与えられなかった。

「わかりました。もしかしたら、母親の手元にあっても、まだ読むだけの心の準備ができてないのかもしれません」

矢島は西川に手紙を書くよう助言した。いざというときにこちらに連絡してもらえるよう、関係をつないでおきたい。訪問や電話は無理でも、手紙なら読むだけは読んでもらえるのではないか。こういうのはやはり、残業税調査官ではなく労働基準監督官の役目だ。

「わかりました。おれ、こう見えても、けっこう字がうまいんですよ。小学生のとき、習字に通ってましたからね」

西川は乾いた笑いを発した。冗談のつもりらしかったので、矢島もまた、少し笑った。

3

日程を短縮して帰京した矢島は、意外な客に迎えられた。招かれざる客である。

「沼袋という税理士の方がいらしてます」

大須賀に言われて、まず不審が先に立った。

「予告もなしにいきなり来たのですか？」

大須賀が眉をひそめる。

「えーと、昼頃に電話がありまして、夕方に帰社すると伝えましたが、まずかったでしょうか。また電話するとのことで、まさか直接来るとは思ってなかったんです」

「いや、別にかまいません。会ってみます」

矢島はデスクに鞄をおいて、応接用の会議室に向かった。

緊張するより当惑している。敵であるはずの沼袋が会いに来る理由がわからない。こちらの様子を探るためか、あるいは取引でももちかけてくるのか。矢島は寝不足による体調不良を自覚していた。普段以上に、言葉に注意しなければならない。

軽くノックして、会議室に入る。初老の男が椅子にすわって、タブレット端末をいじっていた。矢島を見て、ゆっくりと立ちあがる。

「お世話になっています。税理士の沼袋です」

指先の動きをたしかめるような仕草で、沼袋は名刺を差しだした。「税務コンサルタント・税理士」という肩書きが記してある。

沼袋はつかみどころのない印象だった。中肉中背の体格にのっぺりとした顔で、頭髪は多くも少なくもなく、中央で分けてセットしている。視線に鋭さはなく、左右に泳ぎがちだ。紺色のスーツはおそらく既製品で、ネクタイも個性のない紺色である。ごく普通のサラリーマンにしか見えず、一度会っただけでは顔をおぼえられないかもしれない。

互いに観察の時間が終わると、沼袋のほうが口火を切った。

「矢島さんは優秀な調査官だそうで、しがない税務署員だった私にはまぶしいかぎりです」

お世辞というより嫌味に聞こえた。矢島は無視してたずねる。

「今日はどのようなご用件でしょうか」

「たいした用はありません。私の顧客が迷惑をかけたというので、お詫びに、と思いまして」

沼袋はいったん口を閉じてから、もう一度開いた。

「お忙しいとは思いましたが、明日になったら、ここに来ても会えないかもしれませんのでね」

「どういう意味でしょうか」

「いえ、ただの勘のようなものです。お気になさらず」

思わせぶりな表現である。まだ謹慎処分は確定していないが、その情報を得ているのだろうか。それとも、さらなる攻撃の予告か。

気にするなというので気にしないようにして、矢島は沼袋を見つめた。視線はあわないが、目を見たまま、相手の言葉を待つ。会いに来たのが嫌がらせだとしたら、反応を楽しんでいるはずだ。反応を示さなければ、さらなる情報を与えてくれるかもしれない。

「私も経験しましたが、税務署の仕事は報われないことが多いですな。社会のために働いているのに、ほとんど感謝されない。不満に思うことはありませんか？」

沼袋はテーブルに両手をおき、指を組み替えながら話す。その動きがロボットのようにぎくしゃくとしているのが不気味だ。

「感謝されるために働いているわけではありませんので」

矢島が答えると、沼袋は薄く笑った。

「思ったとおりの優等生ですな。では、今のお気持ちはいかがですか。やってもいないことで理不尽に非難されている。そういう状況だとお見受けしますが」

その状況におとしいれたのはあなただろう。そう言いたいところだが、矢島は挑発には乗らなかった。

「私は外部の状況にまどわされず、自分の仕事をこなすだけです」

「ご立派だ。では、こう考えてみたことはありませんか」

沼袋ははじめて目をあわせた。どんよりとして暗い情念を秘めた瞳だ。脱税をする経営者とは種類の異なる、それは危険な瞳だった。

指をかくかくと動かして、沼袋は言う。

「あなたがおかれている状況は、実はよくあることなんです。まじめに商売をしているのに、ある日突然、乱暴な調査が入り、脱税の罪を着せられ、さらにはブラック企業のレッテルを貼られ、マスコミに攻撃される。何も悪いことはしていない、必死で働いているだけなのに、よってたかって悪者にされて、すべてを失ってしまう。そういう経営者がよくいたんですよ。ほら、今のあなたと同じでしょう」

矢島は冷ややかに相手を見つめるだけで、返事をしなかった。単なる悪党の言い逃れだ。法に触れたら、罰を受けるのが当然である。ときに社会的制裁が度を越すようにも感じられるが、そもそも罪を犯さなければいいだけである。

「私はね、そういう不幸な経営者を救ってあげたいと考えているんです。そのために、ぜひ税務署にもご協力を願いたい」

沼袋が指の動きをとめた。ご協力を、というのは方便だろう。宣戦布告されたと矢島は受けとった。沼袋自身か、あるいは別の者の代弁をしているのかわからないが、よほど税務署が憎いのだ。いや、憎いのは社会だろうか。

矢島は姿勢も表情も変えずに応じた。

「おっしゃることの意味がよくわかりません。私としては法に則(のっと)って、公正に職務を遂行するのみです」

「そう言うだろうと思ってましたよ。来た甲斐(かい)がありました」

沼袋は薄笑いを浮かべて席を立った。

「見送りはけっこうです。では、明日を楽しみにしていてください」

ドアを開けて出て行く後ろ姿から、矢島はすぐに目をそらした。ヘアトニックだろうか。かすかな残り香が不快だった。それにしても、明日、いったい何があるのだろう。


翌日、矢島は始業の一時間前にはデスクについていた。昨日のうちにまとめた出張報告書を確認し、提出の準備をする。誰が読んでもわかるように、現状と今後の方針も書き添えた。矢島は法律はもちろん、就業規則にも行動規範にも反していないから、正式の譴責処分はおりないと思うが、エルズモードから手を引くようには命じられるだろう。その場合、別の署に引き継がせるのもひとつの方策だから、それに備えた用意もしておきたかった。

「ケンオウさん、おはようございます」

始業の十分前にあらわれた大須賀は、以前の地味な出で立ちになっていた。エルズモードで習ったメイクはやめたようだ。

あいさつを返した矢島は首をかしげた。大須賀が深刻そうな顔で、そのまま近づいてくる。

「ちょっとまずいことになってますよ。私、中吊りを見てコンビニで買ったんですけど」

大須賀が差しだしたのは、大手出版社が出している週刊誌だった。目次を開くと、すでに見慣れた文字が飛びこんでくる。

——総力特集・残業税の闇——

嫌な予感がした。沼袋が言っていたのは、この記事のことかもしれない。

「心の準備をしてから読んでくださいね」

そう言って、大須賀が席にもどる。矢島の反応を見ないのは配慮だろうか。

ページをめくって特集を斜め読みする。導入部に目新しさはない。エルズモード寄りの論調に顔をしかめながら読み進める。最後のページで手がとまった。


——関係者は語る。

「担当の調査官Yには有名なエピソードがあります。妻の実家の工場を脱税で告発したのです。もちろん、罪は罪ですが、必死で頑張っている町工場が犯した一度の過ちです。取るに足らない額でしたが、風評被害もあって工場は倒産しました。Yはこの件が原因で離婚されています。そういう人間ですから、追及は厳しいですよ。一円の脱税も許さずに、とことん追いつめます。実績はずば抜けてますが、それはすなわち、多くの人を泣かせているということですからね。Ｙに目をつけられたエルズモードが不運だったということでしょう」

税務調査は修正申告をして追加の税金を払わなければ終わらない、という声がある。いわゆる「お土産」だ。調査官のさじ加減で課税額が決まるともいう。残業税の調査にも似たようなところがあるのだろう。なぜ、Ｎさんは死ななければならなかったのか。ひとりの調査官の復讐心や功名心が原因なのか。次回は税務署のタブーともいわれるノルマの存在に迫る

矢島は記事を三度読み返した。ページを破り捨てようとして、大須賀が買ったものだと気づいて思いとどまる。

眼鏡をとり、ハンカチに顔をうずめた。矢島個人を攻撃してくるとは、考えてもみなかった。すでに過去のことと割り切ったつもりであったが、胃のあたりから不快感があがってきて、口のなかが苦くなる。頭がぐるぐるとまわって、自分が立っているのかすわっているのかわからない。

「どうした、ケンオウ。二日酔いか?」

寺内が背後を通りながら、軽く頭を叩いてきた。顔をあげた矢島は、寺内の鞄から件の週刊誌がのぞいているのを見た。

やけ酒でも飲みたい気分だ。酒が飲めないくせにそんなことを思いながら、矢島はパソコ

ンに目を移した。始業時間なので、作業のつづきをしたいのだが、頭がまったく働かない。

ディスプレイにさっきの記事が映っているような気がする。

沼袋が糸を引いているのは確実として、なぜ矢島を標的にするのか。個人的に恨みを買うおぼえはない。

「ケンオウさん……」

大須賀が遠慮がちに声をかけてきた。直感的に用件がわかった。

「副署長ですか」

「はい、すぐに来いって」

矢島はパソコンの電源を落として立ちあがった。ひとりで考えているより、副署長に嫌味を言われているほうがまだましに思える。

できあがったばかりの報告書を持って、コートも着ずに税務署へおもむいた。副署長は個室で待っていた。

「読んだかね」

副署長はいきなりたずねてきた。

「はい。でも、その前にこちらに目を通してください」

報告書を差しだすと、副署長は受けとってさっと目を走らせた。

「ご遺族には会えずじまいか。進展はなかったようだね」

「はい、申し訳ございません」

まあよい、と副署長は報告書をデスクに放り投げた。

「いろいろつらいだろう。君はしばらく休みたまえ」

「正式な謹慎処分ですか」

副署長は質問に答えなかった。

「とりあえず一ヵ月。診断書が出るなら、半年は休ませられる。それだけ経てば、ほとぼりも冷めるだろうね。もちろん、君しだいでもっと長くてもかまわない」

そう言われて、黙ってうなずくわけにはいかない。矢島は反論を試みた。

「私は何らかの罪を犯したのでしょうか」

「君のためを思って言ってるんだ」

副署長は沸点ぎりぎりの表情で矢島をにらんだ。

「陰口を叩かれ、好奇の目にさらされて、君はまともに仕事ができるのかね。たとえ君がよくても周りが迷惑する。みなのために休みなさい」

副署長はあくまでも自主的に休職というかたちをとらせたいようだ。そのほうが自身の評価が下がりにくい。いや、単に休ませたいだけだろうか。

「もしかして、辞めろとおっしゃっているのですか」

「そうは言ってないが、君がそういう選択をするのはやむをえないと考えている」

「私は辞めるつもりはありません」

副署長は大げさに嘆息した。

「君が仕事熱心なのは認めるが、それがプラスに働くとはかぎらんのだよ。あまり意地を張ると、あのくだらない記事が事実になってしまうぞ。そう思わんかね」

思いません、と言いたいところだったが、矢島はこらえた。ここで自制してしまう自分がつまらない男であるように思えた。

返事がないことは気にせずに、副署長は言葉を足す。

「私はもう君が悪いとは思っていない。あの記事はナンセンスだ。週刊誌なんてものは、事実かどうかより、売れるか売れないかで記事をつくるものだからね。君の過去を書いたのも、それで読者がおもしろがるからだ。だから、君が悩む必要はない」

「でしたら……」

言いかけた矢島をさえぎって、副署長はつづけた。

「しかし、以前にも話したが、私たちがわかっていても仕方がないのだよ。すでに後任には目星をつけている。君の仕事のやり方なら、引き継ぎもいらんだろう。この報告書もよくできている。だから、休みたまえ。明日から、いや今日の午後からでかまわない。わかったね」

矢島はうつむいて、唇をかみしめた。これ以上、言葉をついやしても、副署長の考えは変わらない。副署長個人の意思もくわわっているだろうが、その背後にあるのは組織の論理だ。矢島を切り捨て、あるいは隠して、危機をやりすごそうというのだろう。

組織の意図はわかった。では、自分はどうするのか。ほとぼりが冷めるのを待つのが、本当に最善なのか。そうではないと思っても、組織に反して動くのは容易ではない。

「聞きたいことがあるかね」

質問のかたちで退室をうながされて、矢島は部屋を出た。

無意識のうちに労基署にもどり、自分の席についた。このデスクやパソコンも後任が使うのだろうか。矢島の周りはいつも整理されているが、私物が皆無ではない。ペン立てやノートなどをのろのろと片付ける。

「何をぼうっとしてんだ」

寺内に頭をはたかれて、矢島は目をしばたたいた。

「休めと言われたか？」

矢島ははいと答えて、身体ごとふりかえった。

「でも、納得できません。私はこの件を最後までやりとげたいと思っています。エルズモードの違法労働行為と残業税の脱税はまちがいありません。追及して立件することが私の責任であり、亡くなった新田さんに報いる道です。私はひとりになっても、エルズモードと戦うつもりです」

それは、主張に似せた愚痴や泣き言の類だったかもしれない。副署長に言えなかったことを、矢島は口にしていた。

「思いあがるなよ」

寺内の反応は辛辣だった。

「おれたちは税務署っていう組織の一員だ。組織にいるから仕事ができるんだ。自分勝手に動いたって、何の成果もあがらんさ。それどころか、迷惑千万だ。会社に休めと言われたら休め。おれが見ても、それが一番だと思うぞ」

矢島はむっとして言い返す。

「寺内さんが権威主義者だとは知りませんでした。もっと自由な人だと思っていました」

「おれは昔から長いものに巻かれるタイプだよ。子供ができてからはなおさらな。悪いことは言わん。黙ってしたがえ」

「失望しました」

「勝手に期待されても困る」

寺内は言い捨てると、靴音をひびかせて自席へもどった。

矢島は無言で片付けを終え、一週間分の休暇願を書きはじめた。書類をととのえるのは自己防衛の手段である。考えたくないが、無断欠勤でクビになる可能性が皆無とは言えない。

自分は甘い期待をいだいていたのか。寺内ら同僚が応援してくれて、組織にもエルズモードにも対抗できると思っていたのか。思っていたから失望したのだろう。自分が恥ずかしくなる。

悔しくても、今はしたがうしかない。きっかけがあれば、潮目が変わるだろう。正義を信じて待つのだ。

砧に事情を知らせてあいさつすると、ほどなくしてメールが返ってきた。

「調べてほしいことがあったら言いなさい」

応援されているというより、煽られているように感じた。こういう場合、砧ならどうやって打開するのだろう。少なくとも、おとなしく謹慎するはずはない。

ふと、砧も以前、同じような状況におちいったのかもしれない、と思った。このままだと、矢島も砧のように調査担当に異動になる可能性がある。というより、辞表を出さなければ、異動は確実ではないか。

まあいい。それならそれで、与えられた場所で働くだけだ。砧と同じレベルの仕事はできないが、裏方にまわっても公正な課税に尽くすことはできる。

書き終えた書類は大須賀にあずけた。

「きっと、すぐにもどれますよ」

微笑に苦笑を返して、矢島は帰途についた。会議で不在らしい西川には会わないつもりだった。大騒ぎになるだろうから、気持ちが落ちついてから連絡したほうがいい。

しかし、労基署を出たところで見つかってしまった。

「矢島さん、待ってください」

大声で叫びながら、西川が走ってくる。逃げ切れるはずはないし、叫ばせておくのは周りに迷惑だ。矢島はあきらめて立ちどまった。西川が追いついて、息も切らさずに問いつめてくる。

「どうして何も言わずに帰るんですか」

「あとで説明するつもりでした。君は私のことは気にせず、いつもどおりに仕事をしてください。そのうち、私の後任が来るでしょう」

「おれには関係ないですよ」

矢島は眉をひそめた。

「まさか、妙なことを考えていないでしょうね」

「まだ考えてないです」

西川は意味ありげに笑った。

「やっぱりおれも謹慎だそうです。いずれこっちにも火の粉がふりかかってくるから、先手を打つんだそうです」

労基署もお役所である。考えることは同じだ。矢島はため息混じりにさとした。

「君はまだ若いのですから、おとなしくしたがっておいてください。私はああいう目立ち方をしてしまったので、内勤になると思いますが、この仕事を辞めるつもりはありません。いずれまた、いっしょに仕事をすることもあるでしょう」

「矢島さんはそれで納得してるんですか」

していいるわけがない。思いを押し殺して、矢島は笑おうとした。成功したかどうかはわからない。

「エルズモードの件は後任に託します。因縁のある私たちがやるより、そのほうがいいでしょう」

西川は憤慨して足を踏みならした。

「本当にそう思ってるんですか！」

子供っぽい仕草だが、大男がやるとかなりの迫力がある。矢島は一歩さがって答えた。

「私たちがどう思っていようが、関係ありません。組織の方針に反して動くわけにはいきません」

先ほどの寺内のようなことを言っているという自覚はあった。西川はしばらく黙って矢島を見おろしていたが、ふいに踵を返した。

足早に遠ざかる後ろ姿を見送りながら、矢島はこれでいいのだ、とつぶやいていた。

仕事のために妻と娘を失って、矢島には仕事しか残らなかった。そしてその仕事も奪われて、矢島はからっぽになった。

4

ほとんど趣味のない人間である。スポーツにも映画にも音楽にもゲームにも興味がない。本や漫画は学生時代に読んでいたが、就職してからは仕事に関係するものしか手にとらなくなっていた。急に時間が与えられても、するべきことが見つからない。

よい仕事をするには休養が必要だ。誰かがそんなことを言っていた。とにかく休もうとしたが、ベッドでごろごろしていたのは半日だけだった。

眠ろうとすると、まぶたの裏にいろいろな顔が浮かんでくる。亡くなった新田みずきだったり、告別式の会場で罵(ののし)ってきた男だったり、西川だったり娘だったりした。だらだらと過ごすのは無理だ。

翌日からは図書館に通って、法律や経済の本や雑誌を読んだ。仕事に関係することをしていないと、息ができなくなるような気がしていた。食事をとりに飲食店に入れば、例のごとく従業員の配置をチェックしてしまう。

ひとり言も増えた。

「今日はやけに冷えますね」

「あと一章読んだらお昼に行きましょう」

考えたことが無意識のうちに口から出る。隣の人にぎょっとされたが、矢島は気にしなかった。

唯一、予定が入っていたのは土曜日である。娘との面会日だ。週刊誌の件があるので、延期になるかもしれない、と怖れていたのだが、かつての妻はいつもと変わりがなかった。週刊誌にはふれることなく、メールで事務的にやりとりして、待ちあわせの場所や時間を決める。

その日、矢島は朝早くに自宅を出て、在来線で宇都宮まで出かけた。普段は新幹線を使うのだが、どうせ暇な身である。なるべくお金をかけたくない。約束の一時間以上前に着いてしまったので、待合室で時間をつぶした。

ただ待っていると、不安がつのってくる。あの記事のせいで、娘がいじめられたりしないだろうか。矢島が父親だとばれたら、人殺しの娘と言われるかもしれない。縁を切って、二度と会わないほうがいいのだろうか。いや、そもそも娘に非難される可能性だってある。そうなったら、黙って帰るしかない。悪いほうへ悪いほうへと考えてしまう。

待ちあわせの時間ちょうどに、かつての妻と娘の茜があらわれて、矢島は救われた。

「あまり元気そうには見えないわね」

会うなり、ずけずけと言われた。

「ま、気分転換していけばいいわ」

週刊誌のことを知らないはずはない。元の義父が嬉々としてふれまわっているに決まっている。だが、彼女は仕事のことを訊こうとはしなかった。矢島もあえて話そうとはしない。

昼食を食べる予定のレストランに着くと、かつての妻はまたあとで、と片手をあげた。

「今日も同席はしないのかい？」

たずねると、にこりと笑う。

「三人そろってたら、家族みたいじゃない」

「でも、たまには……」

矢島の誘いは中途でさえぎられた。

「それに、わたしがいたら、わたしの悪口を言えないでしょう。邪魔者は消えるわ」

この日も引きとめることはできなかった。けじめだから、と離婚を要求した彼女である。三人で食事をしないのも、そのけじめなのだろう、おそらく。顔を見るのも嫌だから、などとは思いたくない。

父子ふたりで席について、パスタをメインにしたランチセットを注文した。娘と久しぶりに向かいあうと、いつも緊張する。最初の話題は何がいいだろうか。勉強か、それとも友達か。この前悩んでいたピアノは結局、つづけているのか。

先に口を開いたのは娘のほうだった。

「ママも変なこと言うよね」

なぜだかどきりとして、矢島は訊き返した。

「変なことって？」

「だって、パパはいつもいないけど、ママはパパの悪口なんか言わないよ」

ふいに、目の前が明るくなったような気がした。

「そうか。パパもママの悪口は言わないよ」

「うん、知ってる」

軽やかに答えて、茜はサラダにフォークを突っこんだ。しばらく食べてから、思い出したように顔をしかめる。

「あ、でも、おじいちゃんは言うなあ、悪口」

「それは仕方ない。パパはおじいちゃんに嫌われてるから」

矢島は苦笑してから、元の義父の名誉のためにつけくわえた。

「ただ、おじいちゃんはパパが目の前にいても言うけどね」

「そうそう、この前もね……」

茜は何か言おうとして口ごもった。水を飲んで、話題を変える。

「今度、ピアノの発表会があるんだ。ピンクのひらひらのドレス着るんだよ」

娘が言おうとしたことも、話題を変えた理由も見当がついた。だが、それよりもピアノのほうが重要だ。

「ピアノはつづけてるんだね」

「うん、四年生まではやるつもり」

「どうして四年生なの？」

「四年生になると部活がはじまるし、塾もいっぱい行かなくちゃいけないから。でも、もっと上手になって、コンクールとか出られるようになったらつづけるんだ」

そうかそうか、と矢島はうなずいた。娘の成長がうれしくて、目もとがじんと熱くなる。もし面会が一年とか半年に一度だったら、会うたびに泣いているだろう。

茜はぎこちないフォークさばきでパスタを頬張りつつ、学校や家での出来事を楽しそうに話した。九九の暗唱も披露してくれる。勉強でいきづまっているところはないようで安心した。目下の悩みは、足が遅いことだという。

「運動会でね、ビリから二番目だったの」

「パパも遅かったから、気持ちはわかるよ。まあ、一生懸命がんばったらそれでいいんじゃないかな」

矢島は言葉を選びながら言った。子供はどこで傷つくかわからないので、答えには気を遣う。

「うん、先生はみんなえらいって言ってた。でも、一番えらいのは一等の子だよね」

「そうだね。勉強でも運動でも一番になるのはすごいことだよ」

「ほんと？」

茜は目を輝かせた。椅子の下においたリュックから、小さな巻紙を取りだす。もったいぶって見せてくれたそれは、一等賞の賞状だった。

「長なわとびで、あたしたちの班が一等だったんだ」

誇らしげに胸をそらせる娘がまぶしい。矢島は一時、仕事のことを忘れて、娘を褒めたたえた。

ひとしきりしゃべって、茜は疲れたようだった。デザートのケーキをつついて、かすかに眉を寄せている。

「どうした？　お腹いっぱいなら、残していいよ」

ううん、と茜は首をふる。ケーキを口に入れて、一瞬だけ笑顔になり、また眉をくもらせる。

そして、ケーキを飲みこんでから、言いにくそうに切りだした。

「ママは言わなくていいって言うんだけど……最近、おじいちゃんがうるさいんだよね」

やはりきたか、と思った。

「パパに会うなって？」

茜はうなずいて、そのまま目を伏せる。

「変な本を見せて、パパはこんなに悪いことしてるって言うの。人殺しだって。ほんとなの？　もう会っちゃいけないの？　うそだよね、ぜったいにうそだよね」

必死の訴えに、胸がしめつけられた。娘を悩ませてしまった自分への怒りと、まだ必要とされているという喜びが交錯して、息がつまりそうになる。全力をあげて、娘を安心させてやらなければ。

矢島は手を伸ばして、娘の髪をなでた。

「パパは悪いことはしていない。それはまちがいない。だから、茜が会いたいと思えば会えるよ。パパはいつだって、茜に会いたいから」

自分で言いながら、涙ぐみそうになった。目の前の茜が脳裏で大きくなっていく。中学生になり、高校生になり、大学生になる。そして社会に出て、いずれ……。

会えなくなるなんて耐えられない。生あるかぎり、成長を見守りたい。

「パパ？」

茜が顔をあげていた。別の方向に心配させてしまったようだ。矢島は照れくさくなってたずねた。

「ママはどう言ってたんだい？」

「うんとね……」

茜が目線を天井に向けて、記憶をたどる。

「パパはね、赤信号をわたらないんだって。車が通ってなくて、誰も見てなくても、絶対に信号を守る人なんだって」

的確と言えるかもしれない。矢島はそういう男である。まじめで融通が利かず、おもしろみがない。ルールを遵守して、違反を絶対に許さない。そのせいで、人を傷つけることもある。でも……。

「あたしも信号、ちゃんと守ってるよ」

茜がにこりと笑った。天使の微笑みだった。

矢島は目を見開いて、娘を見つめた。

「だって、ママが言うんだもの。そういう人、かっこわるく見えるけど、本当はすごくかっこいいんだって」

思いがけない言葉に、矢島は目をこすった。

「そう、かな？」

声がかすれた。娘の顔がぼやけて見えなくなっている。頬がほてって、身体がふわふわする。足が地に着いている感触がない。

エネルギーが身体中に満ちてくる。

あの人がそう言っていたことがうれしかった。娘に伝えてくれたことがうれしかった。

この不器用な生き方をみとめてくれる人がいれば、これからも頑張れる。

「パパ、大丈夫？」

「ああ、うん、大丈夫だよ。そろそろ出ようか」

カップの底に残っていたコーヒーを飲み干して、矢島は立ちあがった。会計をして、店を出る。

それから、少し早めのクリスマスプレゼントを選ぶために移動する。新しい自転車を買うことになっていた。はじめて自転車を買ったのは茜が三歳のときだ。お姫様の絵が描いてあるピンク色の自転車だった。補助輪がついていても、茜はなかなか乗りこなせず、心配になったものだ。

「もう補助輪は使っていないよね」

「もちろん。あたし七歳だもん」

頼もしいかぎりだ。茜は何台も試してから、シンプルなかたちの黄色い自転車を選んだ。キャラクターものは恥ずかしいのだという。

ありがとう、とくりかえす娘をまとわりつかせて、矢島は駅前の待ちあわせ場所へもどった。一分遅れて、かつての妻が到着する。

「あら、すっかり顔色がよくなったじゃない」

「茜のおかげだよ」

「わたしの教育のおかげでしょ」

矢島が素直に礼を言うと、かつての妻は組んでいた腕をほどいた。

「それで、やるべきことはわかった？」

「ああ、やるだけはやってみる」

矢島は決意していた。このまま会社にしたがっていたら、汚名を着せられたままになる。それは矢島だけの問題ではない。娘にも関わってくるのだ。逃げるわけにはいかない。エルズモードと戦って、不正を暴き、真実を知らしめなければならない。それが矢島の仕事である。したがうべきは会社ではなく、自分の良心だ。

「じゃあ、がんばって」

元の妻と娘の声に送られて、矢島は改札に向かった。来たときとはまったくちがう顔つきで、前を見すえて歩く。東京に帰るために乗ったのは、新幹線だった。

5

矢島はその日の最終便で佐賀に飛んだ。やはり新田の遺族と話をしたい。彼らならわかってくれるような気がしていた。しばらく出社の必要はないのだから、毎日でも通って誠意を見せるつもりだ。

翌日の日曜日、矢島は十時過ぎに新田の両親のマンションを訪ねた。インターホンを押しても、反応はない。なかから様子をうかがっている雰囲気もなかった。留守のようだ。午後にでも出直そうかと思ったとき、隣の部屋のドアが開いた。

「あーたら、また来たと?」

初老の女性がにらみつけてきた。会ったことのない人だ。いや、もしかしたら告別式で見られていたかもしれない。矢島が答えに迷っていると、女性はほうきをふりかざした。

「二度と来るなと言ったじゃろ。警察ば呼ぶぞ」

「ちょ、ちょっと待ってください。私はあやしい者ではありません」

矢島は後ずさりながら弁解した。それでも、女性がほうきを突きだしてくるので、仕方なく退散する。

まさか、西川が来て暴れたのではあるまいな。急に不安になった。声が大きく、集中すると周りが見えなくなる男ゆえ、近所に迷惑をかけることもありえる。だが、常識はわきまえているから、警察を呼ばれるようなことにはならないはずだ。

矢島はマンションの階段を下りて、辺りを見回した。西川の巨体はないが、スーツ姿の同年代の男と目があった。こちらに近づいてくる。

「新田さん、まだ帰ってないだろ。やっぱり逃げちゃったのかなあ。何か知ってる?」

馴(な)れ馴れしく話しかけられて、矢島は当惑した。

「失礼ですが、どちら様でしょうか」

警戒しながらたずねると、男ははっと目をみはり、軽く頭を下げた。

「すみません。同業者だと思ったんで」

男はそそくさと走り去って、駐めてあった車に乗りこんだ。だが、車は動き出さない。エンジンをかけるでもなく、車内にとどまっている。

矢島はようやく思いあたった。あれは雑誌の記者にちがいない。新田の遺族からコメントをとろうとしているのだ。先ほどの女性が怒っていたのも、矢島を記者だと勘違いしたからだろう。今の男のように不躾な態度なら、怒りを買うのもうなずける。遺族は記者の追及から逃れるために、どこかに避難しているのではなかろうか。

事情は推測できたが、状況はかえって悪くなった。避難先はとても見当がつかない。遺族の勤め先や携帯電話の番号も知らない。手がかりがなくなってしまった。

夕方にもう一度、マンションを訪ねたが、やはり留守だった。もう少し待つか、いったん東京に帰るべきか。その前に、明日になったら同僚と連絡をとってみようか。砧なら何らかの情報を手に入れてくれるかもしれない。西川がどうしているかも心配だ。

矢島はその日も佐賀に泊まった。翌朝、始業時間を待って電話を入れようとしたときである。

かけようとした先から電話があった。偶然ではない。向こうもタイミングを計っていたのだろう。矢島は期待と不安を半分ずつ抱えて、通話ボタンを押した。

「ケンオウさん、今どこですか」

大須賀の声が耳に飛びこんできた。かなりあわてているように感じられる。

「佐賀に来ています。緊急事態でしょうか」

「はい。西川さんが大変なんです」

どきりとして、矢島は携帯電話を持ち直した。質問する前に、大須賀がつづける。

「週刊誌の編集部に乗りこんじゃって、騒ぎになってるみたいなんです。労基署のほうから、ケンオウさんじゃないと抑えられないからって、依頼があって」

「まさか、暴力沙汰とか……」

後ろで笑い声が聞こえた。寺内だろうか。

「そうじゃないみたいです。なんか、締切前の編集部に居座って、全員の労働時間を記録して監視してるとかで、すごい迷惑をかけてるって」

矢島は一瞬、絶句した。それはたしかに笑い事かもしれない。締切前の編集部は戦場のような場所だろう。そこに西川が陣取っていれば、さぞやりにくかろう。うまい復讐を考えたものだ。

「……それは彼本来の仕事でしょう。問題があるとは思えませんが」

「でも、管轄外ですし、西川さんは実質的には謹慎中ですから、労基署でも困ってるらしいんですよ。このままだと、懲戒の対象になりかねないって」

「そうですか」

矢島は眉をひそめた。西川の気持ちはありがたかったが、自分を犠牲にしてほしくはない。説得できるのが矢島だけだというのも理解できる。

「わかりました。すぐに電話します」

「それから、矢島さんにも報告があるので、休暇が終わったら、ちゃんと出社してくださいね」

返事をして電話を切ってから気づいた。報告とは何だろう。出社してもいいのだろうか。だが、今は西川を止めるのが先だ。

矢島は水をひと口飲んでから、西川に電話をかけた。一回のコール音で、聞き慣れた大声がひびく。

「西川です。どうかしましたか？」

「どうかしましたか、ではありません。編集部に乗りこんだそうじゃないですか。謹慎が長引くようなことはやめてください」

「すみません。どうしてもおさまりがつかなくて……でも、ここの人たち、話せばけっこうわかるやつらですよ。学生時代の知りあいの知りあいとかもいて、仲良くやってます。でなきゃ、何日もいられないっすよ。ただ、例の件については、それは仕事だから仕方ない、みたいな感じですが」

　矢島は聞こえるようにため息をついた。何日も、とはどういうことだ。

「とにかく、みんなが迷惑してますから、いったんもどってください。私も東京に帰ったら出社しますから」

「矢島さんはどこにいるんですか」

　佐賀にいる事情を説明すると、西川は憤激して編集部に確認した。送話口はおさえているようだが、はっきりと聞こえている。

「たしかにスタッフが取材に行ってるそうです。失礼なことはやめるよう言っときました」

「ありがたいですが、これ以上そこにいると、君の将来も危うくなってしまいます。もう勘弁してあげてください」

「わかりました。じゃあ、引きあげます」

　西川が承諾したので、矢島はほっと息をついた。

　次は自身の問題である。書類上は明日まで休みの予定だが、大須賀の電話では出社してもよさそうな雰囲気だった。

　一番早い飛行機のチケットを手配したあと、砧にメールで問い合わせた。何か新しい展開があったのだろうか。

「出社したらわかる」

返答はそれだけだった。

東京は大荒れだった。風が強いせいで飛行機がなかなか着陸できず、一時間近く遅れて到着した。駅のホームでは、身体を芯まで冷やす雨が横から叩きつけてくる。凶兆としか思えない天候だったが、矢島の心ははやっていた。大須賀の態度と砧の短いメールから判断するかぎりでは、状況は好転していそうだ。

折りたたみ傘は役に立たず、矢島は駅から走って、労基署にたどりついた。黒いコートに無数の水滴が浮いている。ドアの前で払ってなかに入り、暖かい空気にふれてひと息ついた。

前回、佐賀から帰京したとき、待っていたのは沼袋税理士だった。今度は西川と大須賀が出迎えてくれた。

「おかえりなさい。よかったです。もう少し遅かったら、机がなくなるところでしたよ」

大須賀がさらりと言った。一週間で後任が来るとは思えないが、副署長ならやりかねない気もする。

「さあ、反撃の時間だ」

西川は袖をまくって気合いを入れている。編集部に詰めていたなら、ろくに寝ていないはずだが、今日は元気いっぱいだ。いつもの西川にもどってくれたようで、ほっとする。気落ちしたままでは、反撃はままならない。

囲気がちがう。

「いや、おれはまだ知らないっす。矢島さんが来てからって言われてて」

知らないのに盛りあがっているのか。矢島が西川にあきれた視線を向けると、大須賀が声をあげて笑った。無理をして明るくしている感もあるが、それでも、休む前とはまったく雰囲気がちがう。

そのまま会議室に移動して、大須賀から話を聞いた。

「先週、あの橋本ってエステティシャンに会って、いろいろ訊いてみたんです」

「どうして、そんな」

矢島は目を丸くした。エルズモードにはふれないというのが、上の方針ではなかったのか。それでなくても、人が亡くなっている案件だ。大須賀の安全も保証できない。

「私が最初に調査をはじめた件なんですよ。このまま終わったら、私だって寝覚めが悪いです」

大須賀が胸を張ると、西川が拍手した。

「意外に男らしいんですね。見直しました」

「それって、褒めてるんですか?」

大須賀が口をとがらせる。矢島は咳払いしなければならなかった。寺内がいるわけでもないのに話が進まない。そういえば、まだ寺内を見ていなかった。訊いてみると、大須賀は顔をしかめた。

「寺内さんなら、自分のデスクですねてます。ケンオウはまだ休みのはずだ、クビになっても知らんぞ、なんて言っててました。私もけっこう怒られたんですよ。勝手なことするなって。あの人って、意外に男らしくないですよね」

「寺内さんには寺内さんの考えがあるのでしょう」

矢島はいったんまとめて、大須賀につづきをうながした。

「橋本さんも思うところがあったみたいで、すごく協力的でした。彼女が言うにはエルズモードは必死になって新田さんの日誌を捜しているそうです。毎日のようにあずかっているものがないか訊かれるって」

「じゃあ、まだ見つかってないんだ！」

西川がすばやく反応した。

「こっちが先に見つければ、逆転できる」

興奮する労働基準監督官をよそに、甘いのではないか、と矢島は思った。

「それほど簡単ではありません。私たちは警察ではないので、できることはかぎられていま す」

日誌がエルズモードの手に落ちていないのは、たしかに朗報だ。まだ勝負はついていない。沼袋税理士がわざわざ接触してきたのは、こちらの手の内を探る意味があったのかもしれない。だが、エルズモードは家捜しをしているし、業務用のパソコンも回収しているだろう。携帯電話も見ているかもしれない。情報量が圧倒的にちがうのだ。それでも、先に発見しなければならない。

何か有利な点はあるだろうか。

「エルズモードは、自分たちが捜しているのが日誌であることを知っているのですか？」

「いいえ。証拠になるものがある、としかわかってないみたいです」

ただ、それはこちらもたいして変わらない。日誌がどういうかたちで残されているのか。手帳やノートなのか、データとして保存されているのか、知らないのだ。

「ご遺族にはまだコンタクトがとれませんから、まずは交友関係をあたってみるしかないですね」

矢島が言うと、大須賀がいたずらっぽく笑った。

「実は、砧さんからアドバイスを受けて、ちょっと調べてみたんです」

新田のSNSからたどって、何人かに接触したが、いずれも空振りに終わったという。日誌をあずけられたどころか、最近はまったく会っていないそうだ。新田本人も、友達に会う時間はないと言っていた。

「ひとつずつ可能性をつぶしていくのは、重要なことですね」

大須賀や砧の行動はうれしかった。矢島が休んでいるあいだに、みなが解決のために動いてくれていたのだ。

「だけど、簡単に見つかるなら、敵が発見しているわけで……」

西川が口をはさんだ。先ほどの勢いが少しそがれている様子なのは、自分の活躍の場がなかったからか。だが、この会議の席に西川がいる意味は大きい。税務署のほうの会議に、労働基準監督官がくわわることは滅多にないのだ。

「貸金庫とか、もしかして、灯台もと暗しでお店とか？」

大須賀が意見を出してくれたが、うなずけるものではなかった。

「異変があったときにすぐに発見されても困るし、そのまま見つからないのも困ります。西川君が勧めたように、信頼のできる人にあずけて、その連絡先を消してしまうのが一番です。真っ先に思いつくのは親ですが、まだ連絡がないところをみると、どうもそうではないようです」

「おれがもう少し信頼されていたら……」

西川が悔しげにうなったので、矢島は補足した。

「君が悪いのではありません」

たしかに、一度は心を開いてくれたと思った。しかし、新田はその後、エルズモードに責められて、どちらも信じられなくなってしまったのではないか。もともと精神が弱っていたところに、多大な負荷をかけられて、耐えきれなかった。ただ、追いつめられたときに誰を頼ったのか。

　矢島はメモを確認した。

「あのとき、新田さんは彼とも別れた、と言っていました。友達も離れていったと。会社と対立するわけですから、同僚というのも考えにくいです」

「元彼って線はどうですかね」

　西川の発言を受けて、矢島は大須賀に意見を求めた。以前の彼氏に大切なものを託すのはありえるのか。

「別れ方によるかも。まだ未練があるなら、それをきっかけによりをもどせないか、なんて考えるかもしれません」

「それだ！」

　西川が叫んだ。

「あのときの口ぶりでは、彼女は自分の働き方を見つめ直して、友人関係をもう一度やり直そうと思っていたはずです。元彼にも連絡をとったのかもしれない」

「可能性はゼロではありませんね」

　別れた彼氏なら、連絡先を消していても不自然ではない。エルズモードの調査対象には入っていないと思われる。先に見つけられるかもしれない。

「でも、どうやって捜せばいいのでしょう。名前もわからないですよね。大須賀さんの調査では、その彼につながる情報はありましたか？」

「ありませんが、あらためて訊いてみます」

大須賀が言ったとき、ドアが音をたてて開いた。

「話は聞かせてもらったぞ」

登場したのは寺内である。

「ようやく元彼の存在に気づいたか」

あっけにとられている矢島に、寺内は紙片をすべらせた。見てみると、「関朋宏（せきともひろ）」という名前と練馬区の住所が書かれている。

「もしかして、これが前の彼氏ですか」

そうだ、と、あごをあげた寺内に、西川と大須賀が同時に突っこんだ。

「どうやって？」

「ケンオウには絶対にできない方法だ」

矢島と西川は顔を見あわせた。大須賀が指をさして指摘する。

「非合法な手段を使ったんですね」

「人聞きの悪いことを言うな。『税務署員が使うにはふさわしくない策（て）』だ」

寺内は悪びれずに告げて、矢島を見すえた。

「具体的に聞きたいか？」

矢島は首を横にふった。寺内が重ねて質す。

「この情報は使わないか？」

「ありがたく使わせていただきます」

即答すると、寺内はにっと笑った。

「礼は砧女史に言えよ。司令官兼参謀なんだから」

それは想像がついていた。陰に隠れて他人を動かすのが好きな人だ。

「さっそく、話を聞きに行きましょう」

西川は今にも駆け出しそうである。エルズモードに先を越されないよう、急いで行動しなければならない。

「行ってこい。手に入れるまで帰ってくるなよ」

乱暴な激励に見送られて、矢島と西川は労基署を飛び出した。

6

すでに日は落ちている。急速に冷えこんでくる空気にあらがうようにして、西川が駆ける。矢島も走ったが、朝から移動の連続で疲れが足にきている。転びそうになって、立ちどまった。西川がふりかえる。

「そこで待っていてください。駅でタクシー拾ってきますから」

言葉に甘えることにした。目的地までは乗り換えが多く、電車を使うより、タクシーのほうが早そうだ。

西川は人混みをぬって走り去った。野球というよりラグビーの選手のようである。ほどなくして、タクシーがやってきて矢島の横に停まった。矢島が乗りこんで、住所を読みあげる。

幸い、タクシーは渋滞につかまることもなく、目的地にたどりついた。大通りから一本わきに入った場所にあるアパートだ。部屋の大きさからすると、学生や単身者向けだと思われる。

外から確認すると、関の部屋には灯りがついていた。西川が小さくガッツポーズをつくったが、喜ぶのはまだ早い。

玄関のインターホンを押すと、男の声で応答があった。矢島は西川に場所をゆずった。外見で警戒されないのは矢島のほうだが、一般の人に対しては、税務署より労基署のほうがイメージがはるかにいい。

「関さんですか？　中野労基署の西川と申します。新田みずきさんについておうかがいしたいのですが」

とまどったような沈黙が流れた。やがて、ぼそぼそとした声が答える。

「おれは関係ないよ。何ヵ月も前に別れてるから」

「それでもかまいませんので、話を聞かせてください」

「だから、関係ないって。何なんだよ、もう」

関は腹を立てた様子である。この流れはよくない。矢島は、説得をつづけようとする西川を制して問いかけた。

「新田さんが亡くなったことはご存じですか」

えっ、とおどろきの声がもれた。

「労災の疑いがあるので調査しているのですが、最近、新田さんと会いましたか？　何かをあずかったりしたことはありませんか？」

またしばらく、沈黙がつづいた。のぞき穴からこちらをうかがっている気配がする。

「労災って、みずきはどうして死んだんだ？」

「自殺です」

息を飲む音が聞こえた気がした。

「帰ってくれ。話すことはない」

声は不安定で、動揺がうかがわれる。いったん引いて落ちつく時間を与えるべきだ、と矢島は判断した。

「わかりました。連絡先をポストに入れておきます。思い出したことがあったら、知らせてください」

「またですか。もうちょっと押せば話してくれませんかね」

西川がささやくが、矢島に迷いはなかった。アパートを出てから説明する。

「おそらく、彼は日誌の存在を知りません」

そんな、と西川が膝から崩れそうになる。矢島はあわててつけくわえた。

「でも、持っていないとはかぎらないのです」

日誌をあずけられて、その内容を知っていたなら、あれほどおどろくのは不自然だ。ただ、たとえば荷物の保管だけを頼まれていたり、メールの添付ファイルやUSBメモリーなどでデータだけを渡されていたりした可能性はある。新田が引きずっていた一方で、男がすでに関心を失っていたら、放置していてもおかしくない。それでも、自殺したと聞けば、調べる気になるだろう。

「あとは連絡が来るのを祈るのみです」

「待つだけは性にあわないっす。また明日、来てみますよ」

西川がメモつきの名刺をポストに入れた。新田の両親には、すでに二度、手紙を書いたという。日誌が見つかれば、三通目を書くことになろう。

ふたりはアパートの前でしばらく立ちどまっていた。駅までの道をスマートフォンで確認するためである。

歩きだしたとき、背後から声がかかった。

「すみません……労基署の方ですか」

関が追いかけてきたのか。矢島と西川は笑みを浮かべてふりかえった。

ひょろりと背の高い男だった。街灯に照らされた顔は若く、西川と同世代に見える。左手に持った小さな段ボール箱が目を引いた。

「西川と申します。関さんですね」

関は手にしていた名刺と西川を見比べると、返事もせずに、いきなり段ボール箱を突きだした。

「あの、これ、みずきが送ってきたものです」

矢島と西川は顔を見あわせた。気が変わらないうちにと、西川が受けとる。

「どこかでお話を聞かせてください」

関は目を伏せて、片手を胸の前で振った。

「いえ、いいです。この箱は二週間くらい前に届いたんですけど、開けてなくて……ほんとにすみません」

「中身はどういうものですか？　新田さんから指示はありましたか？」

関は帰るタイミングを計るように、一歩後退した。

「あの、全部そこに入ってるんで。おれはさわってないです。もう関係ないんで。じゃあ、失礼します。すいません」

身をひるがえした関を、ふたりは茫然と見送った。

しばしの放心のあと、西川が道の端によって、段ボール箱を開く。便箋が一枚と、ノートが三冊入っていた。ノートには連続する日付と新田の名前が書かれている。日誌にちがいない。

「やりましたね」

西川が興奮気味にささやいた。

矢島はうなずいて、まず便箋のほうを確認した。

――私にもしものことがあったら、信頼できる人に託してください――

「これはまた……」

矢島がつぶやくと、西川がのぞきこんで同調した。

「あの元彼は、エルズモードが先に来ても、これを渡していたかもしれませんね。大切なものをあずけるには、ちょっと気弱すぎるかな」

「男女のことですから、様々な理由があるのでしょう」

最後に救いをもとめたのが彼だとすると、客観的には愚かにも見えるが、そこには当事者でないとわからない思いがある。関が事前にメッセージや日誌を読んでいたら、などと考えるのはやめた。現実に、日誌はここにあるのだ。

歩きだしながら、日誌をぱらぱらとめくった西川が歓声をあげた。

「矢島さん、すごいです。これだけ書いてあったら、労災にできます。残業税もきっととれますよ」

答える前に、矢島はふりかえった。小走りの足音が近づいてくる。背の高いシルエットで、関だとわかった。

駆けよってきた関は、西川に向かってたずねた。

「ええ、労基署って、働く人の味方なんですよね」

「労基署って、労働者を救うのがおれたちの仕事です」

関が緊張で足をふるわせながら訴える。

「みずきは仕事がきつい、でも自分がやらないと、って、ずっと苦しんでいたんです。おれは逃げてしまったけど……お願いします。みずきの無念を晴らしてあげてください」

「もちろん、そのつもりです。全身全霊をかけて取り組みます」

西川が請けあうと、関はほっと息をついた。だが、それも西川が次の言葉を発するまでだった。

「もし必要が出てきたら、あなたにも証言していただきたいのですが」

「証言、ですか……」

関は消え入りそうな声を発してうつむいてしまった。西川がやさしげに、だが必要以上の声量でつけくわえる。

「無理にとは言いません。もしもの場合ですし」

「わかりました」

予想以上にはっきりと返事をして、関は顔をあげ、西川と視線をあわせた。ふたりの身長は同じくらいであることに、矢島は気づいた。もう、足はふるえていない。

「そのときは連絡してください。おれにできることがあれば、協力します」

「ありがとうございます。助かります」

電話番号を告げて、関は去って行った。

矢島と西川は、その背中を見送って無言だった。関が新田を大切に思っていたのはわかった。少し、見直す気になっていた。

だが、彼がつらいのはこれからだ。荷物を受けとったときに、すぐ連絡をとっていれば、と後悔するだろう。彼女のためにも、乗りこえてほしいと思った。

矢島と西川はそのまま労基署にもどって、パンをかじりつつ、日誌を分析した。三年以上前の、まだエステティシャンだった頃からはじまって、店長になってからもつづいている。毎日、勤務時間が記録されており、気になる客やエステの技術についてのメモも記されている。

店長になった当初は希望にあふれており、業務の改善点や将来の計画についての記述が多い。労働時間が増えるにしたがって余白が増えていくのがせつなかった。

最後はまた、メモ書きが増える。エステティシャンが労基署に呼ばれたことに不安をおぼえている様子や、西川の説得を受けての心境の変化がつづられる。そしてやはり、新田は会社に労働状況の改善を訴えていた。

——自分だけが辞めて終わりでいいのか——

二重線が引かれた記述が、ふたりの胸を打った。

「もっと強く言っておけばよかった」

西川がうめいた。ひとりで会社と対決しようとしてはいけない。矢島はそのようにさとした。西川もアドバイスしていたらしいが、新田は禁を破った。

「責任感の強い人でしたからね」

矢島は眼鏡をとって天を仰いだ。必然とは思いたくない。防ぐ方法はあったはずだ。悲劇をくりかえさないために、とりえた手段を考えつづけなければならない。

新田は連日遅くまで、社長や幹部に責められたらしい。人格や能力を否定するような発言をひたすら聞かせて頭を麻痺(まひ)させ、そのあとでやさしい言葉をかけ、信じさせたいことをすりこむ。そうした洗脳の手法がとられたようだ。

「おれが頼りなかったから、彼女は相談してくれなかったのでしょうか」

西川が憔悴していたのは、睡眠不足のせいではない。切り替えたつもりでも、きっかけひとつで、自責の沼にはまりこんでしまう。

「ちがいます。相手が一枚上だったのです」

矢島も後悔しない日はない。事実を受けとめ、せめてエルズモードの罪を明らかにして、故人に報いるのだ。

朝までかかって、日誌の内容をデータ化して解析した。

新田は明らかに働きすぎだった。休日はほとんどなく、自宅への持ち帰りを含めれば、労働時間は過労死レベルをはるかに超えている。月の残業時間が二百時間に達する月もあった。残業税の導入後ではほとんど見たことがない数字である。

「こんな会社を野放しにしてはいけない」

西川が力強く宣言した。矢島もそっとこぶしを固める。ブラインド越しに朝日が差しこんで、ふたりの横顔を照らした。

「おお、やってるな」

ノックもせずにドアを開けたのは、やはり寺内だった。ただ、まだ七時にもなっていないのに出社するとは珍しい。

「どうしたのですか、こんなに早く」

矢島の質問を無視して、寺内はパソコン画面に表示されているデータに目を走らせた。

「よし、充分だな」

顔をあげて、ふたりをながめやる。

「おまえたちはまだ謹慎中の身だろう」

「正式には、ただの休暇です」

「どっちだっていい。ここにいたのがばれると厄介だ。今日はもう帰って休め」

「そういうわけにはいきません。最後までやります」

抗弁する矢島に、寺内がいきなり殴りかかってきた。啞然として立ちつくす矢島の眼前で、パンチは停止した。

「ほら、反応速度がにぶっている。疲れているんだ」

「横暴です。いきなり殴りかかられたら、疲れていなくても避けられませんよ」

矢島は抵抗したが、寺内の言葉はおおむね正しい。矢島と西川には休息が必要だし、出社しているところを上司に見られたら厄介だ。

結局、ふたりは帰宅することになった。

「あとは任せとけ」

寺内をというより、その背後にいる砧を信じて、矢島は待つ者のいない自宅への帰途についた。

7

ジングルベルがひびきわたり、赤と白の飾りが華やかなアーケード街を、ふたりの男が歩いている。丸顔で眼鏡をかけた人畜無害そうな残業税調査官と、背が高くて筋肉質の労働基準監督官だ。

十二月二十四日の街は昼間から賑やかで、どこか浮ついていた。跳ねるように歩く若者や、笑みをふりまく子供たちが、雰囲気を明るくしている。空は曇っており、風は冷たかったが、着込んだコートやダウンジャケットと、幸せなイベントへの期待が、寒さを遠ざけているようだ。

この日、エルズモード全店への一斉調査がおこなわれる。労働基準法および時間外労働税法違反の嫌疑で、労基署と税務署による共同の調査だ。省庁の壁と管轄の壁を越えた協力体制をきずくために、どのような魔法が使われたのか。

名目上の指揮官は中野税務署長、実質的な責任者は副署長である。絵を描いたのは砧美知香だった。

「副署長を動かすのは簡単よ。失地を回復しようと必死だから、成功しそうな計画を立てれば食いつく」

砧によれば、副署長は期待以上に働いてくれたらしい。各税務署をまわって説得し、協力の約束をとりつけた。

「失敗したときは私が責任をとります。あなたがたに迷惑はかけません」

副署長はそう言って啖呵（たんか）を切ったという。

もちろん、本人も最初は嫌がっていた。しかし、エルズモードの罪を暴かなければ、中野税務署は冤罪（えんざい）を晴らせない。世間は忘れても、副署長のキャリアに傷はついたままなのだ。砧はその点を指摘して、この嫌われ者を味方にしたのだった。

「まあ、あの人は無能ではないからなあ」

寺内が他人事のように論評したが、その評価は発言者にもあてはまるだろう。

むろん、各税務署が副署長のキャリアのために共闘したわけではない。最大の理由は、エルズモードがしかけた税務署批判のキャンペーンが怒りを呼んだことだろう。

特集の二回目には、新田の親戚や同僚のインタビューが掲載されていた。税務署を攻撃する内容だが、両親の談話はなかった。さらに、過去の脱税の摘発が脱税者の目線で語られ、また税務署員の不祥事が蒸しかえされた。関係者の証言によれば、税務署に暗然として存在するノルマが、すべての元凶なのだという。そして、次回は労基署の怠慢も追及する予定だと宣言していた。

週刊誌を黙らせることはできなくても、自分たちの正しさを証明することはできる。矢島がまとめたエルズモードの実態と証拠の内容から、摘発は可能と判断すると、個々の温度差はあれど、関係するすべての税務署と労基署が共闘に応じたのであった。同時調査でほかの店長の証言も集めれば、新田個人の問題ではなく、エルズモード全体の問題であることがはっきりするだろう。

これに先だって、矢島と西川は新田の遺族と和解している。何度も手紙を書いた西川の誠意が伝わったのだ。返事は葉書で届いた。

「私どもも、税務署に責任があるとは考えておりませんでした。仕事がひどく忙しかったことは娘から聞いておりました。助けてやれなかったことが心残りです」

これを受けて矢島と西川は佐賀へ飛んだ。

「日誌を書くよう勧めていただいたおかげで、エルズモードの罪を暴けます。娘さんは残念でしたが、ほかの社員を救うことができるのです。ありがとうございます」

頭を下げる西川に対して、母親は涙を浮かべて告げた。

「私たちは復讐をのぞんではいません。悲劇がくりかえされないよう、願うのみです」

西川はさらに労災の申請について説明したが、母親は不安そうだった。

「でも、遺書があるから難しいのではありませんか？」

母親が持ってきた遺書には税務署のせいだと記してあったが、パソコンで打ち出しただけのもので、署名などはなかった。これでは誰が書いたのかわからないから、証拠にはならない。まちがいなく、エルズモードが用意したものだろう。

「警察もこんなの信じるなんて、どうかしてますよ」

西川は憤然として、警視庁の日比野に抗議のメールを送ったそうだ。自殺なのは明らかな状況だったらしいから、所轄の警察署の判断を責めるのは酷だと、矢島には思われる。そして日比野に文句を言っても仕方がない気がするのだが、それはふたりの問題なので、口は出さなかった。

その後、西川の覇気がわずかながら減殺されたように感じられるのは、手厳しく反撃されたからかもしれない。あの偏屈な先輩刑事とやりあっている日比野だから、気は強いだろう。ともかく、佐賀出張を終えて後顧の憂いをなくした矢島と西川は、必勝の態勢でエルズモードとの戦いにのぞもうとしている。

一斉調査の日をクリスマス・イブに設定したのは砧だが、他意はないという。なぜかその日はどこも調査を入れていなかったからだそうだ。

午後一時五十七分、矢島と西川はエルズモード本店の前に立った。背後には税務署と労基署から派遣された六人のスタッフがひかえている。そのうちふたりは店舗の担当で、四人が本社担当だ。矢島はこの部隊の責任者として、社長と対決することになる。この役割が与えられたのは、もちろん個人攻撃を受けたからだが、それだけが理由ではない。

副署長はねちねちとした口調で言った。

「君がつまらん復讐心なんぞとは無縁であることはわかっている。エルズモードの社長は癖のある女だそうだが、いつものように淡々と進めてくれれば、それで結果は出るだろう。やってくれるね」

矢島はためらいなく引き受けた。お膳立てはすべてととのえてもらったので、失敗するわけにはいかないが、プレッシャーは感じなかった。副署長の言葉にしたがうのは癪だが、いつものようにやればいいのだ。

腕時計を確認する。午後二時ちょうどに、矢島は調査開始を告げた。

「はじめます」

店舗担当のふたりが店に入り、西川が二階への階段を駆けあがる。四人がすぐにあとを追ったので、矢島はひとり出遅れてしまった。こうなったら、せいぜい責任者らしくふるまうだけだ。

「中野労基署です。労基法違反の立ち入り調査をおこないます」

階上から、西川の大声がひびいてきた。

「作業をやめて、こちらに集まってください。社長さんはいらっしゃいますか」

ざわめきと足音が聞こえてくる。矢島はハンカチを鼻にあてて階段をあがった。ミントの香りが、たかぶった神経をしずめてくれる。

西川が顔を出した。

「矢島さん、社長室は三階だそうです。こっちは任せて、上に行きましょう」

「わかりました。みなさん、黙ってしたがっているようですね」

二階をのぞいてみると、数人の女性社員がソファにかたまってすわっていた。きょろきょろと落ちつかなそうだが、文句を言う様子は見られない。労働基準監督官に質問されると、おとなしく答えている。税務署の調査官たちはすでにパソコンやキャビネットにとりついて、資料の収集をはじめていた。

矢島と西川は三階にあがって、ドアを開けた。

「あれ⁉」

西川が奇声をあげた。

雰囲気が二階とはまったく違っていたのだ。廊下には赤い絨毯（じゅうたん）が敷かれ、高い天井からはシャンデリアが下がっている。壁には絵画が飾られ、クラシック音楽が流れ、さらには香水の匂いが立ちこめている。まるで富豪の別荘のようだ。

「とにかく行きましょう」

矢島が冷静なのは、事前に情報を得ていたからである。それでも、絨毯に靴がしずみこむ感触にとまどいながら、社長室までたどりついた。

重そうな木製の扉に、吊り輪形をした金色のノッカーがついている。

「本物の金じゃないですよね」

西川の問いかけに無言で肩をすくめてから、矢島はノックした。

どうぞ、と女の声が答えた。西川が声を張りあげて入室する。

「労基署の西川です。労基法違反の嫌疑についてお話をうかがいます」

室内の印象は廊下と変わらなかった。足を踏み入れるのをためらうほどの深紅の絨毯と、きらきらと光るガラス製の照明が、来訪者を出迎えている。

「声が大きすぎるのではなくて？」

年齢不詳の女性が上品に嫌味を言った。黒い大きな机の向こうで、金張りの椅子に腰かけている。顔は不気味なほどに美しかった。透明感のある白い肌に、くっきりとした黒い瞳、高くかたちのよい鼻と薄い唇、造形的には完璧に近い。だからといって、作り物にも見えなかった。整形で量産した顔ではない。みずみずしい生気に満ちている。だが、どことなく近寄りがたかった。聖女よりも魔女に見えるのは、先入観のせいだろうか。

「自己紹介する必要があるかしら。私は雨海光里、この会社の社長よ」

雨海は椅子にすわって脚を組んだままで言った。クリーム色のスーツが光沢を放っている。長い髪は後方で複雑に編みこまれており、前髪がひと筋、眉の下に垂れている。その前髪をわずらわしげによけて、辣腕の女社長は優雅に首をかしげた。

矢島と西川は目で合図して、机の前まで進んだ。西川が切りだす。

「新田みずきさんをご存じですね」

「ええ、優秀な子だったのに、残念だわ。彼女を追いこんだ税務署の調査には、憤りをおぼえます」

かすかに口角をあげて、雨海は微笑した。笑う場面ではないはずなのに、無意識に引きこまれてしまう。妖艶（ようえん）な笑みだった。

西川は毒霧を振り払うように、声をはげました。

「我々は新田さんの日誌を受けとりました。そこには、彼女を死に追いやった過酷な労働の実態が記されています。彼女の死について、労災を申請するのが、ご遺族の意思です」

「つまり、彼女が自殺したのは、私どものせいだと？」

西川は首肯した。

「ただいま、エルズモード全店で同時に調査をおこなっています。労基法違反、時間外労働税法違反、その他（た）の罪で、あなたを検察に引き渡すことになります」

覚悟していたのかどうか、雨海は取り乱しはしなかった。思案している様子だが、黒い瞳は逃げずに矢島と西川を見つめている。

「税務署は勝算なく大規模な調査に入ったりはしない。この理解は正しいのかしら」

その質問は矢島に向けられたものだった。

「おっしゃるとおりです」

短く答えると、雨海はふっとため息をついた。

「あのコンサルは無能だったということね」

「罪を認めるわけですね」

相手の弱気を見て、矢島はやや強引な解釈で攻めこんだ。少しあせりがあったかもしれない。

「罪を認める、とはどういうことかしら」

雨海は目を細めて矢島をにらんだ。

「事実について争うつもりはないわ。あとは解釈の違い。司法の場で決着をつけるのかどうかは、弁護士と相談します」

想像以上に、雨海は冷静だった。現時点ではベストの対応だろう。それは同時に、こちらもやりやすいということだ。これで終わったと思ったのか、西川が肩の力を抜いた。

「では、調査が終わるまでのあいだ、ここで待機していただきます」

労働基準監督官の宣告に、雨海は柳眉をひそめた。

「おとなしくしていると思って、ずいぶんと乱暴なことを言うのね」

「いえ、証拠湮滅を防ぐために必要な処置でして……」

西川は一瞬、気圧された。すかさず、雨海がつけこんでくる。

「告発されたら、この会社はつぶれるかもね。お客様がかわいそう。うちのお客様はのべで年間五万人を超えてるの。うちで施術を受けて、幸せな気分になった、自信がもてるようになった、生きる意欲を取りもどした、とみんな満足しているわ。女にとって、美は生そのもの。うちがないと生きていけない方も多いでしょう。あなたは五万人の幸せを奪うのよ。それだけじゃない。従業員や学生は路頭に迷うわ。それこそ、自殺者も出るかもしれない。あなた、責任とれる？」

「そ、それは全然別の問題で……」

劣勢になった西川にかわって、矢島は冷然と告げた。

「責任はあなたがたにあります。違法な労働を強制し、税金を払わずに利益のみを追求した結果が現在の状態です。罪をつぐなって出直してください」

「言ったはずよ。違法でも脱税でもないというのが、私たちの認識です。少なくとも、あのコンサルはそれが正しいと主張していた」

「たとえだまされていたとしても、責任は経営者たるあなたにあります」

矢島はあらためて周囲を観察した。生花が飾られた壺や額装された油絵などを見れば、どれだけこの社長が欲深いかがよくわかる。従業員を搾取して得た利益で、自分の城を飾っているのだ。

「あなた、もしかして矢島さん？」

唐突に、雨海がたずねてきた。矢島は名刺を出していなかった。

「そうです」

矢島が短く答えると、雨海はわざとらしく目をみはってみせた。

「大変だったでしょう、いろいろと報道されて。お子さんはどう思ってるのかしら。これからも苦労するかもしれないわね。ほら、最近はすぐイジメなんかにつながるでしょう。将来を考えると、慎重な行動を心がけたほうがいいんじゃないかしら」

矢島は静かな怒りを言葉にこめた。

「それは脅迫ですか」

「人聞きの悪いことをおっしゃらないで。ちょっとした雑談よ。ただ、知りあいの記者が言ってたわ。ある税務署員の親族にあたれば、もっとおもしろい情報が出てくるって」

「何を言いたいのかわかりかねますが、私は粛々（しゅくしゅく）と業務を遂行するのみです」

雨海が血のしたたるような笑みを浮かべる。

「そしてまた、家庭を犠牲にするの？」

矢島は身がまえていたので、衝撃に耐えられた。激昂（げっこう）したのは西川で、おい、と大声を出して詰め寄ろうとする。

矢島はとっさに手を横に出して、西川の暴発を抑えた。眼鏡の位置を直して、女社長を見すえる。

「あなたは勘違いされているようです」

「そうかしら？」

長い脚を組み替え、肘を机について、雨海は矢島を見やる。余裕か、あるいは虚勢か。

矢島は唇を湿した。自分はひとりではない。脳裏に浮かぶ娘の笑顔が、背中を支えてくれている。仲間たちが守ってくれている。そうでなければ、今も部屋でひとり、悶々としていたはずだ。

「私はこれまでまっすぐに生きてきましたし、これからもそうするつもりです。ゆえに、たとえ誤解され、謂れなき罪で非難されても、信じてくれる家族と仲間がいます。あなたに、それがありますか？」

雨海の美しい顔が、かすかにゆがんだ。口に出しては何も言わない。矢島は勝ち誇ることなく、淡々と告げた。

「もし、あなたが良心に恥じない生き方をしてきたなら、エルズモードの評判が地に落ちても、味方は大勢いるでしょう。しかし、そうでないなら、明日からあなたは何の力ももたなくなります」

部屋にあふれていた色彩が消え失せたようだった。雨海は大理石の彫像のごとく硬直していた。黒い瞳だけがぎらぎらと光って、矢島をにらみつけている。

緊張をともなう静寂は、ふいに破られた。紅唇がゆっくりと開いて、笑い声をもらす。

「ふふ、甘いわね」

雨海は身を起こして、椅子の背に深くもたれた。胸を強調するように腕を組む。

「私はきれいごとの通用しない世界で、長く生きてきた。たとえお金や名声がなくなっても、味方は大勢いるわ。女の最大の武器は美貌よ。だから、私は成功したし、エルズモードにはお客が途切れない」

「かわいそうな人です。あなたの狭い世界だけの経験が、社会に通じると思っているのですか」

矢島の口調はあまりに穏やかだったので、それが挑発であることを感じさせなかった。雨海はむしろ憐れむように矢島を見やった。

「いいわ。試してみましょう。世間がどちらの味方をするか」

「結果は見えています。挫折してからどうするか、考えておいたほうがよいでしょう。地道に努力すれば、必ず再起できます。お客様のためにも、今度は誠実な商売で成功してほしいと思います」

「たいした自信ね。私も結果が楽しみだわ」

矢島が自身への脅迫の矛先を巧みにそらしたことに、雨海は気づかなかった。勝利を確信して微笑む姿はたしかに美しいが、どこか空虚だった。

8

「サービス残業は脱税になります」

講堂に集まった生徒たちに向けて、矢島は熱心に語りかける。力のこもった口調は、以前とちがって計算されたものではない。身ぶり手ぶりにも気持ちが入っている。

「違法な会社を守っても、会社は社員を守ってはくれません。自分が不正を告発したり、辞めたりしたら、仲間が迷惑するということはありません。そうした会社が存続するほうが害になるのです。残業代の未払いが生じたら、すぐに税務署か労基署へ連絡してください。労働条件について疑問が生じたら、気軽に相談してください。自分を守ることが、社会を守り、未来を守ることにつながるのです」

残業税は税収の確保よりも、労働環境の改善に重きをおいた政策目的の税だ。その成果はあらわれており、社会は変革しつつある。それでも、労働力を搾取する経営者は跡を絶たず、違法労働の犠牲者はなくならない。だから、教育が必要になる。

矢島は最近の講義では、具体例を出すようになった。

「残業税の脱税のパターンはだいたい決まっています。たとえば、残業代をボーナスに組みこむというケース……」

企業名は出せないが、経験をあわせて語ると、生徒たちの食いつきがいい。

「こういう悪徳経営者に協力してはダメですよ。みなさんも罪になりますからね。逆に、クビにされた腹いせに嘘の告発をする者もいます」

最後には必ずつけくわえる。

「こうした例はもちろん、みんな捕まっているから、お話しできるわけです。真似しても税務署はだませませんからね。脱税は最終的に必ず損をしますから、出来心で手を染めたりしないようにしてください。ようは、税務署員をなめんなよ、ということです」

税務署員は、日本で一番、仕事熱心な公務員と言われることがある。もちろん、これは皮肉混じりの発言であって、事実とは異なる。労働基準監督官だって、警察官だって、教師だって、自分の仕事に誇りをもって熱心に働いているのだ。そういう人たちのおかげで、社会が維持されており、発展していく。そのための税金であってほしいと思う。

二ヵ月前のエルズモードの事件は、大きく報道されたが、世間の反応は当初、会社を擁護するものだった。

「税務署が腹いせに告発したんだ」

「安くてサービスいい店なのに。ライバル会社の陰謀だ」

そのような反応はしかし、労働の実態が明らかにされると一変した。新聞やテレビのニュースショーが連日、過剰労働を非難し、エルズモードに対する猛烈なバッシングがわきおこる。だまされていた、とわかると、反動が大きいのが世論だ。非を認めなかった会社も抗弁をあきらめ、労災の賠償や残業代の支払いに応じる意向をしめした。

雨海が記者会見にのぞんだのは、このタイミングである。薄化粧に地味な服装であらわれた雨海は、はらはらと涙を流して謝り、贖罪を誓った。

「すべての責任は私にあります。誠心誠意、罪をつぐないたいと思います」

具体的な対応策をともなわない謝罪だったが、しおらしい態度に同情の声が広がり、エルズモードを非難する報道はいったん沈静化した。

ところが、エルズモードの元店長が手記を公開したことにより、バッシングは再燃する。元店長は妊娠したのに無理に働かされて、流産してしまったという。雨海から投げつけられた暴言の数々を記録した手記は、エルズモードに致命的な打撃を与えた。それ以来、雨海は表に出ていない。

エルズモードや雨海に対する訴訟がいくつか準備されているという。会社が認めている労災や未払い分の残業代だけでも、多額の支出が生じるため、これまでどおりの事業の継続は難しくなるだろう。支店のおよそ半分はすでに店を閉めている。

それでも、熱心なお客がいて、営業している店舗には予約が入っているそうだ。技術やサービスは評価されているのだから、法に則った運営方法で再起してくれれば、と矢島は思う。

エルズモードの犠牲になった新田の命はもどらない。労災と認定されても、遺族の悲しみは消えない。矢島も西川も、悔いが残るばかりだ。せめて次の犠牲者を出さないことで報いるしかない。西川は、労働基準監督官の仕事をつづけるかぎり、彼女のことは忘れないと誓っていた。

税務署を攻撃する週刊誌の特集は、中途で終わった。かわってはじまったのは、「闇の脱税コンサルタント」と称する連載である。編集部に乗りこんで友好関係をきずいた西川の功績かもしれない。

沼袋税理士は、税務署からの任意の聴取要請を無視して逃亡した。刑事罰を与えることは難しいため、税務署としてはそれ以上の対応はしないが、社会的な復活は簡単ではないだろう。エルズモードの関係者が彼を捜しているという噂もある。もっとも、この社会に税制度があるかぎり、彼のような職業もなくならないように思われる。残業税調査官もまた、同様だ。

高校での講義を終えた矢島は、コートに首をすくめるようにして、冬の街を歩いていた。北風が吹き抜けているが、胸の裡(うち)は温かい。明日は待ち望んだ娘との面会日だ。

ピアノの発表会はうまくいっただろうか。新しい自転車の調子はどうだろうか。学校は楽しいか。訊きたいことは数あれど、娘の顔を見ると、飛び去ってしまう。

娘のためだけに仕事をしているわけではない。社会のためになると思い、やりがいを感じて、日々働いている。ただ、娘の存在がモチベーションのひとつであり、障害を乗りこえるパワーの源となっているのはたしかだ。

横断歩道に差しかかったとき、携帯電話が鳴った。

名前を確認して、矢島は電話に出た。大声にそなえて、耳から少し離している。

「西川です。講義は終わりました？」

「はい。社にもどるところです」

「午後、臨検に行きたいんすけど、ケンオウさんの都合はどうですか」

しばらく前にも同じ会話があったような気がする。だが、何かがちがった。

「予定はありません。帰ってから相談しましょう」

電話を切ってから、矢島は違和感の正体に気づいて微笑した。もちろん、不快ではなかった。

正面から吹きつける風に向かって顔をあげる。信号が変わってから、矢島は歩きだした。

解説

西上心太（評論家）

国家を維持するために必須な仕事でありながら、世間で煙たがられ嫌われる職業がいくつかある。その筆頭に位置するといって過言でないのが税務調査官だ。税金が給与から天引きされるサラリーマンはあまり感じないかも知れないが、大企業から零細自営業者まで、「会社」を経営する立場として――たとえ脱税をしていなくても――税務調査官による査察と聞いて「ウェルカム！」というおもてなしの気持ちを持つ者は皆無であろう。

とはいえ、そんな意識がいっときにせよ変わったのが、伊丹十三監督の映画「マルサの女」（一九八七年）の公開によってではなかったか。悪質で巧妙な巨額脱税をしている実業家に、国税局査察部に所属する女性査察官が食らいつき、脱税の証拠をつかんでいく傑作だった。「マルサ」という言葉は流行語になり、すっかりなじみのある言葉になったものだ。

本書の主人公である矢島顕央も、東京の中野区を管轄とする中野税務署の調査官である。だが彼の場合はある税に特化した調査官なのだ。その税こそが本書のタイトルになっている残業税である。

残業税、正確には時間外労働税という。これはもちろん作者が創造した架空の税金だ。一日八時間または一週間四十時間という法定労働時間を超えた労働に対しては、雇用者は労働者に対して割増賃金を払う義務が生じる。残業税とはこれに対して課せられる税金なのである。たとえば残業による割増賃金が一万円生じたとすれば、そのうちの二割を労使で折半し、それぞれ一千円ずつ納税しなくてはならないのである。また残業時間によって税率は高まり、残業時間が月に八十時間に達すると両者四割ずつの八割という高額の納税義務が生じるのである。矢島はこの残業税を専門に扱う残業税調査官――「マルザ」と呼ばれる税務署員なのである。

作者の小前亮は東京大学大学院で中央アジア・イスラーム史を専攻し、在学中から歴史コラムを執筆していた。《銀河英雄伝説》や《創竜伝》シリーズで有名な田中芳樹(たなかよしき)の二次版権管理会社として設立された㈲らいとすたっふに入社後、田中の勧めによって小説を書き始めたという。デビュー作の『李世民』(二〇〇五年)は後に唐の第二代皇帝になる男が主人公だ。以降、『宋の太祖 趙匡胤』(〇六年、原題『飛竜伝 宋の太祖 趙匡胤』)、『唐玄宗紀』(一三年)など、主に古代中国を舞台にした歴史小説の分野での活躍が目立つ。『三国志演義』をもとにした『三国志』全十巻や『平家物語』全二巻というジュブナイル向けの作品も好評のようだ。

本書は東京湾に浮かぶ孤島に設立された大学で起こる自殺事件の顛末(てんまつ)を描いたミステリー

『知の孤島』（一四）に続く、二作目の現代小説なのである。

どのようなところから残業税なる税金を思いつき、一編の小説にしようと思い立ったのかはわからないが、やはり作者の頭にあったのは日本社会特有の長時間労働であったろう。筆者も短いながらサラリーマン生活を送った経験があるが、曜日によって決まったクライアントを巡回しなければならない外回りの仕事だったためか、定時に帰れることは皆無であった。つまり構造的に残業しなければならない仕事だったのだ。残業手当もはたしてどこまでついていたのか、いまとなっては定かではない。幸い休日はしっかりと休めたが、有給休暇を取れるような余裕や雰囲気はまったくなかった（退職の際に消化することはできたが）。こうして振りかえってみると、一部上場企業ではあったが、体質はブラック企業とあまり変わらなかったのかもしれない。

現代においてこの状況はもっと酷くなっているのではないか。長時間労働に追われ、労働の対価もごまかされ、身体と精神を壊し、自殺にまで追い込まれる労働者が後を絶たないことは周知の事実だ。泣き寝入りした遺族も多いだろうし、たとえ労災が支払われたとしても貴重な生命は返ってこない。二〇一六年の秋には、大手広告代理店の女性新入社員が長時間労働が原因で自殺していたことが大きな社会問題になった。月に百時間を超える残業に加え休日もろくに休めず、さらに上司によるパワーハラスメントもあったという。希望に燃えて入社した新人が、なぜ使い捨てにされなければならなかったのか。一人の個人に責めを負わせて済む問題ではない。企業の体質に問題があるのはもちろんだが、換言すれば、この国の労働に対する考え方がどこか歪んでいるからではないだろうか。

　社会を発展させる土台となる労働者が報われないという、現代の日本社会が抱える最大の矛盾に対して、歴史学者でもある作者は感じるところがあったのだろう。そういう意味で本書は税務署職員を主人公にしたお仕事小説であり、残業税という税金が存在する社会がどのようになるのかを思考するシミュレーション小説でもあるのだ。

　残業税は「労働力は国の根幹となる資産だ。過剰労働でこれを毀損することは許されない」というある官僚の言葉によって導入に動きだした。税収を得るためというよりも、時間外労働を抑制して、過労死や労働災害を防止するのが目的の一つなのである。働いた対価に税金がかかるのであるから、反対の声が高かったが、労働者側は足並みが揃わず、企業側には法人税の実効税率の引き下げをバーターとして掲げたことで成立したという設定だ。

　その結果、残業は劇的に減った。しかしそれまで労働対価が支払われていなかった、いわゆるサービス残業が捕捉されるようになったため、統計上の残業時間は減少しないという結果になった。人件費は増大し物価も上昇した。しかし平均給与が下がり総額が上がるという事態――すなわち増大した人件費が広く浅く分配されたため、スタグフレーションは起こらず、インフレも想定の範囲内に収まり、購買意欲が増え景気が上向くという結果になったのである。

このあたりの作者のシミュレーションは当を得たものではないかと思う。しかし物事には何かと弊害がある。残業税施行の初期には人件費増大に対処できない中小零細企業の倒産が相次いだのである。その弊害の犠牲となった一人に主人公である矢島の義父がいた。矢島は三十四歳。眼鏡をかけ中背でふっくらとした体型をしている。常に冷静で声も穏やかであるが、こと徴税に際しては一切私情を挟まず例外も認めない。義父が経営する工場で残業税のごまかしを知った矢島は、身内だからといって見逃しはしない。それが原因で工場は倒産し、最愛の妻と娘とも別れなければならなくなったのだ。

矢島の相棒が労働基準監督官の西川宗太郎である。西川は元野球部で、筋肉質の巨体の持ち主で声も大きい二十六歳。見かけ通りの直情径行型だが、労働者の健康と幸福を願う気持ちにブレのない好漢なのである。この所属の違う二人がコンビを組み、残業税をめぐる企業との攻防に挑んでいく。

物語は大小の事案をからめながら、連鎖的に進んでいく。その過程で残業税がもたらす功罪や、現実の社会でも通底する労働問題のあれこれが浮かび上がってくるのだ。たとえば経営者による社員やアルバイトへの洗脳がある。将来独立して居酒屋経営を目指す店員に対して、努力と根性の精神論を持ち出すのである。この問題が浮き彫りにされるのが第一話「マルザの日常」だ。

一方で残業税によって兼業が緩和され、複数の仕事を持つ労働者が増えてきた。それを狙った巧妙な脱税が描かれるのが第二話「脱税のトライアングル」である。

また、残業税の導入により残業コストが増大したため、生産性や労働効率の上昇が求められるようになり、そのため解雇規制が緩和されることになった。その問題を背景にしているのが第三話「誇り高き復讐者」だ。

また外国人労働者の問題を取りあげたのが、第四話「メテオの衝撃」だ。これは現実にも問題が多い外国人研修制度に通底する問題だ。外国人研修制度は低賃金で時間外労働を強要しているという問題がある。さらにそれが高じて性犯罪や殺人事件の原因にもなっており、人身売買に等しいという国際的な批判も多い。この作品の中では外国人研修制度は不備を改めつつ拡充しているという設定になっている。しかし多少の悪条件でも、母国で働くよりはいいという外国人の思惑や、言葉の問題もあって、外国人労働者に対する取組みが遅れていたのだ。矢島は感情に流されず、彼らを使うアニメ制作会社にメスを入れる。

もっとも大きな問題＝悲劇が出来(しゅったい)するのが最終話の「逆襲のクリスマス・イブ」だ。利潤追求のため社員をないがしろにする企業によって最悪の結果が起きてしまい、さらにその火の粉が矢島の上に降りかかってしまうのだ。この危機をどう乗り越えるのか、ここまで矢島に寄り添ってきた読者にとっては、はらはらどきどきの展開が待ち構えている。

社会の富がごく一部に留まり、末端まで上手く回っていないのが日本経済の現状だろう。ブラックとはいえなくても、長時間労働やサービス残業を強(し)いる企業は多い。政府も長時間労働の是正、同一労働同一賃金などを謳った「働き方改革」を掲げ、二〇一六年九月を皮切りに「働き方改革実現会議」を開催している。政府の狙いが実現すれば企業と労働者両者にメリットのある改革だというが、これはまさしく「二兎を追う」改革であるという識者の指摘がある。はたしてこの現実の政策はうまくいくのであろうか。

ともあれ長時間労働などに対する政府の対応を見れば、残業税という一見突飛に思える発想にもリアリティを感じ取ることができる。そして、もし「働き方改革」が頓挫したら、本書をお読みになった方の頭には、きっと「残業税」が浮かび上がるのではないか。

作者の思考によるシミュレーションの結果は本書で述べられたとおりである。読者の皆さんにもそれぞれの意見があるだろう。もし残業税が存在したらどんな社会になるのか。本書を読み終えた後、ちょっと考えてみるのも一興だろう。

二〇一五年八月　光文社刊

光文社文庫

残業税（ざんぎょうぜい）
著者 小前亮（こまえりょう）

2017年2月20日 初版1刷発行
2017年6月25日 5刷発行

発行者 鈴木広和
印刷 萩原印刷
製本 ナショナル製本

発行所 株式会社 光文社
〒112-8011 東京都文京区音羽1-16-6
電話 (03)5395-8149 編集部
8116 書籍販売部
8125 業務部

落丁本・乱丁本は業務部にご連絡くだされば、お取替えいたします。
ISBN978-4-334-77427-1 Printed in Japan

組版 萩原印刷